Luigi Malerba

Das griechische Feuer

LUIGI
MALERBA

DAS GRIECHISCHE FEUER

ROMAN

Aus dem Italienischen
von Iris Schnebel-Kaschnitz

Verlag Klaus Wagenbach Berlin

Die Originalausgabe erschien 1990 unter dem Titel
»Il Fuoco Greco« bei Arnoldo Mondadori Editore, Mailand.
Die deutsche Erstausgabe erschien 1991
im Verlag Klaus Wagenbach.

Wagenbachs Taschenbuch 437

Umschlaggestaltung unter Verwendung des Bildes »Die Braut« von
Dante Gabriel Rosetti (Ausschnitt) © Archiv für Kunst und Geschichte, Berlin.
Autorenfoto von Guido Schiefer.
Das Karnickel auf Seite 1 zeichnete Horst Rudolph.
Druck und Bindung durch Pustet, Regensburg. Printed in Germany.

ISBN 3 8031 2437 9

DAS
GRIECHISCHE
FEUER

Das »griechische Feuer« war die Geheimwaffe des Byzantinischen Kaiserreichs. Geraume Zeit vor der Erfindung des Schießpulvers ermöglichte das »griechische Feuer« den byzantinischen Schiffen mit Hilfe von langen Abschußrohren – den sogenannten Siphonen – tödliche Feuerkugeln gegen die feindlichen Schiffe zu schleudern. Die brennenden Geschosse erloschen bei der Berührung mit Wasser keineswegs und wurden deshalb fast ausschließlich bei Seeschlachten benützt. Durch das »griechische Feuer« – 672 nach Chr. von einem syrischen Ingenieur namens Kallinikos erfunden – vermochte die byzantinische Flotte die Herrschaft über das ganze Mittelmeer zu gewinnen und mehr als fünf Jahrhunderte zu erhalten – von 673, als Kaiser Konstantin Pogonatous es erstmals gegen die arabische Flotte anwandte, bis 1221, als es den Muselmanen gelang, des Herstellungsgeheimnisses habhaft zu werden und die Waffe nun ihrerseits gegen die Schiffe der Christen zu verwenden. Fünf Jahrhunderte lang rissen sich die Spione der mit Byzanz verfeindeten Völker, aber auch die der Verbündeten, um das Geheimnis. Die Formel wurde eifersüchtig gehütet und durch äußerst strenge Vorschriften geschützt, weshalb auch die Chronisten jener Jahrhunderte, mit Ausnahme von Anna Komnene in der »Alexiade«, nur seltene und kurze Hinweise auf die tödliche Waffe geben. Vielleicht ist nie in der Geschichte ein militärisches Geheimnis so lange gewahrt worden wie das des »griechischen Feuers«, dessen Zusammensetzung, damals nur dem Kaiser und den wenigen mit der Herstellung betrauten Personen bekannt, der Nachwelt nicht überliefert wurde.

1

Ein Verdruß, der Kaiser Konstantin VII. Porphyrogennetos lange Zeit den Schlaf verdarb und in den Jahren, als er auf dem Thron von Byzanz saß, viele seiner Gedanken einnahm, rührte daher, daß im Triklinium – dem für die feierlichen Bankette zu Ehren hochgestellter Gäste auserwählten Saal – die Akustik verbessert werden mußte. Während dieser Bankette, bei denen die Herzlichkeit der Tafelrunde in etlichen Fällen die von der byzantinischen Diplomatie angeknüpften Beziehungen festigen sollte, wurde das Gespräch jedesmal erheblich gestört. Die Stimmen prallten an den Wänden und Marmorsäulen ab, kehrten mit Echos und Resonanzen zu den Redenden zurück und überlagerten und vermischten sich in Strudeln schrecklichen Geschreis. Als sie ihre eigenen Stimmen, zu grotesken Mißklängen verformt, im Saal widerhallen hörten, so als hätte irgendein bösartiger Hofnarr sich zwischen den Säulen versteckt, um ihre Gespräche nachzuäffen, waren einige der ausländischen Gäste für die gesamte Dauer des Banketts verstummt und hatten die Störung als eine mit Hochmut und Bosheit ausgeklügelte Verhöhnung aufgefaßt. In manchen Fällen waren sie sogar gekränkt aus der Hauptstadt abgereist – zum großen Schaden für die Sache der Diplomatie.

Das Triklinium, wegen der Fülle des Goldes, das diesen Saal verzierte, auch Chrysotriklinium genannt, war der festlichste unter allen Sälen des kaiserlichen Palasts, und Konstantin VII. wollte nicht der schlechten Akustik halber darauf verzichten müssen, seine Gäste durch den byzantinischen Reichtum und Luxus zu verblüffen, dessen Ruhm über die Grenzen in Ost und West hinausgedrungen war. Der Saal war rund und wurde ringsum von hohen Säulen aus thessalischem Marmor begrenzt, und die einzelnen Flächen der oktogonalen Außenwand waren in Alabaster gefaßt und mit Mosaiken verkleidet, auf denen Blumen- und Früchtegirlanden und, in einem Streifen nahe der Decke, phantastische Vögel dargestellt waren. Den geometrisch gezeichneten Boden bildeten Rhomben aus rötlichem Cipollino, die sich durch kompakte Platten aus Porphyr und aquitanischem Marmor flochten. Die mit kostbaren Hölzern eingelegte Decke wiederholte die geometrischen Motive des Bodens. Diese ganze Augenweide wurde jedesmal durch einen qualvollen Wirrwarr von Stimmen und Klängen zerstört, der auch die musikalischen Darbietungen am Schluß des Banketts vergällte. Die Hofarchitekten hatten den Auftrag erhalten, die Akustik zu verbessern, ohne den Marmor und die Mosaiken anzutasten. Vom Kaiser zur Audienz bestellt, hatte der Oberste Hofarchitekt ihm seine persönliche Theorie des Hohlraums dargelegt: bei einer Vase sei das, worauf es ankomme und was gebraucht werde, nicht das Material, aus dem sie bestünde – das kostbar oder einfach sein könne –, sondern ihr innerer Hohlraum. In gleicher Weise liege das Wesentliche eines für den Menschen bestimmten Raums nicht in seinen Wänden, seinem Boden und seiner Decke, sondern in dem Hohlraum, der von diesen begrenzt wird und in dem der Mensch sich bewegt.

»Sich bewegt und spricht«, hatte der Kaiser betont.

Eben diesen Hohlraum, hatte der Oberste Architekt erklärt, gedenke er so zu verändern – selbstverständlich ohne den Marmor und die Mosaiken anzutasten –, daß die Stimmen nicht mehr aus den Resonanzwinkeln zurückprallen und bei den kaiserlichen Banketten Verwirrung schaffen konnten.

Die Gruppe der von dem Architekten angeführten Arbeiter machte sich lange in dem großen kreisrunden Saal zu schaffen. Vasen mit Myrten- und Zypressenbäumchen wurden zwischen die Säulen gestellt, Teppiche – eigens in einer Art gewebt, daß ihre Form die Zeichnung des Bodens nicht störte – wurden ausgelegt, doppelte Seiden- und Leinenvorhänge wurden an den Fenstern aufgehängt, aber das alles verbesserte die akustische Lage nicht. Man bedeckte die Mosaiken an den Wänden mit perfekten Reproduktionen ihrer Motive auf dünnen Holztafeln, doch die Stimmen und Klänge vermischten sich weiterhin genau wie zuvor.

Der Kaiser bekundete seinen ganzen Unmut dadurch, daß er den Obersten Hofarchitekten und seine Arbeiter in ein Kloster in Bithynien sperren ließ und einen Architekten und einen Mathematiker aus Persien berief. Dabei folgte er einer Empfehlung des Patriarchen von Konstantinopel, der sie einige Jahre zuvor mit gewissen Restaurierungsarbeiten an der Kuppel der Hagia Sophia betraut hatte, von der während der gesungenen Messen Stücke von Fresken und Mosaiken heruntergefallen waren. Man hatte entdeckt, daß der Gesang und die lauten Stimmen der Betenden die Materialien in Schwingung versetzten, so daß sie sich mit der Zeit von der Decke lösten und den Gläubigen und manchmal sogar den Zelebrierenden auf die Köpfe fielen. Die Restaurierungsarbeiten und die geheimen Maßnahmen, die von den beiden Persern getroffen wurden, um den Anprall der Stimmen zu brechen, hatten die Unbilden in der Kathedrale völlig getilgt.

Nach einer ersten Prüfung des großen Saals ließen die beiden Perser die Vasen wegtragen, nahmen die Holztafeln über den Mosaiken ab, entfernten alle Vorhänge und Teppiche und schlossen sich dann mit einem kleinen Handwerkskasten und einer wandhohen Leiter im Triklinium ein.
Eine Woche später wurde dem Kaiser mitgeteilt, daß die Arbeit beendet sei. Enttäuscht vom Obersten Hofarchitekten, der ihn ein Vermögen gekostet hatte, ohne das kleinste Resultat zu erzielen, wollte Konstantin die Akustik des Saals diesmal persönlich prüfen. In Gegenwart der beiden Perser betrat er das Triklinium und versuchte zuerst mit leiser, dann mit lauterer Stimme zu sprechen, und ließ endlich einen seiner Begleiter ein paar Schreie ausstoßen, da er es unter der Würde einer kaiserlichen Majestät befand, innerhalb der Mauern des Palasts laut zu schreien. Diese Stimmversuche wurden an verschiedenen Punkten des großen Raums wiederholt, und das Ergebnis war überall gut: kein Echo, keine Resonanzen.
Konstantin und die Männer seines Gefolges untersuchten den Saal sorgfältig und konnten an keinem Punkt Veränderungen bemerken. Sie fragten sich, ob das Ergebnis nicht ein Werk der Magie sei, aber die beiden Perser, die ihren Verdacht errieten, machten den Kaiser auf die hauchdünnen Seidenfäden aufmerksam, die wie ein unsichtbares Spinnennetz zwischen die einzelnen Säulen und zwischen Säulen und Decke gespannt waren, und zwar nach Kriterien, die sie, wie sie sagten, auf der Grundlage der pythagoräischen Klang- und Zahlentheorie errechnet hatten, welche schon bei mehreren Gelegenheiten nutzbringend angewandt worden war.
Die beiden Perser wurden wie vereinbart mit vierhundert

Nomismata entlohnt und erhielten außerdem als Geschenk zwei vom Hofgoldschmied ziselierte Goldmedaillen, die auf der einen Seite das Bildnis des Basileus und auf der anderen das griechische Kreuz mit den Daten seiner Auffindung und Verherrlichung trugen.

Bevor sie die Rückreise in ihr Land antraten, wiesen der Architekt und der Mathematiker – erfreut über das empfangene Geschenk – den Kaiser darauf hin, daß die Akustik des Saals sich noch weiter vervollkommnen ließe, und zwar durch den Flug einiger Schmetterlinge, auch eines einzigen, aber nicht mehr als zwölf.

Konstantin erteilte Anweisung, daß während der Bankette, die im Frühjahr und Sommer stattfinden sollten, auch hierfür Sorge getragen würde.

Dies geschah im Jahre des Herrn 957, zwei Jahre vor Konstantins VII. Tod. Seit dieser Zeit wurde das Triklinium ruhmreich vorgeführt, ohne daß die alten Belästigungen die Gespräche erschwerten und die Musik und die Gesänge, die am Schluß der Bankette die kaiserliche Gastfreundschaft krönten, sich regellos vermischten.

2

Es war ein eisiger Februarabend des Jahres 962. Als die Gäste an den Tischen des Trikliniums Platz nahmen, fanden sie das von den Mundschenken in silberne Becher gefüllte Wasser von einer leichten Eisschicht bedeckt. Trotz der Kälte hatte das Bankett mit dem feierlichen Ruf des singenden Herolds begonnen, der laut sein »In gaudio prandite, domine!« angestimmt hatte, und alle hatten sich den warmen Speisen und dem Wein zugeneigt, um ihre frierenden Körper zu laben.

Der Tisch des Basileus, an dem in diesem Fall die Regentin Theophano saß, befand sich am äußersten Ende des Saals, gegenüber dem Eingang. Der rechteckige, mit Intarsien geschmückte Marmortisch stand auf einem gänzlich mit Purpurstoff verkleideten Holzpodest, das durch ein Rohr mit warmer Luft direkt aus der Küche geheizt wurde. Im Halbkreis davor waren die Tische der übrigen Gäste so angeordnet, daß niemand der Regentin den Rücken kehrte.

Auf großen Wagen, geschoben von Jünglingen, die in ihren engen weißen Seidentuniken vor Kälte schlotterten, wurden die Speisen hereingefahren und hielten zunächst beim Tisch der Regentin und der Ehrengäste, um dann die Runde der anderen Tische zu machen, nach einem vorgezeichneten Weg, der vom Tafelmeister des Basileus, der auch die Sitzordnung der geladenen Gäste gemäß den Vorschriften der Etikette bestimmt hatte, genauestens festgelegt war.

Der Ehrenplatz zur Rechten der Regentin Theophano war dem Gesandten des Emirs von Mossul und Aleppo zugewiesen – des furchtbaren Saif-ad-Daulah, mit dem man eine Versöhnung anstrebte, nach langen Jahren des Krieges, der beiden Parteien erhebliche Verluste zugefügt und die Finanzen des byzantinischen Reichs zerrüttet hatten. Links von Theophano saß der Eunuch Joseph Bringas, der offiziell die Ämter des Magister Officiorum und des Parakoimomenos bekleidete, d. h. »dessen, der neben dem Gemach des Kaisers schläft« – in diesem Fall neben dem der Regentin –, der aber in Wirklichkeit der geheime Macher der kaiserlichen Politik sowohl für die innenpolitischen Entscheidungen als auch für die Beziehungen zu den anderen Staaten war. Die übrigen Gäste am Tisch der Regentin gehörten alle dem hohen Beamtenadel an: Leo Phokas, vor kurzem zum Kuropalates ernannt, nachdem sein Bruder Nikephoros Phokas dem Emir Saif-ad-Daulah die Städte Germanikeia und Aleppo im Euphrattal entrissen hatte, und der Eparch Georgios Mesarites, höchster Richter des Reichs. An den übrigen Tischen, zusammen mit den Hofdamen und den Vertretern der oberen Verwaltungsränge, saßen ein Meister der Rhetorik, ein Grammatiker, ein Theologe, ein Mathematiker, ein Hofpoet und ein paar weise Mönche. Die Crème de la crème der byzantinischen Kultur war für dieses Abendessen versammelt worden, das – einer von Konstantin VII. eingerichteten Tradition folgend – einmal monatlich entweder einem Philosophen oder einem Dichter oder einem Historiker des klassischen Altertums gewidmet war. An jenem Abend hatte man den griechischen Philosophen Aristoteles als Gesprächsthema gewählt.

Während man jungen Ziegenbraten und mit Knoblauch und Zwiebeln gefüllte Gänsewürste sowie Wildschweinschinken und Pfauenbrüste verspeiste, diskutierte man darüber, ob die Philosophie des Aristoteles eine wahre Philosophie sei, ob die wahre Philosophie sich immer im Einklang mit der wahren Religion befinde, und folglich, ob ein wahrer Christ die philosophischen Lehrsätze des Atheners akzeptieren könne. Zu jener Zeit war Aristoteles noch nicht von der christlichen Kultur vereinnahmt worden, und die Unterhaltung hatte einen heiklen und strittigen Punkt erreicht.

»Auch wenn wir in dem Unbewegten Beweger des Athener Philosophen ein Bild Gottes erkennen wollen, wie viele vorgeben«, sagte der Hoftheologe, »so ist doch nicht klar, warum Gott unbewegt sein soll. Das Prinzip der Göttlichkeit ist im Gegenteil per se bewegt, und seine Attribute müßten vielmehr das Strömen der Luft, die unendliche Ausdehnungsfähigkeit und die Geschwindigkeit sein.«

Zur Geschwindigkeit Gottes meldete sich der Mathematiker zu Wort:

»Die Geschwindigkeit kann nur dann ein göttliches Attribut sein, wenn sie absolut ist, und daran besteht, wie ich glaube, kein Zweifel. Aber die absolute Geschwindigkeit bedeutet, daß das Subjekt im selben Augenblick ankommt, in dem es aufbricht.«

Der Kuropalates Leo Phokas stutzte einen Augenblick, legte dann die Gänsewurst, in die er gerade beißen wollte, auf den Teller zurück und griff in das Gespräch über die Geschwindigkeit Gottes ein.

»Diese Frage ist schwer zu lösen, denn die Behauptung des illustren Mathematikers würde das Prinzip der Widerspruchsfreiheit Lügen strafen, das schon Anaxagoras formuliert hatte und das im folgenden gerade von Aristoteles übernommen und weitergeführt wurde als einer der Kernpunkte der Logik.«

»Aristoteles ist ein heidnischer Philosoph«, warf der Theologe unverzüglich ein, »und deshalb können wir, wenn wir von den Attributen des christlichen Gottes sprechen, seiner Logik getrost widersprechen. Man sollte vielmehr Proklos bedenken, der in seiner *Institutio theologica* behauptet, daß die Existenz des Ersten Unbewegten Bewegers die Existenz dessen bedingt, was sich bewegt, d. h. dessen, was vom Ersten Beweger bewegt wird. In der Tat ist jedes Wesen entweder unbewegt oder eigenbewegt oder bewegt durch Anstoß von außen. Daraus geht hervor, daß Anstöße zur Bewegung nur der geben kann, den Aristoteles den Unbewegten Beweger nennt. Eure Rede zieht nicht in Betracht, daß das Unbewegte etwas bewegt, das ihm fremd ist, das aber der Beschränkung der Unbewegtheit nicht unterworfen sein kann, insofern es auch die anderen Wesen in sich begreift und deshalb als selbstbewegt katalogisiert werden muß. In diesem Fall ist die Bewegung reine Ausdehnung, die keinen Ausgangs- und Ankunftspunkt verlangt, weshalb die Geschwindigkeit, die ich als göttliches Attribut genannt habe, sich im Körper des fälschlicherweise im Unbewegten Beweger des Aristoteles erkannten Höchsten Wesens selbst vollzieht. Wenn wir indes das Attribut der Geschwindigkeit von anderen Attributen abhängig machen, in einer notwendig unendlichen Folge, dann sprechen wir von der Wissenschaft des Nichts, wie Proklos es nennt, und es wäre besser zu schweigen, wie uns der Glaube befiehlt.«

Leo Phokas wollte sich erneut in das Gespräch einschalten, weil er fürchtete, der Abend könnte auf einen Dialog zwischen dem Mathematiker und dem Theologen beschränkt bleiben, die sich mit dem vermeintlichen Anstand derer stritten, die wissen, daß sie sich auf einen großen Vorrat an Beweisführungen und auf das Interesse der Miteingeladenen stützen können.

»Es scheint mir nicht elegant«, sagte Leo Phokas, »bei Argumenten, die wir nach den Prinzipien der Logik behandelt haben, den Glauben heranzuziehen.«

»Ich habe lediglich gesagt, daß der Glaube in manchen Fällen zu schweigen gebietet, besonders wenn man Bemerkungen wie Eure macht, die weder von Logik noch von Eleganz geprägt sind.«

Leo Phokas war beleidigt und verstört durch die Antwort des Hoftheologen und fand nicht die Zeit, seine Gedanken zu sammeln und zu antworten, denn der Mathematiker nahm den Dialog mit dem Theologen wieder auf, während er das

Messer hinlegte, mit dem er sich gerade ein großes Stück Ziegenbraten abgeschnitten hatte.
»Der Begriff des Raums ist also Euch zufolge zulässig in dem von unbewegten, bewegten oder selbstbewegten Wesen bevölkerten Himmel?«
Auf diese Frage voll beißender Ironie antwortete der Theologe mit seinem üblichen Phlegma.
»Mir scheint, daß der Mittelpunkt unserer Rede der Allmächtige ist, oder, wenn Ihr das vorzieht, der Unbewegte Beweger, und nicht der den Wesen reservierte Raum, die von ihm herkommen und von ihm abhängen.«
»Gerade vom Höchsten aller Wesen möchte ich sprechen«, sagte der Mathematiker, »oder, um bei der Sprache des Athener Philosophen zu bleiben, vom Unbewegten Beweger. Wenn Ihr wollt, kann ich die Frage noch einmal folgendermaßen formulieren: Ist der Begriff des Raums vom Allmächtigen gestattet? Und ist, zusammen mit dem Begriff des Raums, die Geometrie mit ihren Formen – z. B. der Kugel, die ja die vollkommenste aller Formen ist – gestattet?«
»Der Begriff des Raums ist notwendigerweise vom Allmächtigen in bezug auf die Wesen gestattet, die sich von ihm herleiten und von ihm bewegt werden. Was indes das Höchste Wesen betrifft, so meinen wir, daß es alle anderen Räume und ihre relativen Geometrien in einem unendlichen Raum enthält.«
»Gemäß der euklidischen Geometrie setzt sich ein unendlicher Raum aus einer unendlichen Zahl von Punkten zusammen, aber doch immer von Punkten, die sich einer vom andern unterscheiden. Könnt Ihr mir folgen?«
»Ich verstehe, was Ihr sagen wollt: daß man von einem Punkt zum andern Linien ziehen und diese mehr oder weniger schnell durchmessen kann. Ich möchte Euch indes antworten, daß das Höchste Wesen diese Punkte alle schon besetzt hat und es deshalb unmöglich ist, Linien zu ziehen, geschweige denn entsprechende Geschwindigkeiten zu bestimmen.«
Die eisige Luft im Triklinium war jetzt vollends erstarrt, und die Tischgenossen hatten sogar aufgehört zu kauen, um nicht ein einziges Wort des Streitgesprächs zwischen dem Theologen und dem Mathematiker zu versäumen.

»Die christlichen Philosophen sprechen oft von der Himmelskugel. Ist es denn noch nicht einmal im Falle der Kugel möglich, verschiedene Punkte zu bestimmen? Wenn man die Kugelform akzeptiert, dann muß man auch einen von einer Oberfläche begrenzten Raum annehmen. Seid Ihr Euch wenigstens diesbezüglich einig?«
»Gewiß«, antwortete der Theologe, »gemäß der euklidischen Geometrie.«
»Gibt es auch eine himmlische Geometrie, die sich von der euklidischen unterscheidet? Ihr seid vielleicht im Begriff, mir zu sagen, daß dieser neuen Wissenschaft zufolge eine unendliche Kugel existiert, die sich mit dem Höchsten Wesen gleichsetzt. Glaubt Ihr nicht, daß gerade die geometrischen Formen, die Kugel eingeschlossen, eine Möglichkeit darstellen, die Idee des Unendlichen zu bekämpfen – dieses absolute metaphysische Übel, das im Kosmos wirkt, indem es das Chaos sät?«
»Wenn Ihr sagt, daß diese Idee das Chaos im menschlichen Geist sät, dann stimme ich mit Euch überein, aber wenn Ihr vom Kosmos sprecht, dann muß ich annehmen, daß Ihr Gott als absolutes metaphysisches Übel betrachtet, als einen Säer von Chaos.«
»Ich habe von einer Idee gesprochen, und eine Idee kann Chaos nur in einem Kosmos säen, den der menschliche Geist erfunden hat. Ich dachte, da könnte es kein Mißverständnis geben. Nun habe ich aber den Eindruck, daß Ihr mit Euren boshaften Sophismen der Frage ausweichen möchtet, ob eine unendliche Kugel existieren kann oder nicht.«
»Ich habe Euch bereits geantwortet.«
»Ich meine nicht die Kugel, von der Euklid spricht, sondern diejenige, von der unsere christlichen Philosophen sprechen.«
»Die Himmelskugel ist eine elegante Metapher, und Ihr wißt, daß Metaphern keinen Raum einnehmen und auch keine Oberfläche haben und sich deshalb nur schlecht dazu eignen, gemessen und in eine geometrische Form eingeschlossen zu werden.«
Der Mathematiker begriff, daß er die Diskussion nicht fortsetzen konnte, ohne gefährlich in den Bereich des theologischen Zweifels zu geraten.
»Nachdem ich die euklidische Geometrie so viele Jahre hin-

durch studiert habe, werde ich mich glücklich schätzen, in den kommenden Wochen von Euch über die Himmelsgeometrie unterrichtet zu werden, von der ich ehrlich gesagt nur geringe Kenntnisse besitze.«
An diesem Punkt wandte der Theologe seine ganze Aufmerksamkeit dem Stück Ziegenbraten auf seinem Teller zu. Die Tischgenossen verstanden, daß er auf die ironische Herausforderung seines Gesprächspartners nicht zu antworten gedachte, und daß die Kugel – so geschlossen und kompakt als geometrische Form – sich in ein rhetorisches Wölkchen aufgelöst hatte.

Die junge Regentin Theophano, die dem langen theologischen Streitgespräch mit Mühe gefolgt war, unterdrückte nur notdürftig ein Gähnen; dann beugte sie sich zu Bringas und flüsterte ihm ins Ohr:
»Diese Diskussionen ermüden mich schrecklich. Wir können den Hof doch nicht in eine Akademie verwandeln, wo man endlos über unsinnige Fragen diskutiert und unter dem Vorwand der Philosophie schlecht ißt, wenn auch von goldenem und silbernem Geschirr. Ich muß mich leider nach der Zeit Konstantins VII. zurücksehnen, als die Stimmen sich während der Bankette verwirrten und die von den Gästen gesprochenen Worte wie Ohrfeigen an die Köpfe derer zurückkehrten, die sie geäußert hatten.«
»Diese philosophischen oder poetischen oder historischen Festessen, meine geliebte Prinzessin«, sagte der Eunuch Joseph Bringas leise, »dienen dem Ruhm und dem Ansehen des byzantinischen Kaiserreichs. Mit dem heutigen aristotelischen Bankett wollen wir dem Gesandten des Emirs Saif-ad-Daulah an unserer Seite demonstrieren, daß man hier seelenruhig über Philosophie diskutiert, während unsere Strategen gegen seine Armee in Mesopotamien kämpfen. In Wirklichkeit handelt es sich um ein politisches Essen, von dem ich mir schon für morgen einige Vorteile verspreche, wenn wir uns treffen, um nicht mehr über den Unbewegten Beweger zu diskutieren, sondern über unsere östlichen Grenzen und über die Bedingungen eines irdischen Friedens, den wir Gefahr laufen, mit Gold aufwiegen zu müssen.«

»Das ändert nichts daran, daß ich mich zu Tode langweile«, sagte Theophano mit auffälligem Gähnen.
»Wenn ich Euch etwas empfehlen dürfte«, entgegnete Bringas, »so fände ich es begrüßenswert, wenn Eure Hoheit ihr Gähnen zu unterdrücken versuchte. Unsere Gäste beobachten Euch.«
»Sollen sie mich doch beobachten, sie sehen nur das, was sie verdienen. Jedenfalls ist dies das letzte Mal, daß am Hof von Byzanz ein Essen dieser Art stattfindet.«
Leo Phokas hatte während seines kurzen Einwurfs gegen den Theologen bereits ein paar unwillige Gesten bei der Regentin bemerkt, und dann hatte er den Eindruck gehabt, das unverhohlene Gähnen sei geradewegs auf ihn gerichtet. Ungeachtet seiner in langen Jahren höfischen Lebens gelernten Vorsicht, konnte er der plötzlichen Versuchung nicht widerstehen, die Regentin anzusprechen.
»Ich habe bemerkt, daß die kaiserliche Prinzessin Theophano ihren Mund geöffnet hat. Vielleicht möchte sie etwas über den Philosophen Aristoteles sagen.«
Theophano war von den Worten des Kuropalates wie vom Donner gerührt. Alle Blicke hefteten sich auf sie und manche Gäste lächelten verstohlen – zufrieden über die Beschämung, die der Kuropalates der Prinzessin zuzufügen gewagt hatte. Theophano wußte nicht, welche Haltung sie beziehen und wie sie ihren Zorn beherrschen sollte. Sie errötete vor Scham und stammelte etwas Unverständliches, aber die Blicke, die sich von allen Seiten des großen Saals auf sie richteten, machten ihre Verlegenheit noch größer.
Joseph Bringas murmelte etwas, ohne den Kopf zu bewegen, damit man sein Einflüstern nicht bemerkte.
»Ihr solltet antworten. Wenn ein hoher Beamter des Reichs sich direkt an den Kaiser oder seinen Stellvertreter wendet, dann empfiehlt die Etikette, daß ihm in jedem Fall eine Antwort zuteil werde.«
Theophano bemühte sich, einen Satz zusammenzubringen, der einen Sinn hätte.
»Aristoteles war vermutlich nicht vom Glauben berührt, wenn er Gott als Unbewegten Beweger bezeichnet hat. Mir erscheint diese Definition als Blasphemie.«

Leo Phokas, der, vielleicht um sich zu erwärmen, ein Glas zuviel getrunken hatte, antwortete sofort und ohne nachzudenken.

»Es ist schwer möglich, meine kaiserliche Herrin, daß Aristoteles vom christlichen Glauben berührt sein sollte, da er fast vierhundert Jahre vor Christus geboren wurde.«

Der Rhetoriker, der Grammatiker und der Hofpoet, die am selben Tisch saßen, blickten besorgt zum Kuropalates hinüber, der es gewagt hatte, die Herrscherin lächerlich zu machen, indem er ihren Irrtum hervorhob. Die anderen Gäste hefteten ihre Blicke auf die schöne Theophano, die sich noch nicht einmal bemühte, ihren Zorn über die klägliche Figur, die sie vor allen gemacht hatte, zu verbergen. Nur der Gesandte des Saif-ad-Daulah verzog keine Miene, weil er beschlossen hatte, so zu tun, als könne er kein Griechisch, auch wenn alle wußten, daß er es perfekt verstand.

Dieser Augenblick der Bedrängnis und Verlegenheit wurde durch das Eintreten der Artisten in den Saal beendet. Es waren Eingeborene und Mohren, die mit Tellern und Bällen jonglierten, während die Musiker sie im Rhythmus ihrer Darbietungen begleiteten.

3

Die Regentin Theophano, die den Zwischenfall nicht als abgeschlossen ansah, ließ nach dem Ende des Banketts den Eunuchen Bringas zu einem geheimen Gespräch in ihre Privatgemächer kommen. Sie begann ohne Umschweife zu sprechen, so als hätte sie nach der Demütigung, die sie vor den Höflingen und den ausländischen Gästen erlitten hatte, das Bedürfnis, sich Luft zu machen.

»Leo Phokas wird seine Arroganz teuer bezahlen müssen«, zischte sie dem Eunuchen zu, »sein Name ist jetzt in meinem schwarzen Buch verzeichnet.«

»Ich flehe Euch an, keine Rache zu nehmen, jedenfalls vorläufig nicht«, sagte Bringas. »Leo Phokas ist der Bruder unseres besten Strategen – jenes Nikephoros Phokas, der soeben die Städte Germanikeia und Aleppo erobert hat. Wenn Ihr Euch an Leo rächt, dann tritt sein Bruder bestimmt vom Heereskommando zurück, und das gerade jetzt, wo wir einige Aussichten haben, einen günstigen Vertrag mit einem schrecklichen Feind zu schließen, der sich in diesem Augenblick im Staub der Niederlage wälzt.«

Theophano biß sich verärgert auf die Lippen.

»Ihr denkt bei allem nur an die Politik. Der Kuropalates hätte es verdient, daß ihm wegen seiner Unverschämtheit die Zunge abgeschnitten würde, aber Ihr sagt ja, daß diese Spaltzunge mit Rücksicht auf das Wohl von Byzanz nicht angetastet werden darf. Und so kann eine Unverschämtheit der anderen folgen, und ein Gift löst das andere ab. Aber ist es denn unumgänglich, daß das Wohl von Byzanz mit meiner Erniedrigung einhergeht?«

»Ihr seid die Regentin und habt es gewiß nicht nötig, Euch zu rächen, wenn ein Tischgast unverschämt war.«

»Ich werde ihm das nie verzeihen.«

»Ich bitte Euch lediglich, zu warten. Ich bin dabei, eine aufreibende politische Schlacht zu schlagen, in der Hoffnung, an unseren östlichen Grenzen ein paar Vorteile für uns zu erringen. Dazu ist mir aber die Unterstützung des Heeres unerläßlich, und die kann mir nur Nikephoros Phokas, der Bruder des Kuropalates Leo, gewähren.«

»Ihr sagt mir, daß die beiden nicht nur Brüder, sondern auch Freunde sind. Seid Ihr sicher?«

»Leider ist das so. Und auf der Liste der Härten, die ich Eurer erlauchten Aufmerksamkeit unterbreiten muß, findet sich auch die Tatsache, daß Nikephoros Phokas vom Senat die Erlaubnis erhalten hat, unsere Geheimwaffe, das griechische Feuer, zu benützen. Das war vielleicht eine Unvorsichtigkeit, aber die militärische Lage hat es erfordert. Nun ist Euch bekannt, daß jemand, der diese Waffe benützt, auch weiß, wie die Abschußrohre funktionieren, und es besteht auch die Gefahr, daß er ein paar Kenntnisse über die Geheimformel für die Herstellung der Feuergeschosse besitzt. Heute sind im gesamten Kaiserreich nur drei Großadmirale der Flotte und ein einziger Stratege – eben Nikephoros Phokas – in der Lage, diese Waffe zu benützen. Als wir ihm die Siphone des griechischen Feuers anvertraut hatten, wußten wir, daß Nikephoros Phokas damit in die Klasse der Unantastbaren aufgenommen war, aber uns blieb keine andere Wahl. Ich verstehe, daß Ihr Euch an Leo rächen wollt, aber ich bitte Euch, den geeigneten Zeitpunkt abzuwarten. Ihr werdet sehen, daß er kommt – er kommt immer.«

»Mittlerweile«, sagte Theophano, die die Empfehlung des Eunuchen mit offenkundiger Enttäuschung vernommen hatte, »können wir wenigstens diese lächerlichen philosophischen Essen abschaffen, die nur dazu dienen, die Ideen der Höflinge zu verwirren und meiner Person Beleidigungen zuzufügen.«

»Das wäre möglich. Aber ich möchte Euch daran erinnern, daß ein guter Kaiser – und Ihr sitzt ja als Regentin schon auf dem Thron und werdet bald als Kaiserin dort sitzen – sich bemühen muß, alles zu fördern und zu unterstützen, was dem Ansehen der Krone dient. Ein guter Kaiser sollte wenigstens über ein paar Grundkenntnisse der klassischen Philosophie, der heiligen Schriften, von der Bibel bis zu den Kirchenvätern, und über einige Grundbegriffe der Theologie, der Mathematik, des Finanzwesens und der Kriegskunst verfügen. Er müßte neben dem modernen Griechisch auch perfekt Altgriechisch und Latein und wenigstens ein bißchen Arabisch können. Aber vor allem muß ein weiser Herrscher das gesamte Hofzeremoniell – die den verschiedenen Verwaltungsrängen zugewiesenen Aufgaben und die Rechte auf Vorrang, Beförderung, Belohnung, Würdigung und Triumphzüge – wie am Schnürchen auswendig kennen. Ich habe versucht, Euch Vorsicht und alles was mir aufgrund meiner Erfahrung sonst noch möglich war zu lehren, aber ich weiß nicht, wie lange ich noch an Eurer Seite bleiben kann.«

»Was wollt Ihr damit sagen?«

»Daß das Leben der Höflinge ein unsicheres ist. Sie können in Ungnade fallen und können sterben, von einem Augenblick zum andern.«

»Ihr scheint mir bei bester Gesundheit.«

Joseph Bringas lächelte.

»Gottlob geht es mir gut.«

»Ihr habt mir bereits beigebracht, wie ich mich bei Tisch benehmen muß, wie und was ich zu welcher Zeit trinken muß, wie ich lächeln muß, bei welchen Gelegenheiten und auf welche Art ich Kummer zeigen muß, wie ich mich kleiden muß, wie ich gehen muß, wie ich knien muß, wie ich beten muß, und wie ich die Männer des Hofs und die Ausländer begrüßen muß. Ihr wißt, daß ich die Jagd und die Spiele im Schwimmbad Eurem Unterricht vorziehe, aber wenn es, wie Ihr gesagt habt, nötig ist, dann will ich für das Wohl des Kaiserreichs noch mehr Buße tun. Ich will auch lernen, in Gegenwart langweiliger Personen das Gähnen zu unterdrücken, aber ich kann mich nicht dazu zwingen, Aristoteles zu studieren, nur um ein paar bleichgesichtigen Philosophen, die auf Staatskosten leben und sich an unserer Tafel den Bauch vollschlagen, einen Gefallen zu tun.«

»Ihr seid die schönste aller Prinzessinnen, die je den Thron von Byzanz bestiegen haben, und es wäre ein Jammer, wenn Euer Ruf nicht Eurer Schönheit entspräche. Ich hoffe, daß Ihr künftig nicht nur meine Ratschläge im Hinblick auf die weltlichen und religiösen Wissenschaften beherzigt, sondern auch diejenigen, die Euer Benehmen betreffen.«

»Redet Ihr noch immer von meinem Zusammenstoß mit dem Kuropalates, oder seid Ihr im Begriff, mir eine neue Klatschgeschichte zu erzählen? Also, sprecht frei heraus.«

»Ihr solltet alles wissen, was man über Euch sagt, auch wenn es sich für Eure erhabenen Ohren als unangenehm erweist.«

»Ich höre.«

»Man munkelt, daß Euer erlauchter Gemahl, der Kaiser Romanos II. Lekapenos, gestorben sei, nachdem er einen vergifteten Fasan gegessen hatte.«

»Ich weiß schon, wer diese Geschichten in Umlauf setzt, um mir eine Schuld zuzuschieben, die ich nicht habe. Es sind seine fünf Schlangen von Schwestern, die ihr Gift verspritzen, um meinen Ruf und meine Autorität zu untergraben.«

»Es gibt Wortgifte, gegen die man sich mit dem Verstand wehren kann«, sagte Bringas boshaft, »und es gibt Gifte, die töten, wenn man sie mit der Nahrung zu sich nimmt. Hier am Hof von Byzanz wird von beiden reichlich Gebrauch gemacht, aber wenn man alle Schuldigen bestrafen würde, dann wäre der Hof, fürchte ich, fast leer.«

»Der Koch wurde bestraft, aber die fünf Schwestern des verstorbenen Romanos sitzen noch immer in ihren Wohnungen. Dabei hatte der Kaiser selbst vor seinem Tod beschlossen, sie vom Hof zu entfernen und in ein Kloster in Bithynien zu schicken.«

»Der Beschluß des verstorbenen Kaisers wurde nur mündlich ausgesprochen, und um Personen der kaiserlichen Familie zu bestrafen, bedarf es einer schriftlichen Verfügung.«

»Setzt die Verfügung auf, ich werde sie sofort unterschreiben.«

»Die Abfassung dieser Verfügung ist Sache des Eparchen Georgios Mesarites. Er ist der Verantwortliche für die Justiz, aber dieser Obliegenheit hat er bis jetzt noch nicht nachkommen wollen.«

»Es wird nicht schwer sein, ihn dazu zu überreden: es ist nur recht und billig, daß die Strafe dieser Vipern auch von einer Viper abgefaßt wird.«

»Ich bedaure, daß Eure Unterschrift sich mitten in einem hochvornehmen Vipernnest befinden wird.«

»Macht Euch meinetwegen keine Sorgen, ich bin an schlechte Gesellschaft gewöhnt.«

»Ich mache mir immer über alles und bei jeder Gelegenheit Sorgen, wenn Ihr gestattet. Jetzt sind es fünf Vipern, die Euren Ruf schädigen wollen, aber nach dieser Verfügung werden es zwanzig, dreißig oder hundert sein. Die Höflinge lieben bekanntlich die Verleumdung.«

»Was müßte ich also Eurer Meinung nach tun?«

»Je weniger Ihr tut, desto besser.«

»Ist das Eure ganze diplomatische Weisheit?«

»Es sind die Gedanken eines Menschen, der sich das Beste für Eure Regentschaft wünscht. In manchen Fällen ist es gut, mit Kraft und Entschlossenheit zu handeln, in anderen ist es besser, so wenig wie möglich zu tun. Reglosigkeit und Stille können hervorragende Figuren der Weisheit sein.«

»Ich mußte bereits die Arroganz des Kuropalates hinnehmen, und das war ein großes Opfer. Ihr könnt jetzt nicht auch noch von mir verlangen, daß ich den Schwestern des verstorbenen Romanos Lekapenos verzeihe.«

»Ich bitte um Entschuldigung, aber von Verzeihung habe ich nicht gesprochen. Ich habe lediglich gesagt, es wäre gut, die Bestrafung auf einen günstigeren Zeitpunkt zu verschieben.«

»Ich will die Präsenz des Kuropalates ertragen, aber diese fünf Schwestern müssen so weit wie möglich weggeschickt werden, damit sie mir nie wieder unter die Augen kommen.«

Bringas lächelte zweideutig, ohne zu antworten, und Theophano begriff, daß er keinen Finger rühren würde, um die fünf Schwestern zu entfernen. Der Eunuch kannte zu viele Geheimnisse, um Befehle von Theophano oder von irgendjemand anderem anzunehmen. Durch seine Geheimarchive war er gefürchtet und unverwundbar. Es war deshalb ratsam für Theophano, seinen scheinbar so weisen Ratschlägen zu folgen, obwohl sie wußte, daß sich hinter ihnen stets irgendein schmutziger Plan oder eine Bosheit zu ihrem Schaden verbarg. Sie hatte sogar Mühe, im Bereich des Palasts irgendwelche Verbündeten gegen Bringas zu finden, der allen Furcht einflößte, auch wegen des Dämonischen, das seine Person umgab. Einige Tage vor dem Bankett hatte Theophano versucht, sich mit ihm in Verbindung zu setzen, aber ihren treuen Eunuchen aus dem Gynäkeion war es zwei Tage lang nicht gelungen, ihn an irgendeinem Ort des Palasts zu finden, so als hätte er sich in Luft aufgelöst. Solche Abwesenheiten waren bei Bringas nicht selten. Wo versteckte er sich? Zu welchen geheimen Zusammenkünften ging er? Häufig wiederkehrende Mutmaßungen wähnten ihn im Bund mit den höllischen Mächten, denen er über seine Missetaten Rechenschaft ablegen mußte. Und daß von seiner Person ein stechender Schwefelgeruch ausging, war ein Phänomen, das man ebensogut den Pomaden, die Bringas gegen eine lästige Hautkrankheit benützte, wie seiner Verwandtschaft mit der Familie des Satans zuschreiben konnte.

4

Drei Reiter zu Pferd, ein Bote und zwei Gefolgsleute waren in Germanikeia in Nordsyrien aufgebrochen, hatten in Parforce-Etappen Sision und Herakleia erreicht, waren dann über die stürmische Hochebene von Anatolien bis nach Ikonion hinaufgestiegen, hatten Kappadokien bis Dorylaion durchquert, waren zuerst nach Nikaia in Bithynien und dann, über Nikomedeia, nach Chrysopolis gelangt – staubbedeckt und von Fliegen geplagt. Dort hatten sie ihre Kleider gewechselt und sich gestärkt, um würdig in der Hauptstadt aufzutreten. Schließlich hatten sie zusammen mit ihren Pferden auf einem Militärfloß den Bosporus überquert, waren in Konstantinopel eingezogen und durch die Mese – die feierliche Hauptstraße – zum Kaiserpalast gelangt, wo sie dem Kuropalates Leo Phokas im Auftrag seines Bruders, des Strategen, eine Botschaft für die Regentin Theophano überreichten. Nikephoros Phokas bat um die Erlaubnis, für kurze Zeit in die Hauptstadt zurückzukehren, um junge Truppen anzuwerben und die ruhmreichen Veteranen, die seit Jahren unter seinem Befehl in den fernen Regionen Asiens kämpften, ins Vaterland zurückzuführen und mit den gebührenden Ehren und klingender Münze zu belohnen.

Die Botschaft des Nikephoros Phokas, die sein Bruder, der Kuropalates, Theophano überbrachte, war nach Ansicht des Eunuchen Bringas von berechneter Zweideutigkeit geprägt. Es war in ihr von Ehren die Rede, die den Soldaten gebührten, während mit keinem Wort die Ehren erwähnt wurden, die Nikephoros selbst traditionsgemäß zustanden, der die Soldaten in vielen siegreichen Schlachten angeführt hatte.

»Es ist ein alter Brauch der Strategen«, sagte Bringas zu der Regentin, »ausdrücklich ihren Triumph zu fordern, als ein bestimmtes Recht, das man am Ende eines siegreichen Krieges erwirbt. Wenn nun Nikephoros Phokas sein Recht nicht fordert, dann bedeutet das, daß er die Absicht hat, seinen Triumph in der Hauptstadt ohne kaiserliche Einwilligung zu feiern, und daß er sich mit dieser Haltung als Gegenspieler des Throns ausweist – in diesem besonderen Fall als Gegenspieler der Regentin.«

Mit durchtriebener Schläue warnte Bringas Theophano vor den ehrgeizigen Plänen des Strategen Nikephoros Phokas: der seit dem Tod des Romanos II. Lekapenos vakante Thron und die Unterstützung seiner treuesten Truppen boten ihm Gelegenheit zu einem Handstreich. Nikephoros Phokas entstammte einer mächtigen und hochbegüterten armenischen Familie und hatte in Armenien und Syrien nicht nur gekämpft, um die Grenzen des Reichs zu erweitern, sondern auch um seine persönlichen Besitztümer und seine Klientel zu vermehren.

»Zu all dem kommt noch hinzu«, sagte Bringas, »daß Nikephoros bei der Schlacht von Kreta, wie Euch bekannt ist, die Geheimwaffe des griechischen Feuers benützt hat, nachdem er die zögernden Hofbehörden durch militärische Erpressung gezwungen hatte, ihm die Erlaubnis dafür zu erteilen. Wenn ihm nun in den Sinn kommt, diese außerordentliche Waffe zu gebrauchen, die in der Lage ist, schreckliche Flammengeschosse aus weiter Entfernung zu schleudern, dann wird ihn niemand mehr daran hindern können, mit seinen Truppen in den Kaiserpalast einzudringen und sich auf den Thron zu setzen. Die Arroganz des Kuropalates Leo Phokas Euch gegenüber könnte auch ein Köder sein – absichtlich ausgeworfen, um einen Handstreich seines Bruders Nikephoros zu rechtfertigen. Ich möchte nicht mit meinen diplomatischen Fäden dieser Tage ein Netz geflochten haben, das einem Usurpator nützt. Versteht Ihr mich?«

Theophano fragte ihn, welche Vorkehrungen er zu treffen gedenke und was für einen Empfang er dem Strategen bereiten wolle.

»Wenn Nikephoros Phokas ohne die ausdrückliche Erlaubnis Eurer erlauchten Autorität der Regentin in Konstantinopel einzieht – wie muß man diese Geste dann Eurer Meinung nach interpretieren?«

»Ihr beantwortet meine Frage mit einer Frage, obwohl gerade Ihr mich gelehrt habt, daß das eine Mißachtung des Zeremoniells und der guten Erziehung ist.«

»Meine Regeln sehen den Fall eines bescheidenen Ratgebers, der die höchste kaiserliche Autorität zum Gesprächspartner hat, nicht vor. Aber selbst wenn die Form meiner Rede falsch war, so ist ihre Substanz doch richtig, da ich es niemals wagen würde, ohne Eure Zustimmung eine Entscheidung zu fällen.«

»Dann seid Ihr gewiß in der Lage, einen Vorschlag zu machen – das ist doch die Aufgabe des Magister Officiorum?«

»Der Einzug eines Strategen an der Spitze seiner bewaffneten Truppen in die Hauptstadt ohne die Erlaubnis der Regentin ist meiner Ansicht nach eine schwerwiegende Geste der Widersetzlichkeit gegen die kaiserliche Autorität und muß in exemplarischer Weise bestraft werden.«

»Erklärt das genauer.«

Der Eunuch legte eine kunstvolle Pause ein, die seine Worte als Ergebnis einer soeben angestellten Überlegung erscheinen ließen.

»Ich glaube, daß er verhaftet und vor dem versammelten Volk als Anstifter einer Verschwörung geblendet werden muß.«

»Verhaftet von wem?«

»Von der Palastgarde.«

Theophano erklärte sich einverstanden. Wenn Nikephoros ohne ihre Einwilligung in Konstantinopel einzöge, sollte er verhaftet und vor den Augen des Volkes geblendet werden. Aber um ihn nicht im vorhinein zu verärgern und um sich an die von Bringas empfohlenen Vorsichtsmaßregeln zu halten, beschloß sie, Nikephoros Phokas' Brief nicht mit einem Verbot zu beantworten. Ihre Einwilligung wollte sie natürlich auch nicht geben. In diesem so schwierigen und riskanten Fall erschien ihr das als das klügste Verhalten.

Bringas hätte es vorgezogen, wenn Theophano Nikephoros gegenüber eine entschiedenere Haltung bezogen hätte, aber er wollte sich noch einmal zufrieden zeigen – im Namen jener Vorsicht, die er ihr selbst bei so vielen Gelegenheiten mit so viel Nachdruck empfohlen hatte.

Als ihm bestätigt wurde, daß Nikephoros Phokas sich an der Spitze seiner Truppen auf dem Weg nach Konstantinopel befand, obwohl er keine ausdrückliche Erlaubnis von der Regentin erhalten hatte, wurde Bringas von einem inneren Aufruhr und von stechendem Sodbrennen gepackt, einem Leiden, das ihn in Fällen starker Verstimmung regelmäßig befiel. Der Hofarzt hatte ihm geraten, viel Wasser zu trinken und ungewürzten indischen Reis zu essen, und Bringas – gänzlich wehrlos gegenüber physischem Schmerz – hatte sich gehorsam an diese Diät gehalten. Auf solche Weise gelang es ihm, sein Sodbrennen zu lindern, nicht aber seinen brennenden Zorn, den er hinter der bekannten gleichmütigen und nun fast zu einer Fratze erstarrten Miene zu verbergen versuchte, die ganz entfernt einem Lächeln glich. Aber wer ihn kannte, hatte keine Mühe, aus einem plötzlichen Zittern seiner Lippen und aus der Ruhelosigkeit seiner Hände die geheimen Regungen seiner Seele herauszulesen. Die schmalen weißen Hände des Eunuchen entzogen sich gänzlich seiner Kontrolle und bewegten sich beständig, so als zupften sie an den Saiten einer unsichtbaren Harfe. Wenn seine Gesprächspartner diese Hände beobachteten, merkten sie, wann es ratsam war, Worte der Vorsicht zu gebrauchen.

Jetzt wußte man es: Nikephoros Phokas' Einzug in Konstantinopel nach seinen siegreichen Feldzügen an den asiatischen Grenzen würde in allem einem Triumphzug gleichen. Wer hätte die Leute denn auch abhalten können von ihrem Beifall und ihrem Jubelgeschrei beim Anblick der Uniformen und Waffen, der Reiter und der feindlichen Offiziere, die sicherlich in Ketten vorgeführt würden? Umsonst hatte Bringas versucht, die Nachricht vom Eintreffen Nikephoros' und seiner Soldaten geheimzuhalten. Schon rüsteten sich alle für das Fest, obwohl weder vom Praepositus noch vom Protospatharios Triumphfeierlichkeiten angekündigt und auch keinerlei Vorkehrungen getroffen worden waren.

Die Leute fragten sich, warum man im Hippodrom die Logen für die Regentin und die Hofbeamten noch nicht aufgebaut hatte, warum man noch nicht daran gedacht hatte, das Kopfsteinpflaster der Mese mit feinem Meersand zu bedecken, um zu verhindern, daß die Pferde ausrutschten und die Wagenräder zu großen Lärm machten. Und die Musiker? Warum hatte man noch keine Podeste für sie aufgestellt, und warum probten sie noch nicht? Es lag etwas Seltsames in diesem Empfang ohne all die Feierlichkeiten, die einem siegreichen Strategen gebührten, der sehr beliebt war bei seinen Soldaten und sehr bekannt bei der Bevölkerung und bis vor kurzem auch hochgelobt von allen Würdenträgern des Staats. Vielleicht war Bringas ihm aus irgendeinem unklaren Grund feindlich gesinnt? Oder stand die Regentin Theophano ihm feindlich gegenüber? Viele Gerüchte kursierten in den Straßen und Geschäften der Stadt, bei den Leuten im Hafen und bei den Mitgliedern der Handwerkerinnungen, die durch das Büro des Eparchen täglich mit dem Hof in Verbindung standen und immer die ersten waren, die von den Neuigkeiten im Palast und seiner einflußreichen Umgebung erfuhren.

5 Bringas hatte ein vertrauliches Gespräch mit dem Chef der Palastgarde, dem Hetairiarchen Nemios Niketas. Die Vertraulichkeit bedeutete jedoch nicht, daß das Gespräch notwendig an einem geheimen Ort geführt werden mußte. Die Schläue des Eunuchen hatte im Gegenteil einem öffentlichen Ort wie dem Nympheum der Palastgärten den Vorzug gegeben, wo die Mauer des Marstalls – eine zuverlässig stumme und taube Mauer – den beiden Gesprächspartnern als Rückendeckung diente und ihr Blick über die ganze vor ihnen liegende Wiese schweifen konnte, so daß kein indiskretes Ohr nahe genug herankommen konnte, um ihre Worte zu verstehen. Und wenn jemand sie dort zusammen sitzen sähe, um so besser: diese Zusammenkunft im Freien würde unzweifelhaft zeigen, daß es keinerlei geheime Machenschaften zwischen ihnen gab. Bringas führte den Dialog auf eine Weise, die dem Hetairiarchen am Schluß der Zusammenkunft keinen Zweifel darüber ließ, was er zu tun hatte. Er begann mit einer Reihe von Fragen.

»Habt Ihr Nachricht von der bevorstehenden Ankunft des Strategen Nikephoros Phokas in Konstantinopel?«

»Ich habe nur Gerüchte gehört, eine offizielle Nachricht habe ich nicht erhalten.«

»Angenommen, die Gerüchte sind wahr – wie gedenkt Ihr den siegreichen Strategen zu empfangen?«

Nemios Niketas hatte keine so große Angst mehr vor den satanischen Dünsten, die der Person des Eunuchen angeblich entströmten, aber seiner Zweideutigkeit mißtraute er durch und durch. Bereits die ersten Fragen hatten ihn argwöhnisch gemacht, und er sagte sich sofort, daß er achtgeben müsse, nicht in eine Falle zu geraten.

»Eigentlich«, antwortete er, »ist es nicht meine Aufgabe, die ins Vaterland zurückkehrenden Strategen zu empfangen. Ihr seid der Magister Officiorum, ich bin nur ein Vollstrecker von Befehlen.«

»Nikephoros Phokas ist im Begriff, sich Konstantinopel zu nähern, und Ihr wißt noch nicht, welche Haltung Ihr ihm gegenüber einnehmen wollt und bedeutet mir sogar, daß Euch seine Ankunft nicht interessiert und es nicht Eure Aufgabe ist, die Heimkehrer von den Feldzügen zu empfangen. In einem Fall mit so vielen Unbekannten wie diesem solltet Ihr in der Lage sein, Entscheidungen zu treffen. Erinnert Euch, daß Ihr die Soldaten befehlt, unter deren Schutz der Kaiserpalast steht und damit auch alle Institutionen, die in ihm vertreten sind, von der bescheidensten bis hin zum Thron. Ihr müßtet mir wenigstens sagen, ob Ihr irgendein Gefühl der Kameradschaft von Soldat zu Soldat für den Strategen Nikephoros Phokas hegt.«

»Ich bin ihm nur einmal während des Triumphzugs für die Eroberung von Khandak begegnet, aber seit damals hatte ich keine Verbindung mehr mit ihm. Die Strategen unterstehen direkt dem Kaiser, während der Hetairiarch als Kommandant der Palastgarde dem kaiserlichen Haushalt angehört und in primis dem Magister Officiorum und dann dem Kuropalates untersteht. Wenn Ihr außerdem bedenkt, daß die Strategen große Teile ihres Lebens in Gebieten fern der Hauptstadt verbringen, während der Chef der Garde das ganze Jahr über im Palastbezirk bleibt, dann begreift auch Ihr, daß die Gelegenheiten für eine Begegnung zwischen einem Strategen und einem Hetairiarchen wirklich eine Seltenheit sind.«

»Glaubt Ihr nicht, daß Nikephoros Phokas' Heimkehr eine günstige Gelegenheit für eine Begegnung wäre?«

»Das könnte zweifellos eine Gelegenheit sein, aber selbst wenn ich ihm begegnete, wüßte ich nicht, was ich zu ihm sagen und welche Haltung ich ihm gegenüber einnehmen sollte.«

»Das scheint mir eine ziemlich gefährliche Behauptung. Man munkelt nämlich, daß Nikephoros Phokas die Absicht hat, sich den Triumphzug auch ohne die Einwilligung der Regentin zu verschaffen. Das kann viele Bedeutungen haben, unter anderem die, daß er einen Handstreich plant, um sein ruhmreiches Gesäß auf einen Platz zu setzen, der ihm nicht gebührt.«

Der Hetairiarch blieb stumm und wußte nicht, wohin er seinen verwirrten Blick richten sollte. Er zog den Mantel über seinen Schultern zurecht, so als wäre er im Begriff, einen imaginären Ritt anzutreten, eine unmögliche Flucht. Dann bemerkte er die Hände des Eunuchen, die sich fahrig bewegten, und bereitete sich darauf vor, einer weiteren Reihe von Fragen zu begegnen.

»Ihr habt mir noch immer nicht gesagt, wie Ihr Euch verhalten werdet, wenn Nikephoros Phokas wirklich versucht, sich von seinen Soldaten zum Kaiser ausrufen zu lassen und mit Gewalt in den Palast einzudringen.«

»Wie Ihr wißt, erhalte ich meine Befehle in Ausnahmefällen vom Kuropalates, und der Kuropalates erhält seine Befehle von Euch oder der Regentin. Demnach bin ich es, der Euch fragen muß, was er tun soll.«

»Und warum fragt Ihr mich nicht?«

»Ich werde Eure Befehle ausführen, wie ich es seit jeher tue. Ihr müßt mir nur sagen, wie ich mich verhalten soll.«

»Zuvor möchte ich wissen, wie Ihr Euch aus eigenem Entschluß verhalten würdet, wenn Nikephoros plötzlich versuchte, in den Palast einzudringen.«

»Wenn er von der Armee zum Kaiser ausgerufen würde, wäre es schwierig, sich zu widersetzen, meint Ihr nicht? Man müßte verhindern, daß die Ausrufung auf dem Schild oder draußen vor dem Volk stattfindet, denn wenn Nikephoros Phokas sich mit der Krone auf dem Kopf vor den Toren des Palasts präsentiert, dann muß ich ihn hereinlassen.«

»Endlich habt Ihr etwas Vernünftiges gesagt. Man muß also verhindern, daß Nikephoros Phokas von seinen Truppen oder von der Bevölkerung zum Kaiser ausgerufen wird. Und was schlagt Ihr vor, um es zu vermeiden?«

»Ich wiederhole noch einmal, daß Ihr es seid, der mir sagen

muß, welche Mittel ich gebrauchen soll, um es zu verhindern.«
»Über welche Mittel verfügt Ihr als Chef der Palastgarde, und wie gedenkt Ihr, sie zu gebrauchen?«
Wieder war Nemios Niketas in Verlegenheit, denn die einzig mögliche Antwort auf Bringas' hinterhältige Frage hätte ihn über seine Absichten und über jede Vorsicht hinaus, die das Leben am Hof ihm bis zu diesem Tage stets empfohlen hatte, verpflichtet.
»Ich verfüge über meine Garde.«
»Eine kleine Armee.«
»Ja, gewiß.«
»Gut geschult und gestählt, soviel mir bekannt ist.«
»Gewiß.«
»Und bereit, Eure Befehle auszuführen.«
»Meine Soldaten sind hitzköpfig, aber diszipliniert.«
»Was heißt das, sie sind hitzköpfig?«
»Daß es manchmal Schlägereien zwischen ihnen gibt.«
»Könnt Ihr auf die militärische Disziplin Eurer Soldaten zählen oder nicht? Kurz und gut: sind sie gewillt, Euren Befehlen in jedem Fall zu gehorchen?«
»Was wollt Ihr damit sagen?«
»Ihr habt sehr gut verstanden, daß ich sagen will: auch wenn es sich als notwendig erweist, Nikephoros Phokas zu verhaften.«
»Ich glaube ja.«
Bringas sah ihn verächtlich an.
»Da es sicherlich nötig sein wird, Nikephoros Phokas zu verhaften, bevor er als Usurpator in den Palast eindringt, ist es auch nötig, daß Ihr Euch mit einer Antwort verpflichtet, die nicht einen Schatten von Unsicherheit enthält. Ich wiederhole also meine Frage: Werden Eure Soldaten bereit sein, Eure Befehle auszuführen, auch wenn es sich darum handelt, den siegreichen Strategen Nikephoros Phokas zu verhaften?«
»Meine Soldaten werden meine Befehle in jedem Fall befolgen. Ich muß Euch daran erinnern, vortrefflicher Bringas, daß es bis heute niemals einen Fall von Gehorsamsverweigerung seitens meiner Truppen gegeben hat, und wenn die niederste Soldateska ihrem Drang nach Gewalt manchesmal nachgibt,

dann geschieht das einzig und allein im Bereich der privaten Beziehungen zwischen den einzelnen Soldaten und in der Rivalität zwischen ihren Faktionen, aber niemals während der Ausübung ihrer militärischen Pflichten.«
Bringas sah dem Hetairiarchen in die Augen.
»Der Kuropalates ist Nikephoros' Bruder. Glaubt Ihr, daß er Euch befehlen würde, seinen Bruder zu verhaften?«
»Das ist ein Fall, der schwerlich eintreffen wird.«
»Warum habt Ihr mir dieses Problem verschwiegen und mich gezwungen, Euch daran zu erinnern?«
»Es schien mir unnötig, Euch an etwas zu erinnern, das Ihr schon wißt.«
»Wie gedenkt Ihr, dieses Problem im Ausnahmefall zu lösen? Wollt Ihr den Himmel oder das Schicksal anrufen, oder stopft Ihr Euch die Ohren mit Wachs zu?«
»Ich habe bereits gesagt, daß ich Eure Befehle ausführen werde, wie ich es seit jeher tue.«
»Ihr untersteht unmittelbar dem Kuropalates und wißt genau, daß ich Euch in meiner Eigenschaft als Magister Officiorum zwar Ratschläge geben kann, aber keine Befehle.«
»Eure Ratschläge sind Befehle, nicht nur für mich, sondern für alle hier am Hof.«
»Und wenn der Kuropalates Euch Befehle gibt, die meinen Befehlen widersprechen, wie verhaltet Ihr Euch dann?«
»Ich folge Euren Ratschlägen und nicht seinen Befehlen.«
Der Eunuch schien sich einen Moment der Ruhe zu gönnen nach diesem knappen Dialog, mit dem er das unerschütterliche Gemüt des Hetairiarchen auf die Probe stellen wollte. Er verschränkte seine Finger, um die Beunruhigung zu verbergen, von der er sich noch nicht ganz befreien konnte, und sprach mit gelösterer Stimme.
»Kann ich mich auf Eure Worte verlassen?«
»Ihr habt mein Wort als Soldat, aber um der Ehrlichkeit willen muß ich noch einmal sagen, daß es nur gilt, wenn Nikephoros Phokas sich nicht als Kaiser am Eingang des Palasts präsentiert.«

Nachdem dieses Wortgefecht beendet war, fühlte Nemios Niketas sich stolz, dem gefürchtetsten Eunuchen des byzantinischen Hofs so würdig standgehalten zu haben. Bringas war nicht nur für seine Tücke und seine Grausamkeit bekannt, man hörte über ihn auch die seltsamsten Gerüchte. Mehr als einmal hatte man vor seinen Zimmerfenstern einen schrecklichen schwarzen Vogel vorbeiflattern sehen, in dem man Bringas' Seele zu erkennen glaubte, die ihn verlassen hatte und nun keinen Frieden fand, weil es ihr nicht gelang, in seiner schändlichen Person eine Bleibe zu finden. Jemand behauptete, beim Erscheinen des schwarzen Vogels ein hohes Kreischen gehört zu haben – wie Glas auf Glas geschabt –, das sich im Gedächtnis eingrub und dem, der es hörte, plötzliche Fieberschauer bescherte. Wieder andere versicherten, dieser Vogel stieße ein Todesröcheln aus, schleimig und zäh, das die Ohren der Unglücklichen, die es gehört hatten, nicht mehr verließ. Viele mußten sich, um davon befreit zu werden, von irgendeinem gefälligen und verschwiegenen Mönch segnen lassen. Andere sagten sogar, daß die goldenen Gewänder des Magister Officiorum eine Verkörperung des Satans verbärgen – des finsteren Fürsten des Bösen, der diese bleiche Figur gewählt habe, um sich am Hof von Byzanz einzuschleichen. Als Bestätigung führte man die Tatsache an, daß Bringas sehr darauf bedacht war, sich nicht am Gesäß berühren zu lassen, weil er unter seinen Kleidern einen häßlichen gegabelten Schwanz verbarg. Dem Hofarzt, der ihn ausziehen mußte, um eine lästige Schuppenflechte an ihm zu behandeln, hatte man gleich nach der Verschreibung einer Spezialsalbe auf der Basis von Schwefel und Pflanzenschimmel die Zunge verstümmeln und die Augen ausstechen lassen.

Als Bringas schließlich aufstand und das Nympheum der Palastgärten, wo die Unterredung stattgefunden hatte, verließ, mußte der Hetairiarch sich mehrmals die Augen reiben, denn er bemerkte mit Entsetzen, daß, während der Eunuch sich schon über die Wiese entfernte, sein Schatten noch lange neben ihm auf dem Boden verblieb.

6

Tags darauf brachten zwei Eunuchen aus dem Vestiarium – der kaiserlichen Kleiderkammer – dem Hetairiarchen Nemios Niketas ein Pergament mit dem roten Siegel der Regentin Theophano, die ihn dringend zu einem vertraulichen Gespräch zu sich rief. Die mit dem roten Siegel verschlossenen Botschaften hatten gleichzeitig geheimen und zwingenden Charakter, d. h. sie enthielten keine Aufforderung, sondern einen Befehl, und dieser Befehl war streng geheim. Der Ort der Zusammenkunft wurde in der Botschaft nicht genannt, aber die Eunuchen aus dem Vestiarium, die ihm das Pergament überbrachten, waren beauftragt, den Hetairiarchen selbst vor das Angesicht der Regentin zu führen. Von dem Augenblick an, in dem sie die Botschaft in seine Hände legten, mußte der Empfänger sich zu ihrer Verfügung halten, und zwar in seinen eigenen Räumen, in diesem Fall im Büro der Großen Hetairie, wo das Kommando der Palastgarde seinen Amtssitz hatte.

Nemios Niketas zog die blendendweiße Uniform der Stratiarchen an, warf sich die goldbestickte Tunika über die Schulter und nahm seine Peitsche von der Wand, die er dort sichtbar aufgehängt hatte und nur bei feierlichen Umzügen in der Hand trug. Der Hetairiarch war in der Hofetikette nicht besonders bewandert, und als die beiden Eunuchen aus dem Vestiarium sich bei ihm präsentierten, fragte er sie, ob es angezeigt wäre, auch die Peitsche mitzunehmen.

»Zu privaten Gesprächen erscheint man ohne Insignien«, lautete die Antwort.

Nemios Niketas hängte die Peitsche mit dem Goldgriff wieder an die Wand. Dann tasteten die beiden Eunuchen ihn auf allen Seiten ab, wie es die Palastordnung verlangte, um zu kontrollieren, ob er versteckte Waffen bei sich trug.

Theophano empfing den Hetairiarchen im Vorraum des Kleinen Konsistoriums nahe dem Tribunal. Ein unvorhersehbarer, aber vermutlich gerade deshalb den neugierigen Blicken der Höflinge weniger ausgesetzter Ort.

Die beiden Eunuchen aus dem Vestiarium führten ihn in das kleine, schmuck- und fensterlose Zimmer und gingen dann rückwärts hinaus und schlossen nach einer tiefen Verbeugung die Tür. Theophano saß auf einem mit schwarzem Samt bespannten Schemel, der ihre purpurfarbene Seidentunika und den mit Pfauen bestickten weißen Umhang wirksam hervorhob. Sie verharrte reglos in majestätischer Haltung, während der Hetairiarch vor ihr niederkniete, um ihre Füße zu küssen, die sich unter der auf den Boden herabfallenden Tunika verbargen. Nemios Niketas war ein derber und stattlicher Syrer, aber sein Mut verließ ihn angesichts der Zweifel, die ihn bei jeder Frage der Etikette befielen. Er war einen Augenblick lang ungewiß, ob er die Tunika anheben sollte, um die Füße der Regentin zu küssen, aber dann beschloß er, daß der Kuß seinen symbolischen Wert auch durch den dünnen Seidenschleier hindurch behalten würde. Als er den äußersten Rand der Tunika nur leicht mit den Lippen berührte, hob Theophano mit einer unerwarteten Geste die feine purpurne Seide hoch und enthüllte nicht nur ihre mit kleinen Perlen und Korallen bestickten Schuhe, sondern auch ein beträchtliches Stück ihrer schneeweißen Beine bis hinauf über das Knie – zum Entsetzen des jungen Syrers. Der seine Lippen nun ein zweites Mal an die Schuhe der Regentin legte und dann reglos und schweigend in dieser Haltung verharrte, ohne den Mut zu finden, seinen Blick über ihre Knöchel hinaus zu heben. Schließlich streckte Theophano ihre Hand aus und packte den Hetairiarchen am Schopf und zwang ihn aufzustehen.

Bereits in dem Augenblick, als er das Zimmer neben dem kleinen Konsistorium betrat, war dem Hetairiarchen klar, daß diese Zusammenkunft keinen offiziellen Charakter haben würde, aber das Verhalten der Regentin, so anders als alles Gewohnte, so extravagant und provokant, hatte ihn aufgewühlt und mißtrauisch gemacht. Während er jetzt aufrecht vor ihr stand, brachte Theophano ihre Kleider wieder in Ordnung, deutete kaum merklich ein Lächeln an, das mehr ihr selbst als ihrem Gast galt, und begann mit leiser Stimme zu sprechen.

»Was geschieht in Konstantinopel, was geschieht im Palast, was geschieht um mich herum? Welches Ränkespiel ist zwischen den Höflingen und den Beamten, zwischen den Eunu-

chen und den Soldaten im Gange? Habt Ihr auf diese Frage eine klare und vertrauliche Antwort für Eure Herrscherin?«
Der Hetairiarch sah Theophano mit wachsender Verwirrung an und versuchte, Zeit zu gewinnen.
»Ich werde mit der größten Ehrlichkeit alle Fragen beantworten, die von Euren Lippen an meine Ohren gelangen, geliebte Prinzessin.«
Theophano lächelte kaum merklich über die ungeschlachte Schläue ihres Gesprächspartners, dann änderte sie den Ton, und ihre Stimme wurde so schneidend, daß der Hetairiarch zu sehen glaubte, wie ihre Worte die reglose Luft des Kleinen Vestibüls zischend durchschnitten.
»Welche Verpflichtungen seid Ihr dem Magister Officiorum Joseph Bringas gegenüber eingegangen?«
Der Hetairiarch hatte seit langem immer wieder sagen hören, daß am Hof der beste Weg zur Rettung der Weg der Lüge sei. Wer die Wahrheit verbirgt, macht seinen Gesprächspartner unschädlich, verwirrt ihn, wenn er zu schaden versucht, und bringt ihn in jedem Fall in eine Lage der Inferiorität. Angesichts dieser so unverhüllten Frage stellte der Hetairiarch im Geiste ein paar rasche Berechnungen an und kam zu dem Schluß, daß die Regentin vorläufig nur seine Komplizenschaft suchte, und daß eine Lüge bestimmt gefährlich für ihn war. Es ist also besser, sagte er sich, geradeheraus die Wahrheit zu sagen, ohne Rückhalt und in klaren und klangvollen Worten.
»Der Magister Officiorum wollte wissen, ob die Soldaten der Palastgarde meinen Befehlen auch dann gehorchen würden, wenn es sich darum handelte, den Strategen Nikephoros Phokas zu verhaften, der im Begriff ist, an der Spitze der Armee in die Hauptstadt einzuziehen.«
»Und was habt Ihr gesagt?«
Der Hetairiarch bemerkte mit einiger Sorge, daß die Regentin jetzt wieder Distanz hielt und daß der vertrauliche und sorglose Ton, mit dem sie das Gespräch begonnen hatte, verschwunden war.
»Ich habe gesagt, daß meine Soldaten meinen Befehlen bestimmt gehorchen würden.«
»Habt Ihr auch gesagt, daß Ihr den Befehlen des Eunuchen Bringas gehorchen würdet?«

In Theophanos Stimme lag ein Hauch von Verachtung, als sie den Namen Bringas nannte, den sie diesmal einfach als Eunuchen bezeichnete. Aber der Hetairiarch wählte noch einmal den Weg der Wahrheit.
»Ich habe gesagt, meine Herrscherin, daß ich seinen Befehlen gehorchen würde.«
Theophano schwieg einen Moment lang, dann begann sie wieder zu sprechen, mit einem Ton in der Stimme, der dem Hetairiarchen zugleich schmeichelnd und drohend erschien.
»Dann laßt Euch gesagt sein, mein getreuer Hetairiarch, daß Ihr, ganz gleich was geschieht, die Befehle des Magister Officiorum Joseph Bringas entgegennehmen, aber nur jene Befehle ausführen werdet, die Ihr direkt von meiner Person empfangt. Und jetzt frage ich Euch: Wie beurteilt Ihr das Gesicht des Eunuchen Bringas, ich meine: ist es ein Gesicht, das Euch Vertrauen einflößt?«
Das war eine seltsame und unerwartete Frage, die der Hetairiarch lieber nicht beantwortet hätte. Einen Augenblick lang fürchtete er, der Befragung nicht länger standzuhalten, so gelähmt schien seine verdorrte Zunge und so getrübt sein verwirrter Geist. Wieder argwöhnte er, daß sich in der Frage eine List verberge.
»Ich bin nicht in der Lage, meine vortreffliche Herrscherin, Personen nach ihrem Gesicht zu beurteilen.«
»Ich habe Euch nicht gebeten, diesen Eunuchen zu beurteilen, Ihr sollt mir vielmehr sagen, ob sein Gesicht Euch vertrauenswürdig erscheint.«
»Es ist ein Gesicht, in dem ich weder Gedanken noch Gefühle zu lesen vermag, und deshalb bereitet es mir Unbehagen.«
»Das ist nur eine halbe Antwort, aber im Augenblick mag sie genügen. Und nun sagt mir noch: wie beurteilt Ihr mein Gesicht?«
Theophano lächelte kaum merklich. Der Hetairiarch begriff sofort, daß er mit einem Kompliment antworten mußte.
»Ihr seid sehr schön, meine Herrscherin, und ich denke, daß Eure Schönheit von Gedanken und Gefühlen begleitet wird, die dieser Schönheit entsprechen.«
»Und meine Beine – wie findet Ihr meine Beine?«
Der Hetairiarch erblaßte. Er hatte schon öfter von Theopha-

nos Skrupellosigkeit reden hören, aber der Ort und die Gelegenheit dieser Zusammenkunft schienen ihm gänzlich unangemessen für diese Art von Provokation. Und jetzt – wie weit konnte er jetzt mit seinen Komplimenten gehn? Vielleicht wollte Theophano, daß er sich mit einer gewagten Bemerkung kompromittierte. Der Hetairiarch entschied sich für den Weg der Vorsicht.

»Eure Beine scheinen mir Eures Gesichtes würdig zu sein, meine innigstgeliebte Herrin.«

Theophano nahm das Kompliment des Hetairiarchen mit Gleichmut auf. Sie bezog wieder eine ernste Haltung und sprach mit leiser Stimme und neigte sich dabei zu ihm hin.

»Ihr solltet wissen, daß es keinen Grund für mich gibt, an der Loyalität des Strategen Nikephoros Phokas zu zweifeln, um so mehr als diese Loyalität gegenüber meiner Person sich mit seinen Interessen deckt. Jedenfalls wäre es nicht nur ein selbstmörderisches Unternehmen, sich, wie es der Eunuch Bringas zweifellos verlangt, einem intelligenten und gewitzten Strategen gerade in dem Augenblick zu widersetzen, da er an der Spitze seiner siegreichen Truppen steht – es wäre auch eine Geste, die der militärischen Klugheit, die Euch das Amt des Hetairiarchen eingetragen hat, nicht zur Ehre gereichte. Ich weiß, daß der Eunuch Bringas den Plan hegt, Nikephoros Phokas zu verhaften und zu blenden. Aber selbst wenn ihm das gelänge, was ich im höchsten Maß bezweifle – wer hielte dann dem Zorn der Soldaten und der Menge stand?«

Theophano hatte den Weg der Überredung gewählt. Sie fürchtete Bringas und seine dämonische Fähigkeit, alle seinen Wünschen zu unterwerfen. Sie wußte, daß es nur mit der Komplizenschaft des Hetairiarchen und dem bedingungslosen Gehorsam seiner Soldaten möglich war, sich ihm zu widersetzen. Die anderen Beamten, besonders die der höchsten Ränge, würden wie immer ihr Fähnchen nach dem Wind hängen. Nikephoros mußte folglich nur den ersten Zug gewinnen, damit alle sich ihm zu Füßen warfen.

Der vertrauliche Charakter des Gesprächs wurde durch einen feierlichen Eid besiegelt, den ihm Theophano im Namen der religiösen Autorität abverlangte, die ihr, wenn auch nicht, wie bei den Kaisern, direkt von Gott, so doch gewiß in zweiter Instanz, verliehen worden war, zumal sie als Regentin Statur und Amt des Kaisers erworben hatte. Obgleich Nemios Niketas nicht besonders fromm war, hatte er immer noch eine heilige Furcht vor der religiösen Macht und unterlag ihrer Faszination und Autorität vielleicht gerade deshalb, weil sie nicht an die Kraft der Waffen gebunden war, sondern an etwas Feineres und Geheimnisvolleres, von dem er kein klares Bild zu gewinnen vermochte, das in sein enges militärisches Universum hineingepaßt hätte. Einen Augenblick hatte er daran gedacht, daß diese Eidesforderung als ein Zeichen der Schwäche bei Theophano gedeutet werden könnte, aber er hatte diesen Gedanken gleich wieder fallengelassen, da er ja selbst jetzt schuldig war, seit er Bringas sein soldatisches Ehrenwort gegeben und kurz darauf einen religiösen Eid vor der Regentin geschworen hatte, der diesem Ehrenwort widersprach. Nemios Niketas glaubte verstanden zu haben, auf welcher Seite für ihn der Vorteil lag, aber wenn er ein korrektes und ehrliches Verhalten vorzog – für welche Seite mußte er sich dann entscheiden? Das war eine müßige Frage, die er sich stellte, als er sich – diesmal ohne Zwischenfälle – wieder hinkniete, um den gestickten Schuh der Regentin zu küssen, den sie ihm mit leichtem Anheben ihres Purpurmantels bot.

So bewegten sich die Gedanken Nemios Niketas' einmal in diese, einmal in jene Richtung, während er die Loggia der Heiligen durchschritt, die zu den Büros der Großen Hetairie führte. Doch schließlich, nachdem er die kontrastierenden Kräfte gegeneinander abgewogen hatte, wie es ein Mann der Tat notwendig tun mußte, sagte er sich, daß er weit weniger riskierte, wenn er sich auf die Seite der Regentin stellte und nicht auf die des Joseph Bringas. Wie schlau und skrupellos der Eunuch auch sein mochte, so war es schließlich doch sein Schicksal, zu unterliegen, und dieses Schicksal würde gerade er, Nemios Niketas, indem er sich auf die Seite Theophanos stellte, letzten Endes bestimmen.

7

Die Musiker kamen nicht aus dem Palast heraus, um Nikephoros Phokas und seine Truppen zu begrüßen, die beim ersten Morgengrauen in die Stadt einzogen. Keine Musiker, keine Würdenträger, keine kaiserlichen Boten und keine Girlanden längs der Straße. Stattdessen war eine riesige, lärmende Menschenmenge herbeigeeilt, um die siegreichen Soldaten und ihren Kommandanten festlich zu empfangen. Dem geschickten Strategen war es sogar gelungen, eine improvisierte Kapelle zusammenzustellen, die den Einzug der Truppen mit Trompeten- und Zimbelklängen rhythmisch begleitete – vom Goldenen Tor bis zum Konstantinsgraben und zum Forum Tauri und von dort aus zum Forum Bovis, wo sich eine weitere Menge versammelt hatte, um die Sieger willkommen zu heißen. Trotz der festlichen Atmosphäre handelte es sich diesmal nicht nur um einen triumphalen Aufmarsch schöner Uniformen und Pferde, sondern um einen richtigen militärischen Einmarsch. Die Soldaten waren in voller Kriegsausrüstung, auch wenn sie dafür gesorgt hatten, die Wagen mit friedlichen Akazien- und Lorbeerzweigen zu schmücken. Nach dem Fußvolk und der Reiterei folgten auf Baldachinwagen die dem Feind entrissenen Schätze – gemeinsam zur Schau gestellt mit den staubbedeckten und mit schweren Ketten gefesselten feindlichen Generälen. Die Leute kamen dicht heran, um die goldenen Geschirre der Araberpferde, die federgeschmückten Helme der Feinde, die Rüstungen, die Schwerter und die malerischen Lanzen mit ihren neuartigen Formen zu berühren. Nikephoros hatte diesen Aufzug persönlich inszeniert und hatte noch etwas hinzugefügt, das Staunen und Verwirrung in die Hauptstadt bringen sollte. Nach den Zimbeln und Trompeten und nach den Troßwagen kam, von dreißig pannonischen Pferden gezogen und auf einen eigens für diese Gelegenheit konstruierten dreißigrädrigen Wagen montiert, langsam ein imposantes Kriegsschiff herangefahren, das an der Seeschlacht vor der Insel Kreta teilgenommen hatte. Das riesige Dromon schien für eine Schlacht gerüstet und bewegte sich mit seinem goldenen, alle Häuser überragenden schlangenförmigen Bronzebug und seinen mächtigen, mit schwarzem Pech bestrichenen Flanken knirschend und schwankend über das Kopfsteinpflaster fort.

Das von dreißig Pferden gezogene Dromon war die große Attraktion des Aufmarschs: Nikephoros Phokas, der gefeierte Held dieses triumphalen Einzugs, stand aufrecht auf dem Oberdeck und grüßte die Menge, die ihm mit Blumensträußen und Jubelrufen dankte. Aber es gab noch eine andere Neuigkeit, deretwegen die Leute aus der ganzen Stadt und ihrer Umgebung herbeigeeilt waren. Oben auf dem Dromon, auf ein Eisengerüst montiert, befand sich ein Siphon für den Abschuß des griechischen Feuers – jener legendären Geheimwaffe, welche die Leute nun zum ersten Mal mit eigenen Augen sahen. Ein großes Bronzerohr war mit Bolzen auf einer Drehscheibe befestigt, die auf dem Bug des Dromons stand und in alle Richtungen gedreht werden konnte, um jene brennenden Kugeln abzufeuern, die, wie es hieß, über das Wasser laufen konnten, ohne zu verlöschen, und die schon in Hunderten von Fällen feindliche Schiffe in Brand gesetzt hatten. Hinter dem Siphon befand sich ein Kessel, der für die Vorführung bei der Parade geheizt worden war. Noch nie hatte man in Konstantinopel etwas Ähnliches gesehen.

Trotz wiederholter Anträge des Senats war in Byzanz niemals ein Gesetz wie jenes römische verabschiedet worden, das den von Feldzügen zurückkehrenden Legionen befahl, vor den Toren der Stadtmauer Halt zu machen. Nikephoros Phokas' Militärparade konnte deshalb nicht als illegal betrachtet werden, auch wenn es üblich war, in solchen Fällen um die Anwesenheit der hohen kaiserlichen Würdenträger und manchmal sogar des Kaisers selbst zu bitten, um auf diese Weise dem Einzug der Truppen durch die Tore der Hauptstadt offiziellen Charakter zu verleihen.

Der Militärzug bewegte sich in Richtung Konstantinsforum und blieb ein erstes Mal auf dem Forum Tauri stehen, wo die Vertreter der städtischen Handwerkerinnungen sich versammelt hatten, um den Siegern aus eigenem Beschluß Geschenke zu überreichen: eine Tunika aus bestickter Seide, eine Silbermedaille mit Nikephoros' Portrait, einen Gold- und Emaillering in Gestalt eines spiralförmigen Schwerts, einen Schild aus getriebenem Leder, und schließlich einen Helm, den die Gold-

schmiede, die Gerber und die Emailleure gemeinsam angefertigt hatten und um den ein mit Enkaustikmalerei geschmücktes Goldband lief, das bei näherer Betrachtung an die Form einer Kaiserkrone gemahnte. Man weiß nicht, ob Nikephoros den Wunsch erkannt hat, der ihm durch diesen Gegenstand vermittelt werden sollte, aber die Vertreter der Innungen bemerkten, daß die Glückwünsche, die er für den Helm empfing, herzlicher ausfielen als die für die übrigen Geschenke.
Der Zug setzte seinen Weg in Richtung Forum Bovis fort und zog von dort aus weiter zum Hippodrom, wo die Triumphzüge gewöhnlich endeten, bevor der siegreiche Feldherr im angrenzenden Kaiserpalast empfangen wurde.
Bringas wollte Nikephoros im goldenen Umhang und mit den Orden des Magister Officiorum geschmückt entgegengehen, an der Spitze eines Trüppchens von Syrern aus seiner persönlichen Wache – auch sie in Ehrenuniform, um keinen Verdacht zu erzeugen. Diese Syrer, die seiner Person bedingungslos ergeben waren, sollten sich auf Nikephoros werfen und ihn verhaften, ehe die von Nemios Niketas befohlene Palastgarde gegen ihn vorging. Sein übliches Mißtrauen gegen alle bestimmte Bringas dazu, sich nur auf seine Syrer zu verlassen. Trotz der Vereinbarung mit dem Hetairiarchen, die ein Eingreifen der Palastgarde vorsah, begnügte er sich damit, sie nicht feindlich gesinnt zu wissen. Alles andere würde er mit seinen Männern besorgen.
Bringas hatte alles bis ins kleinste geplant. Als erstes würde man Nikephoros in einen Lagerraum unter den kaiserlichen Tribünen schleppen, dort würde man in blenden, so daß seine Truppen, selbst wenn es ihnen gelänge, ihn zu befreien, ihn nicht mehr zum Kaiser ausrufen konnten. Nach der Blendung würde man ihn in eine Plane wickeln, um ihn der Sicht seiner Soldaten zu entziehen, und ihn in ein geheimes Palastgefängnis transportieren. In jedem Fall mußte man in großer Eile handeln, um zu verhindern, daß die Ausrufung im Hippodrom vor der Festnahme geschah.
Die Blendung war Bringas' Lieblingsstrafe, von der er bei verschiedenen Gelegenheiten schon reichlich Gebrauch gemacht hatte. Diese Strafe war gewöhnlich den Verschwörern sowie jenen Personen vorbehalten, die in irgendeiner Form die Auto-

rität und Würde des Kaisers und seiner Familie verletzt hatten. Aber alle erinnerten sich daran, daß der Eunuch einmal einen Koch hatte blenden lassen, nur weil er einen Ziegenbraten zu stark gesalzen und auf diese Weise seine Gesundheit und folglich auch sein Leben gefährdet habe, und dann noch einen Schneider, der ihm eine zu enge und zu kurze Tunika genäht hatte, was seiner Würde und damit seiner Autorität Abbruch getan habe, und schließlich einen Hofarzt, der ihn nackt ausgezogen hatte, um eine beschämende Hautkrankheit an ihm zu behandeln. Bringas pries die Blendung nicht nur wegen ihrer praktischen Wirksamkeit – insofern sie die Schuldigen unschädlich machte –, sondern auch wegen ihres symbolischen Werts, der mehr als einmal in den Urteilsverkündungen der Richter des Velum, der höchsten Richter des Reichs, betont worden war. Auf diese Urteile würde er sich berufen, falls er über die Strafe, die er Nikephoros Phokas zugedacht hatte, Rechenschaft ablegen mußte und aufgefordert würde, sich vor der Bevölkerung zu verantworten.

Als das von den Pferden gezogene Schiff in der Mitte des Hippodroms anhielt, trat aus dem langen Säulengang des Daphne-Palasts das Trüppchen der auserwählten Wachen, geführt von Joseph Bringas, der den goldenen Umhang der Großen Offizien trug. Gemessenen Schritts, wie es sich bei dieser feierlichen und friedlichen Gelegenheit geziemte, ging der Eunuch von seinen Männern gefolgt auf das Schiff zu, von wo aus Nikephoros noch immer die Menge grüßte, bevor er ins Hippodrom hinabstieg. Einige Feuerwerker schürten inzwischen auf Deck das Feuer unter dem Kessel des Siphons, während andere Bringas und seine Wachen im Auge behielten, die sich mitten durch das Hippodrom bewegten.
Als Bringas mit seiner Schar noch etwa zweihundert Fuß weit entfernt war, legte Nikephoros die Hände zusammen und hob sie gen Himmel; das war das Signal. In Sekundenschnelle wurde das Rohr auf den Punkt des Hippodroms gerichtet, wo der Eunuch sich gerade befand. Ein Feuerwerker entzündete die Lunte, und eine brennende Kugel schoß mit

Donnergetöse hervor. Bringas und seine Männer merkten, daß etwas Ungewöhnliches geschah, aber sie hatten keine Zeit mehr, sich zu retten. Das Trüppchen wurde bereits von der ersten Kugel in Brand gesteckt und gleich darauf noch von einer zweiten, die auf dem Boden zerbarst und den Flammenkreis erweiterte. Nach einem Augenblick der Stille erhob sich ein Entsetzensschrei aus der Menge. Dann folgte ein Moment der Panik und der Verwirrung, und viele Menschen ergriffen die Flucht.

Auf dem sandigen Boden des Hippodroms, an dem Ort, wo eben noch Bringas mit seinem Trüppchen gegangen war, lagen verkohlte Leichen und armselige, von den Feuergeschossen zerfetzte Körper herum.

Ein paar weitere Soldaten wälzten sich noch am Boden, bei dem Versuch, sich von dem siedenden Pech zu befreien, das ihre Uniformen bereits verbrannt hatte und nun ihr Fleisch zerfraß. Bringas' Körper – noch erkennbar an den Fetzen des goldenen Umhangs – lag auf dem Boden und wand sich in den letzten Zuckungen des Todeskampfs. Der Rauch und der Geruch von verbranntem Fleisch schien die Menge zu erregen, aus der sich wirre Stimmen und Schreie erhoben.

Die Soldaten des Zugs und die im Hippodrom versammelte Bevölkerung begriffen, daß sie Nikephoros Phokas jetzt, nachdem er seinen gefährlichen Gegner durch das Feuer vernichtet hatte, ohne Zögern zum Kaiser ausrufen konnten, aber die Kommandanten hatten den Befehl erhalten, eine Ausrufung auf dem Schild zu verhindern, wie sie in ähnlichen Fällen öffentlicher Erregung schon häufig geschehen war. Statt ihren Strategen auf einen Schild zu heben und in den Thronsaal zu tragen, hielten sie sich an den Befehl, ihm friedlich zur nahegelegenen Hagia Sophia zu folgen, um dem Patriarchen Polyeuktes das Vorrecht der Krönung zu überlassen.

Nachdem er seinen größten Feind am Hof in Asche verwandelt hatte, schritt Nikephoros mit einer brennenden Kerze in der Hand auf die Hagia Sophia zu, um Gott dem Allmächtigen für die Siege über die Feinde des Reichs in den fernen Gebieten Asiens und vor allem auch über jene Feinde zu danken, die ihn an den Toren der Hauptstadt erwartet hatten. In der Kathedrale empfing ihn der Patriarch Polyeuktes, der ihm – gewiß, die Wünsche der Bevölkerung und der Armee richtig gedeutet zu haben – die Krone des Basileus »im Namen des Gottesvolks« aufs Haupt setzte und ihn auf diese Weise zusammen mit Theophanos beiden blutjungen Söhnen Basileios und Konstantin dem Thron verband.

Die Kommandanten und die Soldaten, dicht gedrängt unter den heiligen Gewölben der Kathedrale, fragten sich mit einem Anflug von Bosheit, wieso der Patriarch die rubinbesetzte Goldkrone so schnell zur Hand gehabt hatte, zumal sie bei ihrer kostbaren Machart und den seltenen Edelsteinen ganz gewiß nicht von den Goldschmieden der Hauptstadt improvisiert worden war. Aber diese Frage war dazu verurteilt, sich in Mutmaßungen zu verlieren, die den Eindruck einer vorgesehenen und sorgfältig geplanten Zeremonie indes nicht ausschlossen. Unterdessen begann der Kaiser Nikephoros Phokas – die Krone auf dem Haupt und einen derben Soldatenmantel über den Schultern –, mit fester und ernster Stimme eine kurze Rede zu halten, als Antwort auf die feierliche Ansprache des Patriarchen.

»Ich habe diese Heilige Kathedrale betreten, um Gott meinen Dank darzubringen, und nicht, um zum Basileus gekrönt zu werden. Da mir dieser Titel nun aber von der höchsten religiösen Autorität und im Namen Gottes, des Volkes und der Armee verliehen wurde, würde ich mich als Feigling betrachten, wenn ich ihn nicht annähme. Der Himmel ist den Hochmut, den Luxus, den Ehrgeiz und die ungezügelte Machtgier der schlechten Höflinge leid. Ich bin ein Soldat und ein Mann des Glaubens und möchte es auch bleiben, für die gesamte Zeit, die Gott mir gestattet, auf dem Thron des christlichen Kaiserreichs von Byzanz zu bleiben. Ich werde mich mit allen meinen Kräften den Regierungsgeschäften widmen, doch wird mich das nicht daran hindern, zum Schwert zu greifen, wenn es des Schwertes bedarf, um das Reich zu verteidigen, und mich für die Verteidigung des Glaubens zu opfern, wenn es des Opfers bedarf, um den Glauben zu verteidigen. Aber ich hoffe, daß es mir genügen wird, nach den bewährten Regeln der Mäßigkeit und den ehrwürdigen Gebräuchen der alten

Weisen zu handeln. Ich sage diese Dinge zu mir selbst und zu allen Männern am Hof, die ich in ihren Ämtern bestätigen oder für neue Ämter auswählen werde, damit sie mir bei der schwierigen Kunst des Regierens helfen. Ich habe viele Jahre im Soldatenzelt gelebt, bin von glühenden Winden gepeitscht durch die Wüsten gezogen, habe stürmische Meere überquert, und trotzdem ist mir bewußt, daß ich in diesem Augenblick eine Unternehmung beginne, die sehr viel schwieriger ist als die Verteidigung des Reichs auf dem Schlachtfeld. Ich hoffe, daß Gott in seiner unendlichen Großzügigkeit mir Kraft, Ausdauer, Haltung und alle anderen guten Eigenschaften gewährt, die es mir gestatten werden, mich der Krone, die mir der Hohe Patriarch an diesem heiligen Ort aufs Haupt gesetzt hat, würdig zu erweisen.«

Gleich nachdem er geendet hatte, kniete Nikephoros Phokas zu Füßen des Patriarchen Polyeuktes nieder und verharrte im Gebet, bis die Hand des Geistlichen sich zu ihm herabsenkte und seine Hand ergriff, um ihn wieder auf die Füße zu heben.

8

Von der Kaiserloge des Daphne-Palasts aus beobachtete Theophano den Einzug des von dreißig Pferden gezogenen Schiffs durch den Mittelbogen des Säulengangs, der direkt in die Arena des Hippodroms führte. Dort unten, auf der für die Pferderennen bestimmten Bahn, fand ein blutiger Wettkampf zwischen dem Strategen Nikephoros Phokas und dem Magister Officiorum Joseph Bringas statt – ein Wettkampf, von dem auch die Bestätigung oder das Ende ihrer eigenen Macht, ihres Luxus' und ihrer Laster und der unzähligen Autoritätsmißbräuche abhing, die sie nach und nach in Privilegien verwandelt hatte. Sie, Theophano, wußte, daß sie von dem Augenblick an, in dem sie von ihrem Piedestal gestoßen würde, kein Mitleid mehr zu erwarten hatte, von niemandem und nirgends. Sie wußte auch, daß Haß und Angst sie umgab, und daß sie niemandem vertrauen konnte und

auch in Zukunft nur durch die Ausübung und Zurschaustellung ihrer Macht all die erlaubten und unerlaubten Dinge bekommen würde, die sie brauchte.
Als Theophano von der Höhe ihrer Loge aus die zwei Feuerkugeln aus Nikephoros' Schiff hervorschießen sah und dann sah, wie Bringas und seine Wachen sich von Flammen zerfressen auf der Rennbahn des Hippodroms wälzten, wurde sie von einem Schauder der Lust gepackt, und sie sagte sich, daß ein Jemand oben im Himmel oder unter dem Himmel auf ihrer Seite stehen müsse. Theophano hatte Bringas nie vertraut, auch wenn sie sich seinen Entscheidungen eines Magister Officiorum notgedrungen gefügt hatte und den Ratschlägen und willkürlichen Geboten dieses in ihren Augen grenzenlos bösen Geistes widerwillig gefolgt war. Wer sollte ihr denn beweisen, daß nicht auch die Kränkung, die sie während des aristotelischen Banketts durch Leo Phokas erfahren hatte, von ihrem listigen Ratgeber ausgeheckt und vorbereitet worden war? Und warum in aller Welt beschützte Bringas die fünf Schwestern des verstorbenen Romanos Lekapenos? Warum ließ er sie frei herumlaufen und überall und bei jeder Gelegenheit hinter ihrem Rücken schlecht über sie reden? Theophano war sicher, daß der Eunuch alles tat, um sie immer wieder den peinlichsten Situationen auszusetzen und sie durch Skandale um ihre Person in Mißkredit zu bringen, wohl wissend, daß seine eigene Autorität um so mehr wuchs, je mehr die der Regentin am Hof und bei der Bevölkerung schwand.

Als Theophano die Kaiserloge verließ, um sich in ihre Gemächer zurückzuziehen, fand sie dort Theosios Arman vor, einen hochgewachsenen und schlanken Syrer, der sie hinter einer Säule erwartet hatte und nun auf sie zukam und zu ihr sprach – mit einer Stimme, die ihm in der Kehle bebte, und einer verstörten Miene, die seine ganze Beunruhigung verriet.
»Man sagt mir, meine Herrin und Herrscherin, daß du einen Geliebten, wenn du seiner überdrüssig bist, töten läßt.«
Theophano lächelte mitleidig über diesen unvermittelten und naiven Angriff und unterdrückte mit Mühe den Wunsch, ihm zu sagen, daß sie tatsächlich jedesmal von Haß und

Verachtung für ihre Liebhaber erfaßt würde und sie töten ließe, um keine Zeugen ihrer geheimen Lüste herumlaufen zu lassen, und daß auch er, wie alle anderen, getötet werden würde. Aber warum die Wahrheit sagen? Sie wußte, daß der junge Armenier zu weinen und laut zu schreien anfangen und dadurch die Aufmerksamkeit irgendeines geschwätzigen Höflings auf sich lenken würde, und dies war gewiß nicht der Moment für einen Skandal.

»Wen hast du mit eigenen Augen sterben sehen?«

»Ein paar junge Männer, die ich kannte, sind verschwunden, und man hat nichts mehr von ihnen gehört.«

»Soll ich mir vielleicht die Haare raufen, wenn ab und zu ein junger Mann verschwindet? Soll ich anfangen zu weinen? Soll ich den Flüchtenden verfolgen? Das ist doch nicht meine Aufgabe, findest du nicht? Ich kann auch der Palastgarde nicht befehlen, auf leichtsinnige Buben aufzupassen. Schließlich ist Liebeskummer nicht Sache des Staats. Wenn ich auf alle Schlechtigkeiten hörte, die man über mich sagt, dann bliebe mir nicht einmal die Zeit, meine Augen auf- und zuzumachen. Und hast du dich nie gefragt, warum ich meine jungen Freunde töten lassen sollte, wenn ich über so zahlreiche Feinde verfüge, die es verdienten, bestraft zu werden?«

Der Junge war durch die Worte Theophanos keineswegs beruhigt. Er beharrte mit verzagter Stimme:

»Ich möchte dich auch weiterhin lieben, meine Herrin und Herrscherin, ich möchte nicht verschwinden wie meine Kameraden. Ich möchte dich einfach nur lieben.«

»Zum Lieben gehören zwei«, antwortete Theophano, die nicht gewillt war, noch mehr Zeit mit ihm zu verlieren. Sie drehte ihm den Rücken zu und ging hinaus.

Theosios Arman folgte ihr ein paar Schritte weit, dann hielt er bestürzt inne. Er wußte nicht, was tun und wohin gehen, und blieb unschlüssig stehen, um sich über sein künftiges Schicksal zu befragen.

Während ihres letzten Zusammenseins hatte der junge Armenier Theophano nach dem Namen des schwarzen gefleckten Marmors gefragt, der das kleine Zimmer ihrer heimlichen Liebesstunden ringsum in waagerechten Bändern durchzog. Und sie hatte geantwortet, daß es sich um einen ziemlich seltenen

Marmor handle, mit dem Namen Ägyptische Viper. Theodosios Arman litt unter krankhaftem Aberglauben, und das genannte Reptil im Zusammenhang mit jenem Land war ihm als unheilvolles Omen erschienen. Er hatte sich sofort zu einem Gebet niedergekniet, das sich nun aber für seine Rettung als unzureichend erwies.
Gleich nachdem sie ihre Wohnung betreten hatte, machte Theophano den beiden Eunuchen aus dem Vestiarium ein kleines Zeichen, worauf sie unverzüglich gingen, um den Jüngling abzuholen. Sie knebelten ihn und steckten ihn in einen Hanfsack, den sie außen mit einer Schnur umwickelten, damit er nicht um sich schlagen konnte. Dann trugen sie ihn in die unteren Lagerräume, die direkt mit dem Marmarameer verbunden waren, in das er zusammen mit einem schweren Stein geworfen wurde, der ihn auf den dunklen Meeresgrund hinabzog – befreit von allen Gedanken, Gefühlen und Lüsten und von niemandem vermißt, nicht einmal von seiner Mutter, die bei ihrer Schafherde in Armenien geblieben war.

9

Nikephoros Phokas wußte, daß man im Palast auch nach Bringas' Tod auf Schritt und Tritt Hinterhalte gewärtigen mußte. Seine militärische Schläue konnte ihm in diesen Korridorkriegen wenig nützen, aber bei den langen Besprechungen im Feld, wenn über Schlachtpläne entschieden werden mußte, hatte sich seine Beobachtungsgabe zweifellos geschärft. Nikephoros hatte sich angewöhnt, aus einem Blick oder einem Wort Neid und Eifersüchte zwischen seinen Kommandanten sowie alle Regungen von Groll, Ehrgeiz, Feigheit und Verrat zu erkennen, die den Ausgang einer Schlacht ungünstig beeinflussen oder sogar sein Leben gefährden konnten. Er glaubte standhaft an den allmächtigen Gott, aber er hatte gelernt, seinen Geschöpfen zu mißtrauen. Als ihn am Eingang des Palasts das strahlende Lächeln Theophanos begrüßte, die ihn in ihrem prachtvollen Purpurmantel empfing, schob Nikephoros seine Ängste beiseite und vergaß alle Finsternisse, durch die er gegangen war, in der Gewißheit, daß es ratsamer war, seinen Komplizen zu vertrauen als seinen Freunden.

Seite an Seite stiegen sie langsam die feierliche Treppe aus rosa Granit empor, die sie zum Kaisersaal brachte, wo Nikephoros, von der Regentin an der Hand geführt, schließlich den goldenen Thron von Byzanz bestieg.

Die Begegnung zwischen dem neuen Kaiser und dem Thron, von wo aus er regieren würde, vollzog sich in einem einfachen und beinah hastigen Ritus – nach einem Tag intensiver Erregung, voller Jubel und Blut. In Nikephoros' Ohren klangen noch die Stimmen der Menschenmenge, das Dröhnen des griechischen Feuers und die Entsetzensschreie im Hippodrom, dann die feierlichen Worte des Patriarchen unter den hallenden Gewölben der Kathedrale, und schließlich das erregte Flüstern von Theophano, die ihm etwas ins Ohr sagte, während im Thronsaal alle Würdenträger des Hofs ihm auf Knien Treue schworen und Gesundheit und Ruhm wünschten.

»Wir können zwar sagen, daß wir das Glück und die schützende Hand des Herrn auf unserer Seite hatten«, flüsterte Theophano ihm zu, »aber Ihr habt auch mutig und zum rechten Zeitpunkt gehandelt. Der Ruhm des Throns stand Euch bereits aufgrund Eurer Kriegstaten zu, aber durch Eure langen Abwesenheiten von der Hauptstadt ist die Macht jenes Eunuchen ins Maßlose gewachsen. Jetzt können wir ruhig sein und den Würdenträgern zulächeln, die gekommen sind, um Euch ihre Ehrerbietung zu bezeigen. Ich bin glücklich und geehrt, bei dieser denkwürdigen Gelegenheit an Eurer Seite zu sitzen.«

Nikephoros war höchst erstaunt über die Worte Theophanos und dachte, es müsse der Umgang mit dem notorisch schulmeisterlichen und berechnenden Bringas gewesen sein, der ihr diese höfische Sprache anerzogen hatte – ihr, die so freizügig und arrogant in ihrem Benehmen und ihren Worten war, sogar nach der Meinung der Boten, die mit ihr in Verbindung geblieben waren, um ihr zu helfen, sich den Machenschaften des Eunuchen zu widersetzen. Aber nach der Vereidigungsze-

remonie zeigte Theophano dem neuen Kaiser ihr verführerischstes Gesicht, und es gelang ihr schließlich, die harte Schale dieses rauhen, mit den höfischen Sitten und Listen wenig vertrauten Mannes aufzubrechen.
Nach dem Kniekuß der Würdenträger stieg Nikephoros vom Thron herab, um die Glückwünsche und Ehrfurchtsbezeigungen von den Inhabern der sieben wichtigsten Amtsbereiche zu empfangen: den Kommandanten der großen Militärbezirke, den Kommandanten der Garden, den Richtern, den Chefs der Zivilverwaltung, dem Militärkabinett, dem Schatzamt und den Vertretern der Zirkusparteien – den Blauen und Grünen. Erschöpft nahm Nikephoros die Insignien entgegen, welche die Würdenträger aller Ränge ihm demütig in die Hände legten, in der Hoffnung, sie nach wenigen Tagen als Zeichen der Bestätigung ihrer Ämter und ihrer Gehälter zurückzuerhalten. Unter diesen Würdenträgern befanden sich auch die treuesten Anhänger von Joseph Bringas, aber Nikephoros hatte im Stillen bereits beschlossen, gerade ihnen die Bestätigung zu gewähren. Höfische Treue war immer übertragbar: Nikephoros wußte, daß die Getreuen des Eunuchen nach dessen Beseitigung alles tun würden, um das Vertrauen eines neuen Beschützers zu gewinnen.

Nikephoros hatte gerade sein einundfünfzigstes Lebensjahr im Zeichen des Skorpions vollendet. Auf seinen Jahren lasteten die Mühen der Kriege und die schlaflosen Nächte, die Ängste an jedem Vorabend einer Schlacht und die Erschöpfung am Tage danach, der Schmerz über die im Staub oder Schlamm unbegraben zurückgelassenen toten Soldaten und das Wanken seines Glaubens in den harten Tagen der Niederlage. Der Erfolg hatte die Zeichen der alten und neuen Erschöpfungen bei Nikephoros nicht ausgelöscht, aber sein wachsamer und starker Charakter gab ihm Halt. Im Labyrinth des Kaiserpalasts vertraute er sich Theophano an, die ihn durch die unendliche Folge von Sälen, Korridoren, Loggien, Höfen, Treppen und Kolonnaden und über den langen Fußweg zum Daphne-Palast führte, der kleiner und menschlicher war, und wo es keine Zeremonien gab, sondern wo das private Leben des

Kaisers sich vollzog. Der Kaiser war jetzt er, Nikephoros Phokas, der Stratege, der im Morgengrauen dieses selben Tages an der Spitze seiner Truppen in die Hauptstadt eingezogen war, um einer Lage zu begegnen, die trotz monatelanger sorgfältiger Vorbereitung durch getreue Boten noch immer viele Unsicherheiten barg. Alles hatte sich einer listigen Strategie folgend abgewickelt, und jetzt befand er sich an der Seite der schönen Theophano, dieser hochmütigen und auch grausamen jungen Frau, die sich ihm als zartes schutz- und trostbedürftiges Geschöpf präsentierte.

Keiner von beiden erwähnte die langen Verhandlungen und geheimen Bündnisse, die diese Begegnung vorbereitet hatten. Der Sieg hatte die Befürchtungen des Vorabends ausgelöscht, und die körperliche Nähe schien jetzt die Gemeinsamkeit ihrer Absichten, ihrer Interessen und vielleicht auch ihrer Gefühle konkret zu besiegeln. Theophano erklärte Nikephoros, der nach den langen Jahren der Abwesenheit fast keine Erinnerung daran bewahrte, die Räume, durch die sie gingen, und erläuterte ihm ihre Namen und ihre Funktion und benannte mit königlicher Unterscheidungsgabe die kostbaren Marmorarten, so wie Bringas es sie gelehrt hatte. Ein einfacher und langer Spaziergang durch die Palastgebäude bis hin zum Daphne-Palast und zu der Schwelle, hinter der sich die privaten Gemächer der Regentin befanden.

»Ich glaube, hier müssen wir uns trennen«, sagte Nikephoros. »Ich hatte ein seltsames Gefühl während unseres angenehmen Spaziergangs durch diese heiligen Mauern. Mir war, als befände ich mich in einem fremden Land, zu Gast an einem Ort, wo ich mich niemals zurechtgefunden hätte, wäre die Herrin des Hauses nicht erschienen, um mich zu führen.«

»Ich glaube, es sollte in diesem Palast keinen Bereich geben, den der Kaiser nicht kennt. Er ist jetzt der Herr des Hauses.«

An der Tür zu ihrer Wohnung lächelte Theophano Nikephoros zu. Zwei Bedienstete stellten sich zu beiden Seiten auf, als erwarteten sie, daß das Paar seinen Einzug hielte.

»Dann ist meine Reise also noch nicht beendet?«

»Das hängt von Euch ab, von Eurer Müdigkeit und von Euren Wünschen.«

»Heißt das, daß ich eintreten darf?«

Theophano lächelte noch immer, dann forderte sie Nikephoros mit einer Handbewegung auf, in ihre Gemächer einzutreten. Nikephoros drehte sich nach seinen Lanzenträgern um, vier bewaffneten Riesen, die ihm in einer Anstandsentfernung von etwa zehn Schritten gefolgt waren und nun in Erwartung weiterer Befehle reglos auf der Schwelle verharrten.
Theophano begriff sofort.
»Ihr könnt mir vertrauen. Laßt Eure Lanzenträger ruhig hier draußen. In meiner Wohnung gibt es für Euch nur solche Gefahren, vor denen Euch bewaffnete Männer nicht schützen können.«
Ein spöttisches und verführerisches Lächeln erschien auf Theophanos Lippen. Nikephoros lächelte ebenfalls und folgte ihr ohne seine Soldaten.

»Ich habe eine zwiefache Last auf meinen schwachen Schultern getragen«, sagte Theophano mit entwaffnendem Freimut, »die Last der Regierung und die nicht weniger schwere der Witwenschaft. An der Spitze des Reichs, im Palast und hier in meiner Wohnung hat die Gegenwart eines Mannes gefehlt. Ihr wißt, daß Ihr mit meinem Beistand und mit meiner Freundschaft rechnen könnt, und ich glaube, daß ich Euch auch genügend Beweise von meiner Loyalität gegeben habe, indem ich Euch geholfen habe, Euren gefährlichsten Feind zu besiegen.«
»Auch Euren Feind«, sagte Nikephoros mit einem Lächeln, das eine Spur von Argwohn enthielt.
»Bringas war sehr intelligent«, sagte Theophano, »und er hatte begriffen, daß Ihr sein wirklicher Rivale wart, nicht ich.«
»Er war ebenso intelligent wie tückisch. Wenn es ihm gelungen wäre, mich mit Eurer Hilfe zu beseitigen, dann hätte er mit der gleichen Tücke auch Euch danach beseitigt.«
»Es ist mir wie durch ein Wunder gelungen, mich gegen diesen Dämon zu wehren, aber ohne Eure Hilfe wäre ich ihm schließlich erlegen. Ihr habt recht, wenn Ihr sagt, daß er auch mein Feind gewesen ist. Doch nun bewahrt uns sein Tod vor den schlimmsten Hinterhalten hier im Palast, wo er sein Netz aus Komplizenschaften flechten konnte. Euer Einzug hat also

im Zeichen des Glücks stattgefunden, aber jetzt wo unser ärgster Feind tot ist, braucht Ihr noch eine öffentliche Verbindung, um Eure Thronbesteigung in den Augen der Bevölkerung zu legitimieren.«

Nikephoros sah Theophano, die so gewandt von der schmeichlerischen Rede der Verführung zu einer unerwartet diplomatischen Rede übergegangen war, verwundert an. Er wollte sicher sein, richtig verstanden zu haben.

»Ihr sprecht von einer öffentlichen Verbindung – aber mit wem?«

»Mit mir«, sagte Theophano. »Ich bin nicht nur die Regentin, ich bin auch die Mutter von Basileios und Konstantin, die als Nachfolger des verstorbenen Kaisers Romanos Lekapenos bestimmt sind. Das Volk liebt diese beiden Buben, deren Bild man überall verbreitet hat, und die mehr als einmal anläßlich von Festen und offiziellen Zeremonien öffentlich erschienen sind, und könnte den Verdacht schöpfen, Ihr hättet die Absicht, sie von der Thronfolge auszuschließen. Warum dieses unnötige Risiko eingehen? Ich habe Euch schon immer wegen Eures Muts bewundert, ich habe Euch aus der Ferne bewundert wie irgendeine gewöhnliche Frau, mit aller Demut und Hingabe, die einem Helden gebührt. Vielleicht könntet Ihr diese Hingabe erwidern und die Verbindung, die de facto schon zwischen uns besteht, besiegeln, indem Ihr ihr einen Namen und eine amtliche Bestätigung verleiht.«

Nikephoros war immer verwunderter und gänzlich unvorbereitet auf dieses offene Reden über Fragen, die er aus Gründen der Schicklichkeit lieber an anderem Ort und zu anderer Stunde erörtert hätte. Und nun fand er sich plötzlich in einer Lage, in der weder sein Verstand noch sein Gefühl ihm helfen konnten, und das an dem Tage, an dem ihm die Kaiserkrone aufs Haupt gesetzt worden war. Zu viele Dinge hatten sich an diesem Tag ereignet, und sogar ein Mann so wechselhafter weltlicher Strategien wie er war dadurch verstört. Aber die offenen Worte Theophanos forderten von ihm eine ebenso offene Antwort, wenn er nicht schon bei dieser ersten Gelegenheit eine Schwäche zeigen wollte, die ihm für sein Leben am Hof, das er gerade beginnen wollte, gefährlich werden konnte.

»Ist das ein Heiratsantrag?«

»Ja.«

Nikephoros versuchte zu verbergen, wie erregt, geschmeichelt und erstaunt er war.

»Aber ich bin viel älter als Ihr, ich bin ein ungehobelter Soldat, und Ihr seid eine schöne, elegante und raffinierte Frau, die an das höfische Leben gewöhnt ist. Ich habe viele Jahre lang mit meinen Soldaten in Zeltlagern gelebt und muß mich erst an den Titel gewöhnen, der mir verliehen wurde. Sogar mein Name klingt mir fast fremd durch diese neue Würde, mit der man mich belehnt hat.«

»Bei einem Mann liebe ich Stärke und Mut«, sagte Theophano, »diese Eigenschaften sind so selten.«

Theophano verstand es, in den Augen der Menschen zu lesen und begriff an diesem Punkt, daß sie nun Herrin der Lage war und den rauhen Krieger, den gewitzten Strategen, den Kaiser von Byzanz Nikephoros Phokas führen konnte, wohin sie wollte. Flüsternd und ihr Gesicht dem seinen zuneigend bot die junge Frau Nikephoros den Schlüssel an, mit dem er die letzte Tür ihres Einverständnisses öffnen konnte.

»Wir befinden uns in einer Lage größten Privilegs – keine Instanz kann uns an diesem Ort und in diesem Augenblick irgendetwas verbieten.«

Nachdem sie dieses gesagt hatte, nahm Theophano Nikephoros bei der Hand und führte ihn in den privatesten Bereich ihrer Wohnung.

Einem Befehl folgend, den sie zuvor erhalten hatten, versuchten die beiden wachhabenden Eunuchen die Türflügel zu schließen, aber Nikephoros' Männer streckten schweigend ihre Lanzen über die Schwelle und die Tür blieb angelehnt. Ohne auch nur ein Wort über die Begegnung zwischen Nikephoros Phokas und der Regentin Theophano zu verlieren, das sich so lange über die vorgesehene Zeit hinzog, verharrten die beiden in Seide gekleideten Eunuchen auf der einen und die vier bewaffneten Riesen auf der anderen Seite lange Zeit wartend. Als der Morgen anbrach, warteten sie noch immer.

10

Die Hochzeit von Nikephoros Phokas und Theophano wurde in der Neuen Kirche gefeiert, die sich innerhalb des Palastbereichs befand und darum Gelegenheit zu einer intimeren Feier bot – von Nikephoros' Beichtvater mit Schlichtheit zelebriert und damit dem Patriarchen, der für seine Strenge bei Hochzeitszeremonien bekannt war, entzogen.
Der kleine Hochzeitszug bestand aus zehn dem Praepositus unterstellten Protokollbeamten, den Kommandanten der drei Garderegimente der Hikanaten, der Arithmoi und der Exkubiten und einem Träger des kaiserlichen Szepters mit dem Kreuz, das er vor Nikephoros hertrug. Es folgten drei Standartenträger mit den Feldzeichen der auswärtigen Militärbezirke und der auswärtigen Stäbe. Die zehn Silentiare an der Spitze des Zugs schwangen ihre goldenen Ruten, um längs der ohnehin stillen und menschenleeren Straße die der heiligen Person des Kaisers gebührenden Stille zu schaffen.
Die einzelnen Teile des Zugs setzten sich vor Nikephoros' Wohnung in Bewegung, zogen zur Wohnung Theophanos, die sich zur Rechten des Kaisers dem Zug anschloß, durchschritten langsam den Daphnekorridor und die Passage des Herrn, stiegen schließlich die kaiserliche Landungstreppe hinunter und gelangten zum Kreuzgang und Tor der Neuen Kirche, die mit seidenen Girlanden und mit Blüten, Blättern und Früchten aus den Obst- und Blumengärten des Palasts geschmückt waren, alles von geschickter Hand komponiert.
Gänzlich gefangen in der verzauberten Atmosphäre, in die er fast widerwillig eingetaucht war, fühlte Nikephoros rings um seinen Kopf leicht und heiter all die Engel und Heiligen kreisen, die vom Himmel herabgestiegen waren, um ihn zum Altar zu geleiten. Die Behinderung durch den langen, mit weißen und rosa Perlen bestickten Seidenmantel zwang ihn zu gemessenem Schritt und aufrechter Haltung, wie sie der höchsten Autorität des Reichs geziemten, hielt ihn jedoch nicht davon ab, Theophano bewundernde Blicke zuzuwerfen, die sich an seiner Seite mit dem sicheren Schritt derer bewegte, die endlich im Begriff sind, einen lange gehegten Plan zu verwirklichen.
Nikephoros' Freude war nicht nur deshalb wohlbegründet,

weil diese Heirat als offizielle Besiegelung seiner Thronbesteigung gelten konnte, sondern auch weil sie ein neues Kapitel seines privaten Lebens eröffnete – ein Kapitel, das zum ersten Mal in dem glücklichen und neuen Zeichen der Liebe stand. Nikephoros hatte den Worten des Patriarchen unter dem hohen Gewölbe der Kathedrale entnommen, daß die oberste Pflicht des Kaisers in der Nachahmung Gottes bestand, und das hatte ihn nicht wenig verwirrt. Nach dem ersten Taumel der Begeisterung fragte er sich, wie er seine Gefühle für die allzu schöne und junge Theophano handhaben sollte, und wie sich Gott an seiner Stelle verhalten würde. Er sagte sich noch einmal, daß die Fähigkeiten eines Strategen, die ihn bei vielen Gelegenheiten zum Sieg geführt hatten, ihm nicht helfen konnten, eine Beziehung zu pflegen, die auf so unerwartete Weise begonnen hatte und ihm Wege in Aussicht stellte, denen er sich nicht gewachsen fühlte. Und so wurde seine spontane Freude über die Heirat gleich durch ein paar heimliche Zweifel getrübt.

Die Reaktion der Kirchenbehörden sollte Nikephoros' Frieden recht bald wieder stören. Der Patriarch Polyeuktes, der ihn großzügig gekrönt hatte, dem man aber die Heirat dann verschwiegen hatte, verlor seine gewohnte Ruhe, als er davon erfuhr. Er sah in dieser Heirat nicht nur eine Beleidigung seiner Autorität, sondern betrachtete sie auch als Sakrileg. Polyeuktes war ein tugendhafter und ernster Mann, dem vor allem daran lag, die Gesetze und Interessen der Kirche gewahrt zu sehen, in deren Dienst er nicht nur seinen Glauben, sondern auch seine Strenge, seine Macht und eine Freimütigkeit stellte, die keinerlei Schranken kannte, nicht einmal die vor dem Zorn, wenn er davon überzeugt war, mit diesem profanen Mittel die Interessen der heiligen Mutter Kirche zu vertreten. Bei solchen Gelegenheiten, so hieß es, hatte sein Gewetter unter der ehrwürdigen Kuppel der Kathedrale schon gefährliche Risse in den Mosaiken des Christus Pankreator verursacht, der über den Zorn des Patriarchen seinerseits in Zorn geraten war.

Als Nikephoros und Theophano sich wenige Tage nach ihrer Hochzeit zur Auferstehungsfeier in der Hagia Sophia präsentierten und auf das Königstor der Ikonostase zuschritten, um einem alten kaiserlichen Privileg zufolge den Altarraum zu betreten, wies Polyeuktes sie brüsk zurück. Für ihn waren sie zwei Sünder, nichts weiter als zwei Sünder, auch wenn sie ihre kaiserlichen Gold- und Purpurmäntel trugen. Erstens hatte Nikephoros als Witwer eine Witwe geheiratet und damit gegen eins der strengsten Gesetze der Kirche verstoßen. Zweitens war er Pate der beiden Jungen Basileios und Konstantin und deshalb mit Theophano, wenn auch nur durch Heirat, verwandt. Für den Patriarchen hätte die convalida in spiritualibus ihrer noch dazu quasi heimlich zelebrierten Hochzeit einen Inzest legitimiert.

In einem stürmischen Gespräch, das in Gegenwart Theophanos stattfand, stellte Polyeuktes Nikephoros vor die Wahl, entweder seine Ehefrau unverzüglich zu verstoßen, und zwar vor seinem Beichtvater, der sie getraut hatte, oder das ekklesiastische Interdikt hinzunehmen, das ihn aus der Kirche ausschlösse und ihm die Wahrnehmung aller Rechte versagte, die die Kirche den Kaisern gewährte. Für einen Mann wie Nikephoros Phokas, der die Verpflichtung zur Nachahmung Gottes, die den byzantinischen Kaisern traditionsgemäß oblag, wörtlich genommen hatte, bedeutete diese Drohung einen Sturz in die Finsternis der Sünde und ließ die bedrohliche Figur des Antichristen in Gestalt der schönen Theophano vor seinen verwirrten Augen erscheinen. Aber er sagte sich sofort, daß nur er allein die Verantwortung für diese Heirat trug und daß es nun an ihm war, den Fehler wieder gutzumachen.

Nach ermüdenden Diskussionen, Zerknirschungen, Versprechungen, Drohungen, Vorschlägen und Sinnesänderungen gelangten die beiden Parteien schließlich zu einem Kompromiß. Da Nikephoros sich weigerte, Theophano zu verstoßen, zu deren Sklaven er sich, wie aus jedem seiner Worte hervorging, mittlerweile gemacht hatte, bürdete Polyeuktes ihm eine Buße auf, die zugleich eine harte Strafe für ihn war. Er ließ ihn auf das Kruzifix schwören, daß er und Theophano für die Dauer eines Jahres wie Bruder und Schwester leben würden. Dieser Schwur, der Nikephoros ein schmerzliches Opfer abverlangte, bedeutete eine Erleichterung für die Regentin Theophano, die trotz ihrer verheißungsvollen Worte und der bereitwilligen Aufnahme in ihrem Bett, diesen ungeschlachten und ältlichen Soldaten nur geheiratet hatte, um Mantel und Krone der Kaiserin wieder tragen zu können. Und so gerann das eheliche Leben von Nikephoros und Theophano zu einer pathetischen Fiktion. Nikephoros überhäufte seine Frau mit Geschenken und Aufmerksamkeiten, und sie dankte es ihm, indem sie ihre heimlichen Liebschaften wieder aufnahm, jene kurzen Abenteuer mit Soldaten, Pagen, Kammerdienern, Händlern, Gesandten, ausländischen Fürsten, freizügigen Mönchen, Gärtnern und Marketendern, die sie stets von demselben Eunuchen ihres Vertrauens ansprechen ließ – eine Suche nach Abenteuern, bei der sie sich immer zügelloser, lasterhafter und unersättlicher zeigte. Die Höflinge gaben vor, nichts zu sehen, auch weil es mehr als einmal vorgekommen war, daß zufällige Zeugen solcher Begegnungen seltsame und unerwartete Unfälle erlitten: sie stürzten aus einem Fenster oder von einer Terrasse, sie starben vergiftet, ihre Körper wurden im Meer gefunden, oder sie verschwanden für immer ohne Hinterlassung einer Spur.

Nikephoros, von der Schönheit und anmaßenden Jugend Theophanos gänzlich unterjocht und durch tausend Obliegenheiten des Zeremoniells oder lange Stunden des Gebets abgelenkt, merkte von alledem nichts oder gab vor, nichts zu merken. Der vor dem Patriarchen geleistete Eid, den er mit peinlicher Gewissenhaftigkeit einhielt, machte sein Unbehagen und sein Unterlegenheitsgefühl Theophano gegenüber noch unerträglicher. Zu all dem kamen noch die Sorgen über die fortgesetzten Tribute in Gold, welche die benachbarten Barbarenvölker im Austausch für den Frieden verlangten – Tribute, die die Staatskassen im Lauf der Zeit geleert und die Schulden in schwindelerregende Höhen getrieben hatten. In der Bemühung, die Staatsbilanzen auszugleichen, hatte Nikephoros die Beiträge für die von jeder Familie zu leistende Haus- und Herdsteuer erhöht, die Erbschaftssteuer verdoppelt und die Zölle für die Einfuhr ausländischer Fabrikate in das Gebiet der Hauptstadt heraufgesetzt und hatte schließlich die Reeder gezwungen, dem Schatzmeister ein Darlehen für die Kosten der Armee und der Kriegsmarine zu gewähren. Die

Steuereinnehmer der Provinzen – zu Geheimagenten ernannt – gingen jetzt unerbittlich gegen die Dorfbewohner vor und zögerten in vielen Fällen nicht, die Bauern mit Hunden zu hetzen, um sie zum Zahlen der Beiträge zu zwingen. Wenn die Nachricht von ihrer Ankunft sie erreichte, entvölkerten sich ganze Dörfer, und die Bewohner suchten Zuflucht in den Bergen oder schlugen ihre Zelte in verlassenen Landstrichen auf. Während Nikephoros' Ansehen innerhalb der Wände seines privaten Wohnbereichs erheblich sank, erlitt auch seine öffentliche Beliebtheit empfindliche Rückschläge, und zwar schon in den ersten Monaten nach der Verkündigung der Novellen, welche die neue Steuerregelung sanktionierte.
Auf Anraten des Patriarchen Polyeuktes, der nun selbst die Aufgabe des Beichtvaters der Krone übernahm, nachdem er den Mönch, der die gotteslästerliche Hochzeit mit Theophano zelebriert hatte, fortgeschickt hatte, mußte Nikephoros wider Willen den Marmor für seinen eigenen Sarkophag auswählen und mußte fortan bei allen offiziellen Zeremonien nicht nur die Symbole der Macht – den Schild und das goldene Kreuz – in der Hand halten, sondern auch ein Säckchen mit Grabesstaub, der ihn daran erinnern sollte, daß sein Leben vergänglich war wie das aller anderen Menschen auch. Im ersten Augenblick hatte Nikephoros in dieser Empfehlung erniedrigender Praktiken eine Verstimmung des Patriarchen gewähnt, aber dann mußte er zugeben, daß in Wirklichkeit gerade die Gesetze, die das komplexe und strenge Zeremoniell des Throns regelten, in diese Richtung wiesen. Nach der täglichen Lektüre der Heiligen Schriften gewöhnte Nikephoros sich deshalb an, einige Stunden des Tags im Zeremonienbuch zu lesen, das Konstantin VII. bei seinem Tod in der Hoffnung hinterlassen hatte, durch die Erforschung und Kodifizierung des byzantinischen Zeremoniells einen ähnlichen posthumen Ruhm zu erwerben, wie ihn Justinian durch die Sammlung und Ordnung des römischen *Corpus Juris* erworben hatte.
Für seinen Sarkophag wählte er – frei von jeder Sparsamkeit – den teuren und raren ägyptischen Porphyr.

11

Fünf Schläge der großen Glocke erklangen von der Höhe des Magnaura-Palasts und breiteten sich in der reglosen Luft der Abenddämmerung aus. Die Glocke der Magnaura wurde nur in außergewöhnlichen Fällen geläutet, um den Bürgern der Stadt die Teilnahme des Kaisers an einer jener Trauerfeiern zu verkünden, die nach öffentlichen Katastrophen wie Erdbeben oder Bränden öffentlicher Gebäude oder nach dem Tod eines hohen Würdenträgers oder eines Angehörigen der kaiserlichen Familie zelebriert wurden. An welcher traurigen Zeremonie nahm Nikephoros Phokas an diesem Tag und zu dieser außergewöhnlichen Stunde teil? Das fragten sich die Bürger von Byzanz, überrascht von den fünf Glockenschlägen an einem Tag ohne besondere Ereignisse.

Als sie die Glocke der Magnaura an ihren tiefen und düsteren Schwingungen erkannten, blieben einem alten Brauch zufolge alle Bewohner der Hauptstadt stehen oder verharrten reglos in der Stellung, in der die Schläge sie überraschten. So standen die Grob- und Feinschmiede mit hochgehobenem Hammer in ihren Werkstätten am Goldenen Horn, und die Fisch- und Getreidehändler in den Gäßchen beim Handelshafen und die Inhaber der Seiden- und Leinengeschäfte um die Akropolis hielten beharrlich ihre Waage hoch, und reglos den Meßbecher haltend standen auch die Gold- und Edelsteinhändler in ihren Läden an der Mese – der großen Straße, die die ganze Stadt der Länge nach durchzog. Die Schubkarren der Maurer standen still, die Wagen hielten mitten auf der Straße, dort wo sie gerade fuhren, die Mädchen unterbrachen ihre Lieder, und sogar die Bettler hörten zu jammern auf – in ihren beklagenswerten Gesten erstarrt.

Die Pulverwerkstatt, wo die Geschosse des griechischen Feuers hergestellt wurden, war der geheimste und unzugänglichste Ort in ganz Konstantinopel. Sie bestand aus einem großen Laboratorium, das sein Licht aus hochgelegenen, mit mächtigen Eisengittern versehenen Fenstern bezog, sowie einem Zimmer für den Pulvermeister und einem Schlafsaal für die Arbeiter. Sie lag in den Untergeschossen des Palasts, etwa zehn Fuß über dem Spiegel des Marmarameers, mit dem sie

ein enger Kanal, den man durch die dicken Mauern geschlagen hatte, verband. Dieser Kanal führte zu den Militärdocks im Bukoleon-Hafen, wo die Lastschiffe verankert waren – die Dromons, die Chelandia und die leichteren und schnelleren Liburner –, um die nach einer alten, streng geheim gehaltenen Formel hergestellten Kugeln des griechischen Feuers zu laden. Nicht weit über der Werkstatt ragte der Leuchtturm empor, der sein Blinklicht zwischen Abend- und Morgendämmerung über das ganze Goldene Horn und den Bosporus sandte, und dessen Strahlen sogar die Dächer der Häuser von Chrysopolis und Chalkedon an der asiatischen Küste gegenüber von Byzanz erreichten.
Die Pulverwerkstatt war geschützter als das Erste Gynäkeion, geheimer als das Militärgefängnis, unerreichbarer als der Thronsaal. In ihr arbeiteten zwanzig Männer, fast alles ehemals zum Tode Verurteilte, denen man Gelegenheit gegeben hatte, ihre Strafe in eine lebenslängliche stumme und taube Haft zu verwandeln. Diese Männer hatten sich nicht nur bereit erklärt, das ganze Leben eingeschlossen in der Pulverwerkstatt zu verbringen, man hatte ihnen vor ihrem Eintritt auch die Zunge herausgeschnitten und beide Trommelfelle mit einem glühenden Eisen versengt, so daß sie nicht mehr hören und sprechen konnten. Dadurch sollte jede Kommunikation unterbunden werden, um eine Verbreitung des militärischen Geheimnisses zu verhindern und etwaige Verlockungen oder Bestechungen von außen zu erschweren. Das Pergament mit der Geheimformel für die Zusammensetzung des griechischen Feuers war im persönlichen Zimmer des Pulvermeisters verwahrt, das sich im Bereich der Pulverwerkstatt befand.
Er hatte dieses Amt vor nunmehr acht Jahren angetreten, als noch der Kaiser Romanos II. Lekapenos regierte – er, Leontios Manuel aus Herakleia, ein vom Unglück verfolgter intelligenter Eunuch, dem Kaiser ergeben, und nach dessen Tod seiner blutjungen Witwe, der Regentin Theophano, und zuletzt auch dem neuen Kaiser Nikephoros Phokas. Aber diese Ergebenheit erstreckte sich auch auf das Kaiserreich als Heilige Institution, auf seine Hauptstadt Konstantinopel, auf die Heilige Orthodoxe Kirche und ihren Patriarchen, auf den Namen Jesu und den der Heiligen Jungfrau Maria und auf die

Namen aller Heiligen und Engel des Himmels. Jenseits dieser Ergebenheiten, die Leontios Manuels Herz auch im Unglück erfüllten, war das, was ihn dazu veranlaßt hatte, das beschwerliche Amt des Pulvermeisters zu übernehmen und sich mit einem lebenslänglichen Eingeschlossensein abzufinden, den Wechselfällen zuzuschreiben, die seine unglückliche Liebe zum Seemannsleben ihm beschieden.

Nach einer in den armen Hafenvierteln von Herakleia verbrachten Kindheit unter Fischern und Stockfischverkäufern und allen Arten von Händlern, die in ihren Magazinen die Waren der venezianischen und genuesischen Kaufleute zwischenlagerten, hatte Leontios Manuel lange den Traum gehegt, eines Tages Kapitän auf einem jener mächtigen Dromons zu werden, die im Hafen des Goldenen Horns vor Anker lagen und die er von dort zu militärischen Expeditionen im Mittelmeer ausfahren sah, wo sie persische Schiffe und sarazenische Piraten verfolgten.

Mit sechzehn Jahren war es Leontios Manuel endlich gelungen, sich in letzter Minute als einfacher Matrose auf einem Dromon zu verdingen, das zusammen mit den anderen Schiffen in Richtung Kreta in See stach, wo die Piraten jetzt ihren Stützpunkt für ihre mittelmeerischen Raubzüge hatten. Leontios Manuel war ein begeisterter und unerfahrener Junge, berauscht vom Anblick jener mächtigen Seeungeheuer, deren bronzene Mäuler die schrecklichen Kugeln des griechischen Feuers ausspuckten, die alle persischen und sarazenischen Schiffe noch jedesmal zerstört hatten, wenn sie sich in Schußweite befanden. Leider war die Expedition zum Scheitern verurteilt, weil die an Bord genommene Munition sich als unzureichend erwies, aber das negative Schicksal dieser militärischen Unternehmung sollte sich auch noch auf grausame Weise mit dem des jungen und begeisterten Matrosen aus Herakleia decken.

Am ersten Tag der Schlacht, als die byzantinischen Feuerwerker beim Morgengrauen die Siphone mit den Kugeln des griechischen Feuers luden, die man auf die herannahende sarazenische Flotte abschießen wollte, hatte der junge Leontios Manuel gerade die letzten Schaufeln Reisigkohle in den Heizkessel geworfen und hatte sich dann mit der Linken auf eine

Quersaling des Dromons gestützt, um seinen noch ungeübten Beinen Halt zu geben. In allen darauffolgenden Jahren kehrte Leontios Manuels Erinnerung immer wieder zu jenem fatalen Augenblick zurück, als ein plötzlicher Windstoß die Segel blähte und ein losgerissenes Tau ihm buchstäblich die Hand wegtrug und ihn mit einem blutenden Stumpf zurückließ. Während er das Blut zu stillen versuchte, das aus der zerschnittenen Pulsader quoll, weinte Leontios Manuel wie ein Kind und fuhr fort zu weinen, bis zusammen mit den Tränen auch das Blut versickert war.

Leontios Manuels Rückkehr ins Vaterland auf dem fliehenden Dromon vollzog sich im Zeichen der Blässe und der Verzweiflung. Während ein Kamerad ihm Schwefelpulver auf die Wunde streute, um die Vernarbung zu beschleunigen, vergaß der junge Matrose – fast ausgeblutet und von Schwäche niedergedrückt – den Schmerz der Amputation und fiel in ein düsteres und stummes Leid, denn er wußte, daß dieser Unfall das Ende seiner Seefahrerträume bedeutete, die unter einem schlechten Stern gestanden hatten – genau wie die Schlacht, die vor der Insel Kreta verloren worden war.

Nach Konstantinopel zurückgekehrt, wurde Leontios Manuel für seine Verstümmelung durch eine Anstellung in der Hofapotheke entschädigt, wo die Salben, Kräutermischungen, Aufgüsse und Parfums für die kaiserliche Familie und den Hof zubereitet wurden. Er war jetzt Eunuch geworden – noch eine Amputation und ein Schmerz – denn das war die Bedingung, um in das Personal der Apotheke aufgenommen zu werden. Nach einer kurzen Lehrzeit zeichnete er sich bald durch die Mischung neuer Parfums und Medikamente und die Erfindung farbiger Dämpfe aus, die – zusammen mit den großartigen Feuerwerken zum Brumalienfest – den Hof begeisterten und ihm einige Jahre später den Titel eines Nipsistarios eintrugen, der ihm erlaubte, Leinentunika und Seidenmantel zu tragen und beim Bad der blutjungen Kaiserin zu assistieren. Aber sein negatives Schicksal hörte nicht auf, ihn zu verfolgen, und machte nicht nur seiner Laufbahn als Parfumeur schon bald ein Ende, sondern brachte auch sein Leben in Gefahr. Eine von ihm bereitete Tinktur, um die blonden Haare

der schönen und kapriziösen Gothris – der sechzehnjährigen illegitimen Tochter des Kaisers Romanos II. Lekapenos – schwarz zu färben, verursachte bei dem jungen Mädchen eine Reihe von epileptischen Anfällen, und einen Monat später führte der Gebrauch des unheilvollen Gebräus unter grauenvollen Schmerzen zu ihrem Tod.
Leontios Manuels Verurteilung zum Tode war die unvermeidliche Folge dieses Unglücks, auch wenn böse Zungen raunten, das Gift sei der Tinktur von einer Dienerin Theophanos beigemischt worden, die auf die schöne Gothris eifersüchtig war. Der unerwartete Eingriff des Eunuchen Joseph Bringas erwirkte dem Parfumeur aus Herakleia das rare Privileg, wählen zu können, welchen Tod er sterben wollte, und ersparte ihm die Prozedur der Folter, die all denen zuteil wurde, die sich mit einem Verbrechen an einer Person der kaiserlichen Familie oder ihrer verwandtschaftlichen Umgebung befleckten. Leontios Manuel war schlau genug, die gleiche Todesart der armen Gothris zu wählen: die gleiche Tinktur und folglich die gleichen epileptischen Anfälle und den gleichen Tod des jungen Mädchens. Auf Anraten Theophanos, der daran lag, die Stimmen, die ihr den Giftmord zuschreiben wollten, Lügen zu strafen, der aber klar war, daß eine von dem Verurteilten selbst hergestellte Tinktur nicht die gleiche Wirkung zeigen würde wie bei Gothris, bot man Leontios Manuel die Möglichkeit an, sein Leben zu retten, wenn er sich bereit erklärte, den uralten Pulvermeister als Leiter der Pulverwerkstatt abzulösen, und zwar an dem Tag, der nicht mehr fern sein konnte, an dem dieser stürbe.
Leontios Manuel hatte zunächst gezögert, das lebenslängliche Eingeschlossensein in der düsteren Pulverwerkstatt anzunehmen. Dann hatte er als Bedingung für seine Zustimmung verlangt, daß in der dicken Mauer nach Westen ein kleines Loch geöffnet würde, durch das er von seinem Zimmer in der Werkstatt aus den Sonnenuntergang über dem Bosporus sehen könnte. Wenn man ihm eine solche Öffnung gewährte, die ihm erlaubte, dem schönsten Schauspiel der Welt beizuwohnen, dann würde er zufrieden sein und sich bereit erklären, der kaiserlichen Flotte – wenn auch auf eine andere als die erhoffte Weise – zu dienen.

Leontios Manuel mußte seinen Antrag in Form einer Bittschrift einreichen, wie es bei jedem Gnadengesuch üblich war. In seinem langen Schreiben erzählte Leontios Manuel von einem großen Teil seines Lebens – von den Seefahrerträumen seiner Kindheit in Herakleia, von seinem Unfall auf dem Dromon während der Schlacht von Kreta und seiner bitteren Enttäuschung, von der anschließenden Karriere als Hofparfumeur und seinen Erfolgen, bis hin zu dem verhängnisvollen Unglück mit der Tinktur und dem Tod der schönen Gothris. Am Schluß der Bittschrift erklärte er sich bereit, in die Pulverwerkstatt eingeschlossen zu werden und seinen neuen Auftrag gewissenhaft zu erfüllen, bat aber dafür um jenes kleine Loch in der westlichen Wand.

Es scheint, daß die Lektüre dieser gekünstelten und pathetischen Prosa das weiche Herz von Romanos II. Lekapenos berührte. Er war ohne Zögern bereit, die Bedingung des Leontios Manuel zu erfüllen, wie drastisch ihm seine Vermesser auch die Schwierigkeiten beschrieben, die zwölf Fuß dicke Mauer zu durchstoßen, die noch dazu nicht aus dem in Konstantinopel üblichen Kalkstein, sondern aus massiven Granitblöcken bestand.

Als die Arbeiter mit dem Durchbruch begannen, erklomm der alte Pulvermeister, der noch im Amt war, mühsam die Sprossenleiter, um durch das höchste Fenster der Werkstatt hinauszuschauen. Er fragte sich, was dieses Hämmern und Meißeln der Maurer an den Granitblöcken unter der Anleitung von Vermessern bedeuten könne, die er von oben mit langen, auf die untergehende Sonne gerichteten Maßstangen und Schnüren geheimnisvolle Neigungswinkel berechnen sah. Der alte Meister bezähmte weise seine Neugier: Diskretion und Verschwiegenheit waren die Gesetze, die in der Werkstatt galten, und er mußte der Erste sein, der sie respektierte.

Der Alte fuhr in Ruhe fort, seine Arbeiter anzuweisen, und legte nur dann und wann sein taubes Ohr an die Wand, durch die er das Vibrieren der Hämmer und Meißel und das Brummen der Bohrer spürte, die den harten Stein durchschlugen. Seinen Prinzipien und seiner in langen Jahren erprobten Berufung treu, teilte er den Arbeitern nichts mit, obwohl sie begonnen hatten, einige Unruhe zu zeigen, denn auch sie hatten trotz ihrer Taubheit an den Vibrationen erkannt, daß in der Nähe der Werkstatt etwas Ungewöhnliches geschah.

Als die langen Bohrer schließlich die letzte Steinschranke überwunden hatten und durch die westliche Wand in die Werkstatt eingedrungen waren, legte der Alte ein Auge an das Loch, um zu verstehen, welchem Zwecke die seltsame Öffnung diente. Verstehen, sagte sich der alte Pulvermeister, verstößt nicht gegen die Regel der Diskretion und des Schweigens.

Eines Abends sah der alte Meister durch das Loch in der Mauer endlich das flammende Abendrot über dem Bosporus, während die Sonne langsam hinter dem winzigen, aus dem Stein gehauenen Stück Horizont versank. Was konnte dieses Bild bedeuten? Ein Abbild des Höllenfeuers? Ein Zeichen des Endes? Eine Kriegsekstase auf dem Meer? Nein, die rote Kugel der untergehenden Sonne hatte keinerlei Ähnlichkeit mit den tödlichen Geschossen des griechischen Feuers. Aber warum in monatelanger Mühe eine zwölf Fuß dicke Granitmauer durchstoßen, nur um einem alten Pulvermeister das Bild des Sonnenuntergangs zu vermitteln? Der Alte war ein scharfsichtiger und boshafter Mann. Vielleicht, sagte er sich, war dieses Loch nicht für ihn, sondern für jemand anderen bestimmt. Und wer konnte dieser andere sein, wenn nicht sein Nachfolger als Pulvermeister? Und wenn dieses mühsame und teure Loch für den neuen Pulvermeister bestimmt war, was erwartete man dann von ihm, dem alten? Ihm blieb nichts anderes übrig, als sich so schnell wie möglich aus dem Weg zu schaffen, bevor es jemand anderer tat. Eine große Müdigkeit und ein unendlicher Wunsch nach Ruhe hatten seine Glieder bereits geschwächt, und zeitweise auch seinen Geist und sein erstauntes Herz. Und so kam es, daß der alte Pulvermeister zu sterben beschloß. Am darauffolgenden Tag legte er sich still und heiter auf das schmale Bett in seinem Zimmer und starb, um den Posten seinem Nachfolger, für den man das Loch in die dicke Granitmauer geschlagen hatte, zu überlassen.

Es scheint, daß es Leontios Manuel in seiner Funktion als Pulvermeister gelang, jede Erinnerung an die Vergangenheit und sogar jeden Gedanken aus seinem Gehirn zu löschen. Aber vielleicht war gerade das der Grund, warum die Werkstatt in den wenigen Jahren, in denen der junge Meister aus Herakleia ihr vorstand, mit exemplarischer Pünktlichkeit funktionierte. Bis die Arbeiter ihn eines Morgens – zu der Stunde, in der sie gewöhnlich ihr Tagwerk begannen – mit aufgeschlitzter Kehle auf dem Boden seines Zimmers liegend fanden.

Die eiserne Kassette, in der das geheime Pergament aufbewahrt wurde, war erbrochen. Jemand war während der Nacht in die Werkstatt eingedrungen, hatte dem Pulvermeister die Kehle durchgeschnitten und das Pergament mit der Formel des griechischen Feuers entwendet. Die drei eisernen Eingangstüren trugen keinerlei Zeichen von Gewalt. Der Alarm war mittels eines roten Lappens gegeben worden, den die Arbeiter aus einem der hochgelegenen Fenster des Schlafsaals gehängt hatten.

Eine der externen Wachen hatte sofort ihren Posten verlassen und sich im Laufschritt zum Hetairiarchen Nemios Niketas begeben, um ihm zu melden, daß im Inneren der Pulverwerkstatt etwas Schreckliches geschehen sein müsse. Bevor er den Kaiser verständigte, wollte der Hetairiarch persönlich zur Werkstatt gehen, um sich über das Geschehene zu informieren. Am Ort angelangt, lugte er durch den Spalt, durch den die Werkstatt ihr Material bezog, und sah Leontios Manuels Körper mit der aufgeschlitzten Kehle, den seine Arbeiter barmherzig auf eine Bank gebettet hatten.

Obwohl das Verbrechen und der Diebstahl des Pergaments in die direkte Zuständigkeit des Kaisers fiel – wie alles, was die Geheimformel des griechischen Feuers betraf –, entschloß sich der Hetairiarch für das gewöhnliche Verfahren und wandte sich an den Kuropalates Leo Phokas, um ihm über das Unglück in der Pulverwerkstatt zu berichten.

Der Kuropalates hörte sich den Bericht aufmerksam und schweigend an und übernahm dann persönlich die Aufgabe, seinem Bruder Nikephoros die Nachricht zu überbringen. Bevor er den Hetairiarchen entließ, fragte er ihn, welche Maß-

nahmen er bezüglich der sechs Wachen zu ergreifen gedenke, die im Innenhof der Werkstatt Dienst hatten, als die Missetat geschah.
Wie beabsichtige er sie zu bestrafen? Gedenke er, es sofort zu tun, oder wolle er einen regulären Prozeß einleiten? Gebe er in diesem Fall einem vom Eparchen geführten Prozeß den Vorzug, oder ziehe er ein schnelles und summarisches Verfahren vor? Bestand nicht die Gefahr, daß das Pergament mit der Geheimformel einer der Wachen unter die Augen gekommen war? Diese letzte Frage veranlaßte den Hetairiarchen, sich zur äußersten Maßnahme zu entschließen – auch um Leo Phokas zu gefallen, oder besser, um das auszuführen, was er für einen Befehl von ihm ansah. Nemios Niketas hatte sich mittlerweile an die höfischen Zweideutigkeiten der oberen Ränge gewöhnt, die ihre Befehle, um sich nicht bloßzustellen, in Form von Vorschlägen erteilten. Ohne Zeit zu verlieren, ließ er die sechs Wachen köpfen – im geheimen Gefängnis, um kein Aufsehen zu erregen, und um Kommentare und Unruhen bei der Palastgarde, aus der sie stammten, zu vermeiden. Ihre Körper wurden in Hanfdecken gewickelt, die man mit großen Steinen beschwert hatte, und dann ins Wasser geworfen – an der tiefsten Stelle des Marmarameers, die für diesen unheimlichen Brauch schon bekannt war, und von den Fischern gemieden wurde, da sie wußten, daß an dieser Stelle die Fische fetter und zahlreicher waren als sonst.

12

Während Leo Phokas durch die langen Gänge des Daphne-Palasts zu den kaiserlichen Gemächern eilte, fragte er sich, welches andere Unglück er demjenigen vorgezogen hätte, das unten in der Pulverwerkstatt geschehen war. Seine Aufzählung enthielt Pestilenzen, Dürren, Erdbeben, Hungersnöte und sogar ein Schisma. Als er im Licht-Korridor angelangt war, fand sich der Kuropalates Auge in Auge mit dem Protovestiarios, dem die Bewachung des Zugangs zu den kaiserlichen Privatgemächern oblag – eine

Vertrauensstellung, die seine offiziellen Pflichten weit überschritt, die der Eunuch aber, einer Aufforderung von Nikephoros folgend, gern übernommen hatte.
Während der Stunde des Gebets wünschte der Kaiser nicht gestört zu werden. Das war nur eine Auskunft, die der Eunuch dem Kuropalates gab, der in Notfällen zu jeder Tages- und Nachtzeit zu den Privatgemächern seines Bruders Zutritt hatte. Leo Phokas wußte, daß die Ermordung des Pulvermeisters und der Raub des Pergaments mit dem Geheimnis des griechischen Feuers ein so schwerwiegender Vorfall war, daß ihm die Vernachlässigung der bei Audienzen üblichen Prozedur und die Unterbrechung des kaiserlichen Gebets zweifellos gestattet war.
Leo fand Nikephoros mit gefalteten Händen und zu Boden gerichtetem Blick auf einem über den Marmorboden geworfenen Eselsfell kniend, während seine Lippen sich in einem stillen Gebet kaum sichtbar bewegten. Nikephoros bemerkte Leos Schritte, die er ohne zu zögern sofort erkannte, und wandte nur flüchtig den Blick, bevor er sein Gebet beschloß. Dann erhob er sich, deutete ein Lächeln der Begrüßung an, setzte sich auf einen Schemel und forderte Leo auf, sich ihm gegenüber zu setzen.

»Was ist denn so Schlimmes geschehen, das Euch veranlaßt, mein Gebet zu unterbrechen?«
In den Worten des Kaisers lag ein Schatten von Vorwurf, aber auch eine schlecht getarnte Sorge. Er wußte, daß sein Bruder ihn nicht stören würde, wenn nicht aus einem ernsten und triftigen Grund.
»Die Tatsachen sind diese, Bruder Kaiser: ein Unbekannter ist während der Nacht in die Pulverwerkstatt eingedrungen, hat unserem Meister Leontios Manuel die Kehle durchgeschnitten und hat das Pergament mit der Formel des griechischen Feuers geraubt. Ich brauche Euch meine Bestürzung über den Vorfall gewiß nicht zu bekunden.«
Nikephoros erbleichte.
»Wie konnte das geschehen? Gab es einen Ausfall bei den Wachen? Einen Verrat innerhalb der Werkstatt?«

»Türen und Siegel sind intakt, und die Öffnung für den Nachschub des Zündstoffs ist zu klein, als daß ein Mensch durch sie hineingelangen könnte.«
In einer Anwandlung von Ungeduld sprang Nikephoros Phokas auf, drehte sich einmal um sich selbst und setzte sich dann wieder auf den Schemel.
»Zuerst verkündet Ihr mir, daß jemand in die Pulverwerkstatt eingedrungen ist, und dann sagt Ihr mir, daß das, was geschehen ist, unmöglich sei. Was soll das heißen?«
Leo begann wieder zu sprechen, wobei er den Blick von Zeit zu Zeit senkte, so als schämte er sich des Gesagten.
»Genau besehen könnte die Öffnung für das Material, das zur Herstellung der Geschosse dient, das Durchschlüpfen eines mageren und sehr schmalschultrigen Mannes gestatten, sie ist aber innen durch eine schwere Eisentür verschlossen, die der Pulvermeister persönlich überwacht. Die andere Öffnung, durch welche die zur Einschiffung bereiten Geschosse hinausbefördert werden, führt direkt zu den Militärdocks im Bukoleon-Hafen. Dieser wird Tag und Nacht von zehn bewaffneten Posten bewacht, die ihrerseits vom Kuppeldach der Marien-Kirche beim Leuchtturm aus von zwei absolut zuverlässigen Eunuchen beobachtet werden.«
»Sprecht schneller«, sagte der Kaiser mit wachsender Ungeduld.
»Ich würde absolut ausschließen, daß der Mörder von unten, von den Militärdocks her eingedrungen ist – zum einen wegen der Wachtposten, zum anderen weil der Schacht für die Geschosse mehr als zwanzig Fuß lang und innen so glatt ist, daß niemand darin heraufsteigen könnte.«
»Könnte ein Mann nicht mit einem Seil heraufgezogen werden?«
»Nur wenn man einen Verrat der Arbeiter annimmt. Aber auch in diesem ganz und gar unwahrscheinlichen Fall hätte der Pulvermeister die innere Eisentür zu dem Schacht öffnen müssen, der zu den Militärdocks führt.
»Unwahrscheinlich heißt noch nicht unmöglich. Es gibt also zwei mögliche Durchgänge.«
»Die Bewachung von außen, an der Seite der Militärdocks, ist so streng, daß die Pulverwerkstatt praktisch unzugänglich ist,

auch für einen möglichen Feind, dem es gelingt, die Befestigungen zu durchbrechen und bewaffnet in den Bukoleon-Hafen einzudringen.«

»Den einzigen, wenn auch sehr schwierigen Zugang böte demnach die Öffnung für den Nachschub des Materials, der innerhalb der Palastmauern vonstatten geht. In diesem Fall handelte es sich um eine Person, die im Palastbereich wohnt, also um einen von uns, einen vom Hof, einen Verräter, der Leontios Manuel vermutlich kannte und ihn überredet oder gezwungen hat, die innere Tür zu öffnen, um ihn in die Werkstatt einzulassen.«

Leo Phokas hatte bemerkt, wie rasch sein Bruder aus der Versunkenheit des Gebets aufgetaucht und zur Prüfung der Orte und Handlungsweisen übergegangen war, die den Raub des Pergaments ermöglicht hatten. Sein Glaube, das Fasten, seine ehelichen Probleme und die Feierlichkeit, mit der er sich belehnt fühlte, hatten also seine Begabung eines Strategen, der es versteht, in jeder schwierigen Lage die Chancen und Unwägbarkeiten zu prüfen und auszuwerten, keineswegs geschmälert. Bevor Leo weiterreden konnte, bedrängte Nikephoros ihn mit einer neuen Frage.

»Durch welche Schmeichelei oder welche Autorität könnte es dem Verräter gelungen sein, einen Mann des Glaubens wie Leontios Manuel zu überzeugen?«

»Diese Frage habe ich mir auch gestellt.«

»Und habt Ihr eine Antwort gefunden?«

»Bis jetzt noch nicht.«

»Und die Wachen, habt Ihr sie verhört?«

»Leider hat der Hetairiarch die sechs Wachen, die letzte Nacht Dienst hatten, bereits hinrichten lassen, bevor ich sie verhören konnte. Das war eine übereilte und kopflose Entscheidung, die ich nicht gutheißen kann.«

»War es nicht außer einer kopflosen auch eine verdächtige Entscheidung?«

»Der Hetairiarch, der die Palastgarde befiehlt, hat bisher den kaiserlichen Institutionen gegenüber eine unzweifelhafte Treue gezeigt, und die Hinrichtung der Wachen unterliegt seiner Amtsgewalt.«

»Verteidigt Ihr einen Freund?«

»Der Hetairiarch ist kein sehr umgänglicher Mensch, manchmal unangenehm in der Art, ein Militär, den Ihr mindestens genausogut kennt wie ich, da er während des Feldzugs in Kilikien und im Kampf gegen die Sarazenen an Eurer Seite stand. Ich würde jedenfalls sagen, daß er sich, seit er das Kommando der Palastgarde übernommen hat, noch nie verdächtig verhalten hat, jedenfalls soviel mir bekannt ist.«
»Haben wir Anlaß, an der Treue Leontios Manuels – er möge in Frieden ruhen – irgendwie zu zweifeln?«
»Bei diesem verhängnisvollen Vorfall war Leontios das Opfer.«
»Das schließt nicht aus, daß er sich schuldig machen konnte, bevor er zum Opfer wurde.«
»Ihr habt ein weises Wort gesprochen, Bruder Kaiser, aber leider kann ein Toter die Tatsachen nicht aufklären.«
»Die Toten sind manchmal sehr gesprächig.«
»Leontios Manuel hat eine durchgeschnittene Kehle.«
»Es war nur eine Metapher.«
»Auch was ich sagte, war eine Metapher, Bruder Kaiser, aber Wirklichkeit und Rhetorik stimmen zuweilen überein.«
»Der Mord an Leontios Manuel und der Raub des Pergaments sind leider keine rhetorischen Figuren, sondern konkrete Fakten, die so ernst sind, daß sie die Sicherheit des Kaiserreichs gefährden. Wenn die Formel des griechischen Feuers unseren Feinden in die Hände fällt, dann ist das ein Verderben, aus dem es schwerlich eine Rettung gibt.«
Nikephoros Phokas schloß die Augen und dachte einen Moment lang mit Bedauern an die Gewaltmärsche in den felsigen Bergen Armeniens, ja er sehnte sich nach den heftigen Stürmen Kilikiens, der glühenden Hitze in der syrischen Wüste, den schlaflosen Nächten im Feldzelt in den drückenden Niederungen des Euphrat und nach tausend anderen Leiden seines soldatischen Lebens zurück. Jetzt saß er auf dem Thron eines großen Imperiums, aber als Gefangener des Hofs und der Intrigen im Palast, wo ihn wütender Haß, Verbrechen und Verrat umgaben, stets versteckt unter höfischem Lächeln und mit förmlichen Worten getarnt. Auch er hatte sich an die Verstellung und das falsche Lächeln gewöhnt, aber jetzt nahm sein geschärftes Ohr das unheimliche Summen der höfischen

Hinterlist in allen Zimmern und Gängen des Heiligen Palasts noch deutlicher wahr. Mit seiner jungen Frau wagte er nicht, offen zu reden, seit ihm sogar der Ort der Vertraulichkeit fehlte, den er gewiß nicht im prunkvollen Thronsaal oder in den Räumen für die Zeremonien fand, die einen großen Teil seines Tages bestimmten. Selbst die ärmsten der Bauern konnten nach vollbrachtem Tagewerk im ehelichen Bett mit ihren Frauen reden, doch ihm blieb das versagt, weil Theophano – gemäß der vom Patriarchen Polyeuktes als Bedingung für sein Einverständnis mit ihrer Heirat auferlegten Strafe – ihn nie mehr in ihrem Bett empfing. Und so hatte er sich erniedrigt, auf einem ärmlichen Eselsfell in einer Ecke des ehelichen Gemachs auf dem Boden zu schlafen, während sie, Theophano, allein im großen Himmelbett schlief. Statt unter solchen Umständen Kaiser zu werden, hätte er sich ebensogut in ein Kloster einschließen und Mönch werden können, dann hätte er wenigstens seine Seele gerettet, an der ihm mehr lag als an seinem Körper. Und nun bestätigten dieses geheimnisvolle Verbrechen und der Raub des Pergaments in unerwarteter Weise jene Ränkespiele, die, wenn auch bestens bekannt, in diesem Augenblick schwerer Sorgen und geheimer Unsicherheiten nicht nur den trügerischen bürokratischen Frieden, sondern auch die militärische Sicherheit des Reichs, für das er sich unmittelbar verantwortlich fühlte, bedrohten. Nikephoros öffnete wieder die Augen, um seinem Bruder, dem Kuropalates, seine Sorgen mitzuteilen.

»Unsere Feinde«, sagte der Kaiser, »sind zu allem bereit, um die Formel des griechischen Feuers zu erobern. Sie sind bereit, Ländereien, Ehrentitel und Gold- und Silberprämien preiszugeben, ja sie scheuen nicht davor zurück, Gebet, Buße, Schmeichelei, Bestechung und Verbrechen anzuwenden, nur um in den Besitz dieses militärischen Geheimnisses zu gelangen. Eine Weile lang haben wir vorgegeben, daß das Feuer, das beim Kontakt mit dem Wasser nicht verlischt, sich nur durch bestimmte Gebete zu Gott dem Allmächtigen und mit der Hilfe des Heiligen Geistes gewinnen ließe. Jetzt glauben unsere Feinde das nicht mehr, und es ist ihnen gelungen, jemanden innerhalb des Palasts zu bestechen – einen, der zum Hof gehört, und dem wir vielleicht begegnen, wenn wir dieses

Zimmer verlassen und die Gänge des Daphne-Palasts durcheilen – einen, der uns ein Lächeln zeigt und sich vor uns verbeugt, während er in irgendeiner abgelegenen Kammer die für unsere Feinde bestimmte Formel versteckt hält – falls unser Geheimnis zu dieser Stunde den Palast nicht schon verlassen hat.«

Leo Phokas zeigte seinem Bruder Nikephoros ein Pergament, auf dem er eine Verfügung entworfen hatte, wonach niemand aus irgendeinem Grund den Palast verlassen durfte, ohne einen Passierschein vorzuzeigen, den er in seiner Eigenschaft als Kuropalates persönlich ausgestellt hätte. Der Kaiser erhob keinen Einwand, nahm seine Feder mit der nur der kaiserlichen Handschrift reservierten roten Tinte vom Schreibtisch und unterzeichnete das Pergament, das die neue Verordnung enthielt und im Saal der Bekanntmachungen ausgehängt werden sollte – in dem Schaukasten, der für die Befehle des Throns bestimmt war.

»Das ist eine gute und zum richtigen Zeitpunkt getroffene Maßnahme«, sagte der Kaiser, nachdem er seine Unterschrift unter die Verfügung gesetzt hatte, »aber gewiß kennt derjenige, dem es durch Täuschung und Gewalt gelungen ist, das Pergament aus der Pulverwerkstatt zu entwenden, auch das Gesetz, wonach jeder, der Einblick in dieses militärische Geheimnis gewinnt, sich als unwiderruflich zum Tode verurteilt betrachten muß. Er wird deshalb dafür gesorgt haben, das Dokument in Sicherheit zu bringen, dessen Besitz, wenn er entdeckt wird, unweigerlich seinen Tod bedeutet.«

»Das Gesetz, das Ihr genannt habt, ist allen bekannt, weshalb es für den Verräter nicht leicht sein wird, Komplizen zu finden, die bereit sind, ihr Leben zu riskieren. Es ist auch nicht wahrscheinlich, daß einer, der ein so kostbares Dokument in seinen Besitz gebracht hat, es jemandem draußen anvertraut, um über den Verkauf an eine feindliche Nation zu verhandeln. Ich würde kurz gesagt ausschließen, daß das Pergament an der Mauer herabgelassen wurde, um in andere Hände zu gelangen.«

»Und was wollt Ihr damit sagen?«

»Ich will damit sagen, daß das Pergament noch im Palast sein muß.«

Nikephoros blickte eine Weile in die Höhe, wie um den Himmel um Hilfe zu bitten. Dann sah er seinen Bruder wieder in die Augen.

»Ihr müßtet also irgendeinen Verdacht haben.«

»Im Augenblick leider keinen.«

»Dann muß ich von meiner Autorität Gebrauch machen, um Euch zu befehlen, Bruder Kuropalates, einen Verdacht zu haben. In einem so schwerwiegenden Fall wie diesem ist es Eure Pflicht, Verdächtige zu finden und sie Eurem Kaiser zu melden.«

Leo sah den in seinen bäuerlichen Wollmantel gehüllten Kaiser verblüfft an und mußte sich gestehen, ihn noch nie so streng und gebieterisch gesehen zu haben. Er verharrte eine Weile schweigend, als suche er eine Antwort auf die Aufforderung seines Bruders, in Wirklichkeit aber, um blitzschnell alle alten Gedanken eines geübten und umsichtigen Höflings zu überschlagen.

Leo Phokas wußte, daß sein Amt eines Kuropalates den Hetairiarchen Nemios Niketas zu Tagträumen anregte. Neben allen anderen Privilegien genoß der Kuropalates auch dasjenige, in der Nähe des Kaisers zu sein, seinen Vertraulichkeiten zu lauschen, ihm kostbare Dienste zu leisten und als Belohnung Vorteile und Beförderungen für seine Freunde und Schützlinge zu erwirken. Die Tatsache, daß er seinerzeit gemeinsam mit Nikephoros als Soldat in Kilikien gedient und nach der Schlacht von Antiochien seinen Triumph geplant und organisiert hatte, erschien Nemios Niketas als ausreichendes Verdienst, um mit einem ansehnlichen Amt in der Klasse der Domestikoi belohnt zu werden, aber gerade er, Leo Phokas, hatte ihm diesen Weg endgültig versperrt, während Johannes Tzimiskes ihm gleichzeitig für das Amt des Strategen im östlichen Thema zuvorgekommen war. Seit einiger Zeit verriet Nemios Niketas' Blick eine wachsende Unzufriedenheit, eine Ruhelosigkeit, die sich unter den alltäglichen Sorgen nur mangelhaft verbarg, aber zutiefst bedrohlich erschien und sogar fähig, ihn zu irgendeiner unbesonnenen Tat zu verführen. Für Leo Phokas stellte der Hetairiarch eine beunruhigende Gegenwart dar,

er konnte nicht davon absehen, ihn als stille und drohende Gefahr zu betrachten. Er, Leo, erinnerte sich noch gut an den haßerfüllten Blick, als Tzimiskes – dem jüngeren von beiden – das zweithöchste militärische Amt des Reichs verliehen wurde. Vergeblich hatte Niketas nach seiner Ernennung zum Hetairiarchen den Kaiser darum gebeten, ihn als Strategen ins Feld zu schicken, um gegen die Skythen zu kämpfen, die mit plötzlichen und blutigen Raubüberfällen die Donauregionen bedrohten. Ihm, so hatte er sich bei Leo beklagt, war weder Kriegstat noch Ruhm gegönnt. Seine militärische Begabung wurde für subalterne Aufgaben innerhalb der Palastmauern verbraucht, oder um bei offiziellen Anlässen als Chef der Palastgarde zu glänzen. Hinzu kam, daß seine ungeschlachten Manieren ihm alle Türen vor der hohen Beamtenschaft verschlossen, weshalb ihm jede Gelegenheit fehlte, an jenen Festen, Banketten und Zeremonien teilzunehmen, die den persönlichen Erfolg im Leben eines Höflings besiegeln. Leo, der ihn fürchtete, hatte einen ersten Verdacht in Nikephoros' Brust gesenkt. Er wußte aber auch, daß die Zeit noch nicht reif war, um zu handeln und seine Präsenz im Palast zu tilgen.
»Ich habe ein paar Ideen«, sagte Leo zu seinem Bruder, »aber noch keinen Verdacht. Ich werde mich bemühen, meine Ideen präziser zu gestalten und – dem Befehl gemäß, den ich von Eurer erlauchten Person erhalten habe – so bald als möglich einen Verdacht äußern.«
Der Kaiser änderte seine Stimme, sah seinem Bruder Leo, der ihm gegenübersaß, wieder in die Augen und legte ihm eine Hand auf die Schulter.
»Vergeßt nicht, daß der Wortlaut jenes Pergaments Euch nicht unter die Augen kommen darf, denn die Kenntnis der geheimen Formel des griechischen Feuers zieht auch für Euch, wie für alle anderen, das Todesurteil nach sich. Ich möchte nicht in die peinliche Lage geraten, durch Anwendung des Militärgesetzes meinen einzigen Bruder und zuverlässigsten Mitarbeiter zu verlieren.«
»Ich möchte selbst nicht verloren sein, deshalb werde ich dafür sorgen, den Wortlaut nicht zu lesen.«
»Und noch ein Letztes: Ihr habt gesagt, daß nur ein sehr schlanker und schmalschultriger Mann durch die Öffnung

gelangen könnte. Gedenkt Ihr, Eure Untersuchung in diese Richtung zu lenken?«

Der Kuropalates schwieg einen Augenblick, bevor er eine Bemerkung machte, die als versteckte Anklage gedeutet werden konnte.

»Viele von den jungen Palastwachen sind zierlich gebaut und haben schmale Schultern. Aber es wird nicht leicht sein, ohne Wissen des Hetairiarchen eine Kontrolle durchzuführen.«

»Alles in dieser Lage ist schwierig, und das Einfache zu suchen, erscheint mir gänzlich verfehlt. Wollt Ihr schon vor der ersten Schwierigkeit kapitulieren? Glaubt Ihr nicht, daß es wichtiger ist, sofort eine Liste aller im Palast wohnenden Männer zu erstellen, die imstande gewesen wären, in die Pulverwerkstatt einzudringen?«

Der Kuropalates wollte den Verdacht, den er auf Nemios Niketas' Schultern geladen hatte, wieder abschwächen.

»Meine Vermutungen, die leider noch allgemeiner Art und deshalb ohne Namen sind, betreffen auch den Bereich der Verwaltung. Ich werde also als erstes eine Liste aller hohen Beamten besorgen, denen magere und treue Männer unterstehen.«

»Auch magere und treue Frauen?«

Leo sah seinen Bruder an, lächelte kaum merklich und nickte als Zeichen der Zustimmung mit dem Kopf. Nikephoros erwiderte sein Lächeln nicht und hob die Hand zum Abschied. Der Kuropalates verbeugte sich und verließ das Zimmer. Im Korridor stützte er sich auf eine Fensterbank, weil er das Gefühl hatte, zu ersticken.

13

Als Nachfolger Leontios Manuels wurde in Ermangelung eines externen Kandidaten der älteste Arbeiter bestimmt. Die Ernennung fand traditionsgemäß im persönlichen Beisein des Kaisers statt, der im Panzerschrank seines Schlafzimmers im Daphne-Palast die Schlüssel der drei Eisentüren verwahrte, die den einzigen Zugang zur Werkstatt bildeten. Nikephoros öffnete selbst die drei schweren Schlösser. Als er die letzte Tür geöffnet hatte, sah er zu seinen Füßen Leontios Manuels Leiche, die von seinen Arbeitern in ein Hanflaken gewickelt und auf die Türschwelle gelegt worden war. Der älteste Arbeiter schritt über die weiße Hülle und empfing vom Kaiser drei Küsse, die seine Ernennung zum Pulvermeister offiziell besiegelten. Dann kehrte er in die Werkstatt zurück, während zwei Wachen Leontios Manuels Körper auf einen Leichenkarren hoben, um ihn seinem Wunsch eines enttäuschten Seemanns folgend im Marmarameer zu bestatten.

Der Kaiser verschloß die drei Eisentüren, brachte eigenhändig die drei Bronzesiegel an und drückte ihnen sein Petschaft auf, das er dann zusammen mit den Schlüsseln in den Panzerschrank zurücklegen würde. An diesem Punkt ertönten vom Magnaura-Palast die fünf Schläge der großen Glocke, die für einige Augenblicke jede Tätigkeit in den Straßen, den Läden und den Häusern der Hauptstadt unterbrachen.

Seit mehr als zwei Jahrhunderten fand die Ernennung eines neuen Pulvermeisters auf diese Weise statt, mit einer strengen Zeremonie, ohne Zugeständnisse an die Schaulust der Öffentlichkeit, und unter Beachtung aller formellen Vorsichtsmaßnahmen – einer Reihe von strengen Regeln –, die es möglich gemacht hatten, das Geheimnis der verderblichsten Waffe, die das byzantinische Kaiserreich besaß, bis zu jenem Zeitpunkt zu wahren.

Als der Hetairiarch den Befehl am Bronzetor angeschlagen sah, daß alle Personen, die den Palast verlassen wollten, durchsucht werden mußten, und als er dann vier dem Kuropalates direkt unterstellte Personen sah, die schon bereitstanden, um den Befehl auszuführen, erlebte er einen Moment der Bestürzung und der Enttäuschung. Man hatte das Bronzetor, das unter seiner direkten Aufsicht stand, geschlossen, ohne ihn auch nur zu benachrichtigen – ein regelrechter Machtmißbrauch, etwas sehr Schwerwiegendes fand im Palast hinter seinem Rücken statt. Mit zornrotem Gesicht wegen der plötzlichen Kränkung ging er zum Büro des Kuropalates, um eine Erklärung von ihm zu verlangen.

Die Amtsräume des Kuropalates lagen im obersten Stockwerk, gleich neben der Wohnung des Kaisers. Nemios Niketas stürmte die Treppe hinauf, aber als er die letzten Stufen erreichte, war sein Impetus schon erlahmt, und er beschloß, jede direkte Bloßstellung klug zu vermeiden. Es war ratsamer, sagte er sich, alle Informationen über die Fakten und Vermutungen, die ohne sein Wissen zu einem so gravierenden Befehl geführt hatten, auf anderem Weg zu bekommen. In schwierigen Momenten pflegte er sich die Ermahnungen eines alten Hofbeamten vorzusagen, der Konstantinopel angeekelt verlassen und sich auf seine Güter in Thessalien zurückgezogen hatte. Im ersten Paragraph dieser Ermahnungen hieß es: Gib dir nie eine Blöße, verbirg deine Gefühle, schau nach vorn, aber auch nach hinten, schau nach oben, aber auch nach unten, nach rechts, aber auch nach links, mißtraue allen, den Frauen, aber auch den Ärzten und Köchen, verleih kein Geld, aber nimm auch keins an, begegne deinem Feind nie von vorn. Nemios Niketas machte kehrt und stieg die Treppe, die er so streitlustig erklommen hatte, langsam wieder hinunter und lief durch den Korridor zu seinem Büro, wo ihm der Empfangssekretär vielleicht schon ein paar Hinweise geben konnte.

Obgleich er erst kürzlich das vierzigste Lebensjahr vollendet hatte, fühlte sich der Hetairiarch innerlich verbraucht, so als lebte unter seiner harten Soldatenhaut ein gebrechlicher und wirrer Organismus. Die Beschwerlichkeiten der langen Feldzüge hatten ihn physisch geschwächt, und er fühlte jetzt Schmerzen in allen Körperteilen. Aber die zermürbendsten Schmerzen saßen in seiner Seele, seit er wie in einem Strudel die Möglichkeit schwinden sah, das ersehnte Amt des Kuropalates zu erringen, das Leo Phokas dem seit Bringas' Tod unbesetzten Amt des Magister Officiorum vorgezogen hatte. Trotz der Skandale, die seinen Namen befleckten, hatte Leo von der Tatsache profitiert, daß Nikephoros sein Bruder war, um sich unerhörte Machtbefugnisse zu verschaffen, die niemand ihm streitig zu machen wagte. Nemios Niketas war überzeugt, größere Vorzüge zu besitzen als Leo und ein ehrenvolleres Amt als dasjenige verdient zu haben, das er gegenwärtig bekleidete. Aber die Höflinge betrachteten die Militärs seit jeher mit Argwohn, sofern sie nicht den Nimbus eines Helden hatten wie Nikephoros oder Tzimiskes. Das Amt des Hetairiarchen gab ihm weder die Möglichkeit, seine militärischen Fähigkeiten zu beweisen, noch sein administratives und diplomatisches Geschick zu entfalten. Nachdem er der Regentin Theophano seine Hilfe bei Bringas' Beseitigung zugesichert hatte, war er in dem Glauben gewesen, sich an sie wenden zu können, um aus einer Beziehung, die sich einen Augenblick lang gefährlich nah an der Schwelle der Intimität bewegt hatte, Vorteile zu ziehen. Aber Theophano war seit jenem Tag aus seinem Blickfeld verschwunden, geschützt von einer Heerschar von Eunuchen, Höflingen und Hofdamen – fern und unnahbar und nunmehr in die Höhen des Throns entrückt. Und was konnte er sich von einer Frau wie dieser auch erhoffen? Eine kurze Begegnung hatte genügt, um ihm zu zeigen, was man schon von ihr wußte: daß Theophano ein seelenloses Wesen war, ohne Gefühle, ohne Glaube, ohne Barmherzigkeit und Loyalität, unberechenbar und beständig darauf bedacht, sich neue Wege für ihren Ehrgeiz und ihre zügellosen Wünsche zu bahnen. Obwohl er selbst kein Mann höchster Gesinnung war, hielt er Theophano für eine unheilvolle und gefährliche Frau, auf die man sich in keiner Weise verlassen konnte.

Die eigenen körperlichen und seelischen Schmerzen zu verbergen war eine schmerzhafte aber unausweichliche Notwendigkeit für einen alleinstehenden Mann, dessen Beruf ihn dazu zwang, einen wilden Haufen von rauflustigen Barbaren in Schach zu halten, die als Söldner bei der Palastgarde dienten und jederzeit bereit waren, schwächere Kameraden zu unterdrücken und zu verspotten. Er war sich gewiß, daß, wenn seine Soldaten etwas von seiner Unsicherheit spürten, dies sein Ende bedeuten würde. Nemios Niketas war kein weichherziger Mann – er behauptete selbst, daß er nicht einmal sicher sei, ein Herz zu besitzen –, aber irgendein Gespenst der Liebe regte sich doch noch in seinem Gedächtnis und machte seine Einsamkeit und die gelegentlichen Beziehungen zu einer der Hofdamen, die im Palast herumschwärmten, noch bitterer für ihn. Das militärische Leben in den Grenzgebieten hatte ihn dann und wann zu Aufmerksamkeiten gegenüber den jungen Männern verleitet, die sich im Lauf der Zeit bei seinen Truppen verdingten, aber seit er in den Palast gekommen war, um das Amt des Hetairiarchen zu übernehmen, war er bemüht, seine Impulse zu zähmen, um sich nicht dem Spott der Eunuchen oder der Bärtigen auszusetzen. Den Kult der männlichen Schönheit bewahrte er sich nur als militärische Eitelkeit und als qualvolles Reservat heimlicher Gefühle.

Die kaiserliche Garde hatte nicht nur die Aufgabe, innerhalb des Palastbereichs für Ordnung zu sorgen oder die Person des Kaisers, die überdies ständig von einem Trüppchen absolut zuverlässiger Speerträger und Leibwächter bewacht wurde, vor etwaigen Attentaten und Verschwörungen zu schützen, sondern vor allem die, bei den häufigen Unruhen in der Stadt einzugreifen. Solche Unruhen – heimlich in den Häusern und den Läden und in den Lagerhallen des Bukoleon-Hafens vorbereitet – brachen ganz plötzlich aus, und es gelang den über alle Stadtviertel verstreuten Spionen nur selten, sie rechtzeitig zu melden. Der Hetairiarch wußte, daß es für die Bevölkerung immer irgendeinen Grund gab, sich zu beklagen, und daß jeden Tag Unruhen ausbrechen konnten, aber es gelang ihm nie vorauszusehen, wann und wo. Niemand informierte ihn über die Novellen, die ohne Vorankündigung neue Steuern für den Handel festsetzten, der sich durch die Konkurrenz der Venezianer und Genueser ohnehin in einer Krise befand. Er erfuhr nichts über die militärischen Expeditionen, die das Heer dazu veranlaßten, Getreide und Stockfisch zu horten, und über die Entwertung des Nomisma, der in immer billigeren Legierungen geprägt wurde und dessen Kaufkraft täglich schwand. Und je mehr das Unbehagen bei der Bevölkerung wuchs, desto größer wurde der Reichtum und die Aufgeblasenheit der Kaufleute, die mit den Heeres- und Hoflieferungen spekulierten. In den letzten Jahren hatte es noch dazu zwei verheerende Erdbeben gegeben, bei denen besonders die ärmeren Häuser der Hauptstadt und die am Propontes gelegenen Dörfer zerstört wurden, was neues Unbehagen und neue Unzufriedenheiten schuf.

Schon etliche Male hatte das aufgebrachte Volk die Magazine mit den für die Verschiffung in die Kriegsgebiete bereitliegenden Lebensmitteln und die Stockfischmagazine am Buko-

leon-Hafen gestürmt. Bei diesen Gelegenheiten hatten die Wachen den Palast verlassen und die Rebellen – stets schlecht bewaffnet und vom Hunger geschwächt – gnadenlos zurückgestoßen und getötet. Nach den Erfahrungen dieser blutigen Zwischenfälle waren die Aufrührer dazu übergegangen, die Initiative solcher Angriffe ihren Frauen zu überlassen. Trotz aller Gnadenlosigkeit schreckten auch die grausamsten Soldaten, sogar die berüchtigten Petschenegen, davor zurück, unbewaffnete Frauen zu töten, die manchmal sogar mit ihren Kindern auf dem Arm zum Hafen herunterkamen.
Bei diesen von Frauen inszenierten wirren Demonstrationen fühlte sich Nemios Niketas zur Ohnmacht verurteilt und allen Hinterhalten ausgesetzt. Der letzte Zusammenstoß hatte sich wenige Tage vor dem geheimnisvollen Verbrechen in der Pulverwerkstatt ereignet. Die Frauen von Konstantinopel hatten eine lärmende Demonstration organisiert, um gegen die Bäcker zu protestieren, die verdächtigt wurden, dem Mehl für das Brot, das an die Bevölkerung verteilt werden sollte, Asche beizumischen. Hunderte von Frauen waren von Sonnenaufgang bis Sonnenuntergang die Mese hinauf- und hinabgezogen und hatten Beschimpfungen gegen die Bäcker und den städtischen Verpflegungsbeauftragten ausgestoßen und dabei lange Stöcke geschwungen, auf denen schwarzgefärbte Brotlaibe steckten. Ihre Stimmen hallten durch die Straßen und drangen bis zu den Terrassen und Fenstern des Palasts hinauf, was den Kaiser verdroß und dazu bewegte, dem Hetairiarchen sein Mißfallen auszudrücken, worüber dieser sehr beschämt war.
Die innere Ordnung des Palasts stellte ein noch schwierigeres Problem dar, weil die Truppen, deren Aufgabe es war, den Personen, die dort wohnten, Ruhe und Sicherheit und den ausländischen Gästen Schutz zu gewähren, in Wirklichkeit oft selbst vor den Augen der Behörden in Krawalle verwickelt waren. Der Entschluß, Soldaten verschiedener Nationen in Sold zu nehmen, war seinerzeit getroffen worden, um die fernen Regionen zufriedenzustellen und ihnen die Illusion zu geben, in der Hauptstadt vertreten zu sein. Vor allem aber wollte man vermeiden, daß das Gardekorps eine allzu homogene Kraft darstellte, die womöglich für Verschwörungen oder

Anschläge benützt werden konnte. Die Soldaten waren infolgedessen ständig in Raufereien verwickelt – Petschenegen mit Syrern, Syrer mit Skythen, Skythen mit Bulgaren und Arabern – und hatten den Hetairiarchen gezwungen, strengste Maßnahmen zu ergreifen. Nachdem er die Palastgefängnisse gefüllt hatte, ließ er den Unverbesserlichen die Nase abschneiden und die Augen ausstechen, aber auch diese äußersten Maßnahmen zeigten kein anderes Resultat, als die Rivalitäten zu verschärfen und bei den Gewalttätigsten neue Raufereien und Racheakte zu provozieren. Kurz und gut, die Palastgarde unter dem Kommando des Hetairiarchen war einigermaßen brauchbar, wenn es sich darum handelte, gegen Unruhen in der Stadt vorzugehen, aber nur schwer zu lenken, wenn die Unruhen in ihren eigenen Gruppen ausbrachen.

In dieser Lage fortgesetzter Spannungen hinsichtlich der Führung seiner Truppen mußte Nemios Niketas auch die Gespenster der Einsamkeit und Schwäche bekämpfen. Seine langen und einsamen Nächte wurden von Schatten heimgesucht, die ihn mit Dolchen bedrohten oder Gift in sein Essen streuten – immer in irgendeinem Winkel lauernd und ungreifbar.

Vor dem Tor der Großen Hetairie angekommen, setzte Nemios Niketas eine gewollt ruhige Miene auf. Sicherheit bei Untergebenen oder Beratern zu zeigen, hatte ihm immer zum Vorteil gereicht, auch in den peinlichsten Situationen. Er öffnete die Tür zu seinem Büro, aber in dem Augenblick, als er den Fuß auf die Schwelle setzte, packten ihn die Hände zweier Männer an den Armen.

Nemios Niketas wurde von zwei Gendarmen, die er sofort als Mitglieder der persönlichen Wache des Kuropalates erkannte, ohne irgendeine Erklärung in eine Zelle des geheimen Gefängnisses gebracht. Er fragte sich nicht einmal, was vorgefallen war, denn er wußte, daß jeder Vorwand Anlaß zu seiner Verhaftung gewesen sein konnte. Er war in Ungnade gefallen, das war die einzige Gewißheit, und im besten Fall würde man ihn auf ein Schiff verfrachten und auf eine ferne Insel transportieren, wahrscheinlich in irgendein Kloster, wo die Verbannten von Rang Unterkunft fanden und wo, so dachte er bei sich, auch seine müden Glieder und sein geschwächter Geist Ruhe finden könnten. Man würde ihn kahlscheren und ihn zwingen, die Büßerkutte anzuziehen, aber bevor man ihn einschiffte, würde ihn der Eparch – also die höchste Instanz des kaiserlichen Gerichtshofs – einem Verhör unterziehen, wie es das strenge Protokoll der Justiz befahl. Nemios Niketas wußte nicht, weshalb er angeklagt werden würde, und konnte folglich auch keine Verteidigung für sich vorbereiten, die aber sowieso nutzlos gewesen wäre. Denn es war offensichtlich, daß seine Inhaftierung im geheimen Gefängnis – ob sie nun einer Bestrafung durch Verbannung vorausging oder nicht – nur bedeuten konnte, daß der Kaiser – vermutlich von seinem Bruder, dem Kuropalates angestiftet – beschlossen hatte, ihn loszuwerden.

In der Zelle angelangt, boten die beiden Gendarmen ihm ein Beruhigungsmittel auf der Basis von Mohnsamen an, das, so sagten sie, den Zweck hatte, seine Angst zu vertreiben, aber vermutlich auch den, seinen Geist zu trüben und ihn geneigt zu machen, die Bedingungen der Haft ohne Widerspruch zu akzeptieren. Nemios Niketas lehnte das Beruhigungsmittel ab und setzte sich in Erwartung des Eparchen im Dunkeln hin, ohne die Sterne zu konsultieren, die seinen Fragen gegenüber noch jedesmal stumm geblieben waren.

14

Begleitet von einem alten Kanzler verließ der Eparch Georgios Mesarites sein Büro und ging mit langsamen Schritten durch den Korridor der Deësis auf die Treppe zu, die zu den unterirdischen Gängen der Gefängnisse führte. »Die Entfernung zwischen dem Gericht und dem Gefängnis, in dem gewöhnlich die Verhöre stattfinden«, wandte sich der Eparch an den Kanzler, »beträgt gewiß nicht weniger als zehn Stadien, weshalb ein Richter gezwungen ist, eine Strecke zurückzulegen, die einer Durchquerung des Zentrums von

Konstantinopel vom Konstantinsforum bis zum Forum Bovis entspricht. Möglich, daß dieser lange Weg absichtlich geplant wurde, um dem Richter Gelegenheit zu geben, sein eigenes Gewissen zu befragen, bevor er den Schuldigen oder Unschuldigen befragt, der ihn in der Zelle erwartet. Bei dieser beträchtlichen Trennung von Gericht und Gefängnis hat der Kuropalates aber nicht bedacht, daß die hohen Beamten meist keine jungen Athleten sind und es viel häufiger vorkommt, daß ein Richter alt oder asthmatisch oder herzkrank ist, oder auch schwach auf den Beinen, und manchmal sogar lahm.«

»Zum Glück, Herr Eparch«, antwortete der Kanzler, »seid Ihr weder alt noch asthmatisch noch lahm.«

»Woher willst du wissen, daß ich nicht alt bin? Wann beginnt deiner Meinung nach das Alter? Laß hören.«

»Ich bin kein Philosoph und kann Euch deshalb keine allgemeingültige Antwort geben, aber ich kann sagen, daß in Eurem Fall und bei Euren Jahren oder wenigstens bei den Jahren, die Ihr zeigt, das Alter noch nicht begonnen hat.«

»Du hast mir geschickt geantwortet«, sagte der Eparch, »wie ein perfekter Höfling. Aber wenn ich dich jetzt fragte, wieviele Jahre ich deiner Meinung nach zähle, wie wäre dann deine Antwort?«

»Da Ihr noch nicht alt seid und man folglich bei Euch von Alter noch nicht reden kann, kann ich nur annähernd sagen, daß Ihr die Jahre eines noch jungen Mannes zählt.«

»Diesmal hat dein Höflingsdenken dich in die Irre geführt, denn du hast an das Alter und an die Jugend gedacht, ohne die Zeit der Reife zu bedenken, und deshalb hat deine Antwort, die mir gegenüber freundlich gemeint war, sich in Spott verkehrt. Ich könnte ernstlich gekränkt sein. Du weißt, was deinem Vorgänger beim Velum-Gericht wegen einer falschen Antwort geschah?«

»Er wurde in ein Kloster in der ägyptischen Wüste verbannt. Ich habe aber gehört, daß die falsche Antwort nur ein Vorwand war und daß man ihn in Wirklichkeit aus einem ganz anderen Grund bestraft hat.«

»Und aus welchem?«

»Es heißt, er wäre auf den Schatten des Quaestors der Heiligen Paläste getreten.«

»Ich habe auch so etwas murmeln hören. Es scheint, daß der Quaestor ernstlich beleidigt ist, wenn jemand es wagt, die Füße auf seinen Schatten zu setzen, und daß jetzt, wenn er in der Sonne spazierengeht, alle das Weite suchen, so daß sich eine Leere um ihn bildet.«
Der Eparch blieb stehen, um Atem zu holen. Das gleichzeitige Gehen und Sprechen ermüdete ihn, aber er mochte nicht auf das Wort verzichten, nur weil er seine Beine bewegen mußte, denn bei den fortgesetzten Gängen zwischen den Büros des riesigen Palastbereichs wäre er dann für große Teile des Tages zum Schweigen verurteilt gewesen. Er wußte, daß er zu jener besonderen Kategorie von Menschen gehörte, bei denen die Gedanken sich im Mund formen, und zwar in dem Augenblick, in dem ihre Zunge sich bewegt, um die Worte zu formen. So hatte er sich angewöhnt, auch dann zu sprechen, wenn er allein war, und diese unschuldige Angewohnheit hatte ihn in seiner Umgebung in den Verdacht der Extravaganz gebracht. Aber die ständige Übung hatte ihm auch eine besondere dialektische Geschicklichkeit beschert, die ihm bei seiner glänzenden juristischen Karriere hilfreich gewesen war. Er sah den Kanzler an und glaubte, in seinen Augen das zu erkennen, was er das Gespenst der Schuld zu nennen pflegte. Der Kanzler war ein schwacher und farbloser Mann, ein Besiegter, der sich beständig im Unrecht fühlte und Angst hatte, von all denen erdrückt zu werden, die in irgendeiner Weise jenes feine und gefährliche Talent besaßen, das zu den hohen Rängen der Macht führt.
»Ich werde dich nicht in die Verbannung schicken, da kannst du ruhig sein«, sagte der Eparch. »Bei der Ausübung meines Amts bemühe ich mich, den Anwandlungen der Eitelkeit nicht nachzugeben.« Dann fügte er in vertraulichem Ton und mit leiserer Stimme hinzu: »Sagen wir ruhig, der Quaestor ist ein grausamer und grillenhafter Eunuch.«
Der Kanzler senkte den Blick, erschrocken über diese Behauptung, die bei einem vorsichtigen und klugen Mann wie dem Eparchen so gewagt erschien. Das mußte wirklich ein Zeichen von Vertrauen und Sympathie sein, und er beschloß, es mit der gleichen Vertraulichkeit zu erwidern. »Über die bartlosen Eunuchen und die Bärtigen wage ich kein Urteil zu

äußern, aber wenn Ihr mir eine Vertraulichkeit erlaubt – in bezug auf den Quaestor bin ich ganz Eurer Meinung.«

»Es wird gut sein, wenn du beim Äußern von Urteilen auch in Zukunft vorsichtig bist – falls es eine Zukunft für dich gibt.«

Der Kanzler spürte, wie seine Knie zitterten.

»Was meint Ihr damit, Herr Eparch?«

»Ich meine ganz einfach, daß wir uns am Rand eines Abgrunds bewegen. Und je höher der hierarchische Grad ist, den man erreicht hat, desto tiefer ist der Abgrund, in den man von einem Augenblick zum andern stürzen kann.«

»Ein einfacher Kanzler wie ich müßte sich außerhalb jedes Risikos befinden.«

»Und könnte sich deshalb sicherer fühlen als ein Eparch. Ist es das, was du sagen wolltest?«

Der Eparch legte wieder eine Ruhepause ein, und auch der Kanzler blieb stehen.

»Ja. Ihr habt meinen Gedanken erraten, Herr Eparch.«

»Du weißt doch, wohin wir gehen?«

»Einen Gefangenen verhören, der im Verdacht der Spionage steht.«

»Und weißt du auch, um welchen Gefangenen es sich handelt und wie die Anklage gegen ihn lautet?«

»Nein, ich weiß nicht, wer dieser Gefangene ist, und ich weiß auch nicht, wessen er angeklagt ist.«

»Wahrscheinlich ist es besser so.«

Der Eparch nahm den Weg wieder auf. Sie gelangten bald darauf zu der Treppe, die in die Untergeschosse führte, aber bevor sie den Abstieg begannen, blieb der Eparch nochmals stehen.

»Das muß dich nicht kränken. In diesem Fall dient deine Unwissenheit dazu, dich etwas weiter von jenem Abgrund fernzuhalten, von dem ich dir eben sprach.«

»Ich wünsche Euch langes Leben und Gesundheit.«

Der Eparch blickte dem armen Kanzler in die Augen und lächelte ihm zu. Dann sah er sich aufmerksam um, so als fürchte er, von irgendwoher beobachtet zu werden.

»Ich weiß, daß dein Wunsch ehrlich gemeint ist, aber ich muß dir nochmals empfehlen, deinen Mund so wenig wie möglich aufzutun. Deine lange Erfahrung am Hof hat dich gelehrt, deine Gefühle einer klugen Gewohnheit gemäß durch Formeln auszudrücken oder zu verbergen. Aber diesmal hast du die falsche Formel gewählt. ›Langes Leben und Gesundheit‹ ist der Wunsch, den man an den Kaiser richtet, und zwar nur an den Kaiser. Er ist sein Vorrecht wie der Gebrauch des Purpurs für seine Kleidung. Du hast diese Formel für einen Eparchen gebraucht und müßtest eine harte Strafe erwarten, wenn jemand davon erführe.«

Der Kanzler senkte den Kopf als Zeichen der Zerknirschung.

»Ich bitte um Verzeihung, Herr Eparch, und nehme das Gesagte zurück.«

Der Eparch lächelte wieder, diesmal mit einem Anflug von Bosheit.

»Wenn du das Gesagte zurücknimmst, dann bedeutet das, daß du mir nicht mehr langes Leben und Gesundheit wünschst, sondern im Gegenteil kurzes Leben und Krankheit. Siehst du? Mit der falschen Formel hast du zwar die hierarchische Ordnung verletzt, aber im Augenblick, wo du sie zurücknimmst, läufst du Gefahr, meine persönliche Empfindlichkeit zu verletzen.«

Der Kanzler hob den Blick, um sein Entsetzen auszudrücken.

»Das Leben am Hof von Byzanz ist hart für einen armen Kanzler.«

»Ich kann dir versichern, daß es auch für einen Eparchen hart ist. Doch nein, es ist ganz sicher viel härter für einen Eparchen als für einen Kanzler.«

Der Eparch begann den langsamen Abstieg die Treppe hinunter. Der Kanzler folgte ihm einige Stufen danach. Der Eparch blieb stehen und sah den Kanzler mißbilligend an.

»Beim Hinaufgehen mußt du mir folgen, aber wenn ich hinuntergehe, gehst du voraus, damit du mich auffangen kannst, wenn ich stolpere. Gesunder Menschenverstand und Zweckmäßigkeit müssen in manchen Fällen die Etikette ersetzen.«

Der Kanzler beschleunigte seine Schritte, um den Eparchen für einige Stufen zu überholen. Diese kleine Übertretung der Etikette ermutigte ihn zu größerer Vertraulichkeit.

»Gibt es etwas, das Euch beunruhigt, Herr Eparch?«
»Ja.«
Die beiden Männer fuhren fort, langsam die lange Steintreppe hinabzusteigen, der Kanzler einige Schritte voraus. Plötzlich machte der Eparch wieder Halt und legte dem Kanzler eine Hand auf die Schulter, damit auch er stehenblieb.
»Als ich in einem Moment der Aufrichtigkeit zugegeben habe, daß ich beunruhigt bin, habe ich einiges Erstaunen in deinen Augen bemerkt und eine größere Vorsicht, die dich dazu veranlaßt hat, zu schweigen. Solltest du bereits begonnen haben, die Vorsichtsmaßregeln zu beherzigen, die ich dir vorhin empfahl?«
Der Kanzler drehte sich um und lächelte, ohne die Frage des Eparchen zu beantworten.
»Jetzt übertreibst du mit deiner Vorsicht und läufst Gefahr, unhöflich zu sein. Du mußt wissen, daß, wenn ein Vorgesetzter das Wort an dich richtet – und in diesem Fall war es sogar eine Frage – die Etikette von dir verlangt, daß du als Untergebener auf jeden Fall antworten mußt.«
»Ich bitte um Verzeihung, Herr Eparch. Ich hoffe, daß Ihr mir diesen Fehler vergebt. Ich irre mich bisweilen.«
»Ein Kanzler muß genau und fleißig sein und darf sich nicht irren.«
»Wenn ich nach Diktat schreibe, irre ich mich in der Regel nicht, aber wenn ich rede, habe ich Augenblicke der Unsicherheit. Kurzum, ich kann die Feder besser führen als die Zunge.«
»Das ist eine gute Antwort, so gut, daß sie sich selbst Lügen straft – mit anderen Worten, du hast bewiesen, daß du die Zunge ebensogut zu gebrauchen weißt wie die Feder.«
»Ihr verwirrt mich immer wieder, Herr Eparch. Ihr seid zu feinsinnig und habt eine sehr scharfe Zunge.«
»Byzanz ist eine Schule für scharfe Zungen und leider auch für scharfe Schwerter.«
»Herr Eparch, Ihr sprecht als wäre jemand da, der Euch bedroht.«
»Wenn ich dein Untergebener wäre, müßte ich dir jetzt antworten. Aber mein Rang befreit mich von dieser Pflicht, die mich vermutlich in Verlegenheit brächte.«

Der Eparch und der Kanzler setzten ihren langsamen Abstieg fort und kamen schließlich in einen langen und schlecht beleuchteten Gang mit sehr hoch sitzenden Fenstern, die durch schwere Eisengitter gesichert waren und schon dem Gang das Aussehen eines Gefängnisses gaben. Aber bis zum Gefängnis war es noch weit, man mußte noch andere Gänge durchmessen, die unter dem Bauch des Hügels verliefen, über dem sich die Palastgebäude erhoben. Der Eparch und der Kanzler durchschritten schweigend ein Stück des Gangs und blieben dann in einer Rotunde stehen, an der vier weitere Gänge begannen. Der Eparch blickte in alle Richtungen und schnupperte in der Luft, dann wandte er sich an den Kanzler.
»Vielleicht haben wir den Weg verfehlt. Ich habe den Verdacht, daß unser Gang zu den Küchen führt und nicht zu den Zellen. Es riecht in der Tat nach Essen.«
Der Kanzler schnupperte jetzt auch in der Luft.
»Auch ich rieche jetzt einen Essensgeruch – einen Bratengeruch würde ich sagen.«
»In Wirklichkeit ist es ein zweideutiger Geruch, denn er kann sowohl aus der Küche als aus dem Gefängnis kommen: er kann von einem Zicklein stammen, das gerade am Spieß gebraten wird, oder von einem glühenden Eisen, das dazu benützt wird, einen Gefangenen zu foltern. Das schwache Licht verwirrt mich und ich weiß nicht, welche der vier Richtungen, die wir hier vor uns haben, ich einschlagen soll.«
»Ihr mögt mir verzeihen, Herr Eparch, aber Ihr seid schon mehr als einmal zu Verhören in dieses Gefängnis gegangen, und trotzdem gelingt es Euch nicht, den Weg dorthin zu finden. Verzeiht mir nochmals, aber ich habe den Verdacht, daß Ihr nicht den mindesten Wunsch hegt, dieses Verhör zu führen.«
»Ich benütze jeden Vorwand, um den Weg zu verlängern, der uns vor das Angesicht dieses Gefangenen führt. Es stimmt, daß meine Füße langsam und meine Beine schwerfällig sind, aber du hast sehr gut verstanden: die wahren Gründe für diese Langsamkeit sitzen in meinem Gehirn. Ich würde darum sagen, daß es an diesem Punkt das Beste ist, einfach weiterzugehen, und wenn wir statt zum Gefängnis zu den Küchen kommen, dann versuchen wir, vom Koch ein Stück Ziegenbraten

zu ergattern und gehen dann wieder zurück und probieren einen anderen Gang. Im übrigen ist hier niemand, der uns irgendeine Auskunft geben könnte, auch wenn ich auf unserem Weg schon zwei Mal jemanden gesehen habe, der sich eilig hinter einer Säule versteckt hat, um uns nicht zu grüßen.«

»Am Hof sind alle nervös wegen dieser diplomatischen Delegation, die von einem langobardischen Bischof geleitet wird, der angeblich den Kaiser beleidigt hat.«

»Und du glaubst wirklich, daß die von einem westlichen Bischof verursachte Nervosität solche Höhen und Tiefen erreicht, daß sie sich bis in diese unterirdischen Gänge fortsetzt? Ist es nicht eher der Anlaß des Verhörs und die Persönlichkeit des der Spionage bezichtigten Häftlings, die diese Leere um uns schafft?«

»Ich weiß gar nichts, Herr Eparch, ich kenne weder den Häftling noch die Art des Verhörs. Ein Kanzler wird fast nie über das informiert, was er aufschreiben soll. Meine Unwissenheit ist für mich etwas Gewohntes, und ich beklage mich nicht deswegen. Das Verhör ist Eure Sache, und Ihr wißt selbst am besten, wie Ihr Euch mit diesem Spion auseinandersetzen müßt.«

»Sagen wir, ich muß diesen Gefangenen verhören, um herauszufinden, ob er ein Spion ist. Im Augenblick ist er nur ein Gefangener, denn in meiner Eigenschaft als Richter muß ich davon ausgehen, daß er unschuldig ist. Als es den Justinianischen Kodex noch nicht gab, ging der Richter von der Annahme aus, daß der Angeklagte schuldig ist, aber jetzt gehen wir von der gegenteiligen Annahme aus. Die Annahme der Schuld erleichtert die Aufgabe des Richters, während die Annahme der Unschuld den Angeklagten begünstigt. Der Zweifel liegt in der Frage, ob es gerechter ist, einen Unschuldigen zu verurteilen oder einen Schuldigen freizusprechen. In diesem Augenblick kann ich nur sagen, daß wir von denen, die als schuldig befunden wurden, nichts zu fürchten haben, während mutmaßlich Unschuldige, die sehr gefährlich sind, sich hier am Hof leider frei bewegen.«

Der Eparch und der Kanzler waren zu einer Erweiterung des Gangs gelangt, von der im Halbdunkel zwei Gänge abzweigten, an denen die Einzelzellen lagen. Jede Zelle war mit einer schweren eisenbeschlagenen Türe versehen, an der sich ein Guckloch befand. Über dem Guckloch stand die Nummer des Häftlings. Der Eparch warf einen Blick auf die beiden Gänge und entschied sich für den rechten. Der Kanzler folgte ihm schweigend. Mit einem Mal schien der Eparch seine offizielle Haltung wiederzugewinnen, sein Schritt nahm plötzlich einen entschiedenen und gebieterischen Rhythmus an, und sein strenger Blick wandte sich den Zahlen über den Gucklöchern zu, um die Zelle ausfindig zu machen, in der das Verhör geführt werden sollte. Im Gang begegneten ihnen zwei bewaffnete Wachen, während hinter ihrem Rücken zwei weitere Wachen wer weiß woher auftauchten. Der Eparch hörte ihre schweren und regelmäßigen Schritte, wollte sich aber nicht umsehen, um sich zu vergewissern. An diesem Ort und in dieser Lage erregte alles sein Mißtrauen, und deshalb wollte er nicht seinerseits Mißtrauen erregen und sich auch nicht mißtrauisch zeigen.

Endlich blieb der Eparch vor einer Zelle stehen.

»Nummer achtzehn – das ist unserer.«

Der Kanzler legte ein Auge an das Guckloch und zog dann einen dicken Schlüssel aus seiner Mappe. Aber bevor er die Zellentür aufschloß, machte er dem Eparchen Platz, damit er einen Blick in das Innere würfe, um den Gefangenen zu identifizieren.

15

Als der Kanzler das schwere Schloß geöffnet hatte und die Tür nach innen aufstieß, ließ der Gefangene, der sich am Gitter des winzigen Fensters hochgezogen hatte, sich auf die darunterstehende Bank sinken, und drehte sich zur Tür.

Der Eparch sah ihn teilnahmslos an, wie sein Amt des höchsten Richters es ihm gebot, der ohne jede Rücksicht auf irgend-

welche Begleitumstände oder etwaige Sympathien oder Antipathien gegenüber dem Angeklagten Recht sprechen muß. Dann warf er einen Blick auf das kleine Fenster, durch das die Zelle das Dunkel des brunnenartig tiefen und engen Innenhofs empfing, auf dessen Steinen Miriaden von Insekten hausten, die in dem feuchten Schimmel und Moos ihre Lebensbedingungen fanden. Ihr einziges Risiko bestand darin, in die Zelle eines ausgehungerten Häftlings zu fallen: Spinnen und Tausendfüßler, aber vor allem Termiten und Regenwürmer bildeten in der Regel die Ergänzung der kargen Gefängniskost.
Der Gefangene stand noch immer auf der Bank gegenüber dem Eingang. Der Eparch entschied sich gegen die üblichen eisigen Formalitäten für einen leichten ironischen Kommentar.
»Es scheint mir eines Ex-Hetairiarchen und ehemaligen Chefs der Palastgarde nicht würdig, sich wie eine Eidechse an der Wand hängend überraschen zu lassen.«
Der Gefangene sah ihn ärgerlich an.
»Mir scheint es noch weniger würdig, daß der Oberste Richter des Palasts den Chef der Palastgarde mit einer Eidechse vergleicht.«
»Mein Amt des Eparchen setzt mir im Hinblick auf Vergleiche keine Grenzen. Außerdem seid Ihr nicht mehr der Hetairiarch, der die Palastgarde befiehlt. Für mich seid Ihr nur ein Gefangener und wahrscheinlich ein Spion.«
Nemios Niketas blickte den Eparchen herausfordernd an.
»Dann sage ich Euch, daß mir das Amt des Hetairiarchen zwar jeden Augenblick, gerechter- oder ungerechterweise, vom Kaiser genommen werden kann, aber bevor man mich als Spion bezeichnet, muß man beweisen, daß ich einer bin.«
»Wollt Ihr mich mein Handwerk lehren? Wenn ich ›wahrscheinlich‹ gesagt habe, dann bedeutet das, daß Ihr in diesem Augenblick ein Spion sein könnt oder nicht. Und eben diese Ungewißheit hat meine Schritte in Eure Zelle gelenkt, auch wenn alles mich vermuten läßt, daß der Kaiser Nikephoros Phokas nicht so unvernünftig ist, ohne triftigen Grund auf einen tüchtigen Kommandanten wie Euch zu verzichten.«
»Offensichtlich wird meine Gegenwart im Palast als nicht so wichtig betrachtet, wenn man es für gut befunden hat, mich

hier unten einzusperren. Aber die juristischen Vorwände für meine Inhaftierung sind mir nicht bekannt, und ich kann sie auch nicht erraten. Sicherlich könnt Ihr mir eine Auskunft über meine Verhaftung geben.«

Der Eparch setzte sich neben den Gefangenen auf die Holzbank und strich sich mit der Hand über die Stirn, als käme ihm soeben ein Gedanke. Dann, mit einer ganz neuen und freundschaftlichen Stimme, wich er seiner Frage aus.

»Der Kaiser ist in diesen Tagen sehr gereizt durch die Gegenwart eines langobardischen Bischofs, der ihn offenbar beleidigt hat, indem er – als Gast an seiner Tafel speisend – arrogant behauptet hat, Ziegenfleisch dürfe nicht mit Knoblauch gebraten werden.«

Nemios Niketas sah den Eparchen erstaunt und mißtrauisch an.

»Warum erzählt Ihr mir dieses Histörchen?«

»Da Ihr noch nicht einmal erraten könnt, aus welchen Gründen Ihr in dieser Zelle seid, habe ich versucht, Euch einen Hinweis zu geben. Wie Ihr wißt, kann eine Persönlichkeit Eures Rangs nur mit dem Einverständnis des Kaisers verhaftet werden, und es ist möglich, daß dieser Zwischenfall auf eine Laune oder Extravaganz unseres durch den Bischof gereizten Herrschers zurückgeht. Ich habe lediglich versucht, Eure Vermutungen zu interpretieren, denen es noch nicht gelungen ist, eine Richtung zu finden.«

Nemios Niketas sah den Eparchen abermals an, der seinen Blick auf den Boden geheftet hielt, um jenem nicht zu begegnen.

»Ich verstehe nicht, warum Ihr mir Gedanken und Verdächte zuschreibt, die ich nicht hege. Es scheint fast, als ob Ihr neben dem Anklagepunkt, der mir nach Inhalt und Formulierung unbekannt ist und dessentwegen ich in dieser Zelle sitze, noch einen weiteren sucht. Das ist eine vertrackte Art, Gerechtigkeit zu üben, und ich begreife Euch wahrhaftig nicht. Genügt es Euch nicht, mich ins Gefängnis gebracht zu haben wie einen Spion? Statt mir die genauen Gründe mitzuteilen, die zu meiner Verhaftung geführt haben, redet Ihr mir von kaiserlichen Launen und tut, als wäre Spionage für Euch etwas Geringfügiges und beinah Begreifliches.«

»Ihr gebt also zu, ein Spion zu sein?«

»Im Gegenteil. Ich betrachte diese Bezeichnung als durch und durch verleumderisch, auch wenn sie allgemein gehalten und mit einem ›Wahrscheinlich‹ versehen ist, das die Beleidigung vermutlich abschwächen soll.«

»Eure Anklageschrift befindet sich in einem versiegelten Umschlag, den mein Kanzler hier bei sich hat. Aber Ihr solltet mir nicht Machtbefugnisse und Verantwortungen zuschreiben, die ich nicht habe. Ihr wißt genau, daß der Kuropalates Euch ins Gefängnis gebracht hat, und zwar mit der Zustimmung oder vielleicht sogar auf Befehl des Kaisers, zumal Ihr Inhaber des höchsten militärischen Rangs innerhalb der Palastmauern seid – oder wart – und keiner über einen Gleichgestellten verfügen kann. Ich habe die Aufgabe, Verhöre und Prozesse zu führen und Recht zu sprechen, und nicht, herumzugehen und Leute zu verhaften – am wenigsten einen Hetairiarchen. Ich kann die Gefangenen vertraulich, gütig oder mit Härte behandeln, je nach Fall oder Gefühl oder nach der Stimmung des Tages.«

»Ihr habt mir Eure schwankenden Stimmungen bereits gezeigt, aber Ihr habt mir noch nicht gesagt, worauf sie beruhen. Warum nennt Ihr mich einen Spion und gebt dann vor, mich freundschaftlich zu behandeln?«

»Vielleicht weil es mir nützlich ist, oder weil ich annehme, daß es mir nützlich sei. Wahrscheinlich hoffe ich, auf diese Weise die Wahrheit aus Euch herauszubekommen. Aber auch, ich muß es gestehen, weil Ihr von Haus aus ein Syrer seid und somit einem zwar aufrührerischen und oft unzuverlässigen, aber immerhin alten Kulturvolk angehört.«

»Ihr habt eine merkwürdige Vorstellung von Kultur, und jedenfalls zeigt sich, daß Ihr keine ernsthafte Kenntnis von meinem Volk besitzt. Ihr habt nie die Randgebiete des Reichs besucht, Ihr habt Euch nie an der Grenzlinie aufgehalten, wo um den Besitz einer Stadt oder auch um einen Fetzen Land gekämpft wird, und deshalb scheut Ihr Euch nicht, gewisse Attribute wie unzuverlässig und aufrührerisch zu gebrauchen, in einer Weise, die weder meinem Verhalten noch der wirklichen Lage entspricht. Wenn Ihr mir erzählt, daß der Bischof Luitbrand den Kaiser beleidigt hat, indem er sich über den

Knoblauch beschwert hat, mit dem das Ziegenfleisch gebraten war, dann vergeßt Ihr den Stolz dieses Diplomaten, der wenigstens bei Tisch seine Unabhängigkeit beweisen möchte und seiner eigenen Kultur Gewicht zu geben versucht.«

»Diese langobardischen Menschen aus dem Westen sind ungehobelt wie die schlimmsten Barbaren unserer Grenzländer, schlimmer als die Bulgaren, schlimmer als die Skythen. Sie kennen noch nicht einmal den Gebrauch der Gabel und üben dann hemmungslos Kritik an der byzantinischen Küche. Sicher wird unser Kaiser Verständnis haben und eine Beleidigung verzeihen, die weder seiner Person noch dem Reich schaden kann. Aber Euer Fall ist ein anderer. Ihr stammt aus Syrien, einem Land von überragender Zivilisation und edelster Tradition. Leider hat Eure Abkunft Euch nicht daran gehindert, das Vertrauen, das man in Euch gesetzt hat, zu mißbrauchen. Ihr befindet Euch in diesem tiefen Kerker, weil Ihr – und das wißt Ihr genau, auch wenn Ihr vorgebt, es nicht zu wissen – das Geheimnis der Herstellung des griechischen Feuers geraubt habt oder versucht habt, es zu rauben – jener Waffe, die der byzantinischen Flotte seit nahezu drei Jahrhunderten die Herrschaft über das Mittelmeer sichert. Und darüber müssen wir reden.«

Nemios Niketas machte eine Gebärde ehrlicher Bestürzung. Bereits die Tatsache, daß das griechische Feuer genannt wurde, zeigte ihm die Größe der Gefahr, in der er sich befand. Er wischte sich mit der Hand über die schweißbedeckte Stirn, schloß einen Moment lang die Augen und blickte dann in die des Eparchen, um in ihrem Ausdruck ein Indiz zu finden, das ihm irgendeine Erleuchtung über den realen Gehalt der Anklage gab. Aber der Eparch forschte seinerseits in den Augen des Gefangenen, um seine Reaktionen zu ergründen, ohne die eigenen zu verraten.

»Das ist eine ganz absurde Anklage«, sagte Nemios Niketas schließlich, »die weder auf Evidenz noch auf gesundem Menschenverstand beruht. Ihr behandelt mich plötzlich wie einen Feind und Spion, während ich bis gestern an erster Stelle stand, um den Kaiser und die Hauptstadt vor Feinden und Spionen zu schützen. Der Kuropalates hat mich veranlaßt, meine Wachen hinzurichten, bevor ich sie verhören konnte,

und nun kommt Ihr daher und verhört mich, als wäre ich der Schuldige einer Missetat, deren Ermittlung man mir verwehrt.«
»Angenommen, die Anklage hat – wie ich annehmen muß – realen Gehalt, dann verstehe ich doch nicht, warum Ihr Euch das Geheimnis des griechischen Feuers aneignen wolltet. Vielleicht um den Kaiser und Konstantinopel vor Feinden und Spionen zu schützen? Ist das Eure Wahrheit?«
»Mit dieser Art von Scherzen entfernt Ihr Euch von der Wahrheit. Und leider ist die Wahrheit nicht immer wahrscheinlich, wie ein Philosoph gesagt hat, an dessen Namen ich mich nicht erinnern kann.«
»Die Tatsachen widerlegen zuweilen die Philosophie, während man noch nie erlebt hat, daß die Philosophie eine Tatsache widerlegt.«
Der Kanzler erwachte plötzlich aus seiner Reglosigkeit und rückte ein wenig zur Seite, um sich beim Eparchen bemerkbar zu machen, der den Gefangenen fixierte.
»Soll ich diesen weisen Satz niederschreiben, Herr Eparch?«
»Nein, ich bin kein Philosoph. Im Gegensatz zu den Sätzen der Philosophen, die auf dem Papier und im Gedächtnis leben, benötigen diejenigen, die für einen Richter zählen, nicht die Feder, um den gewünschten Erfolg zu erzielen, sondern das Gefängnis oder das Schwert oder den Strick oder die glühenden Eisen.«
Nemios Niketas sah den Richter ein wenig erschrocken an.
»Ist das eine Drohung?«
»Es ist nur eine genaue Definition der Rollen des Philosophen und des Richters, aber sie war für meinen Kanzler bestimmt, der nichts verwechseln darf.«
»Soll ich die Anklagepunkte vorlesen, Herr Eparch?«
»Nein, der Gefangene kennt sie bereits.«
Der Gefangene sah ihn mit einem Ausdruck des Erstaunens an, der Beachtung erheischte.
»Aufrichtig gesagt, sie wurden mir noch nicht mitgeteilt.«
»Aber Ihr kennt sie trotzdem.«
»Ich kann sie mir nur vorstellen aufgrund dessen, was Ihr mir gesagt habt. Von den Äußerungen der Gendarmen des Kuropalates, die mich verhaftet haben, habe ich herzlich wenig verstanden.«

»Das wundert mich nicht. Diesen Palasteunuchen gelingt es zu reden, ohne das Geringste zu sagen, und damit schaffen sie nur Verwirrung.«
»Sie werden mir das gesagt haben, was der Kuropalates oder Ihr ihnen zu sagen befohlen habt, nämlich nichts.«
»Ich würde mir niemals erlauben, den Gendarmen des Kuropalates etwas zu befehlen, besonders wenn es sich um Eunuchen handelt.«
Der Gefangene machte eine Geste des Unwillens, wie um dem Eparchen sein Einverständnis zu bekunden.
»Die Eunuchen sind argwöhnische Leute, sie sehen überall Spione und Verschwörer.«
»In diesem Fall haben die Eunuchen nur Befehle ausgeführt, weiter nichts. Die Anklagepunkte hat der Kuropalates formuliert, und sie stehen in dem Pergament geschrieben, das der Kanzler bei sich trägt. Ich kenne nur die allgemeine Anklage, aber ich muß Euch verhören, damit ich die einzelnen Punkte, von denen ich annahm, man hätte sie Euch mitgeteilt, um Euch eine stichhaltigere Verteidigung zu ermöglichen, bestätigen oder widerrufen kann.«
»Ihr habt mir lediglich einzureden versucht, ich hätte das Geheimnis des griechischen Feuers entwenden wollen. Aber das ist von vornherein falsch. Im übrigen müßte ich ungeheuer naiv sein, um ein solches Risiko einzugehen. Ich weiß genau, daß der Kaiser eifersüchtiger über das griechische Feuer wacht als über seine erlauchte Gemahlin Theophano.«
Der Kanzler unterdrückte mit Mühe ein boshaftes Lächeln, und der Eparch sah den Gefangenen verwundert an, der es gewagt hatte, über ein Thema zu scherzen, das für jede vernünftige Vorsicht verboten war. War das Einfalt oder Arroganz? Oder sprach aus dem Gefangenen bereits die Verzweiflung?
»Diese Worte könnten Euch allein schon eine abgeschnittene Zunge kosten, wenn ich den Kanzler aufforderte, sie aufzuschreiben.«
»Da Ihr mit Eurer Anklage mehr oder weniger beschlossen habt, mir den Kopf abzuschneiden, und da in diesem Kopf auch meine Zunge steckt, kann ich mir ein paar boshafte Bemerkungen über den Kaiser und seine erlauchte Gemahlin leisten, ohne zusätzliche Risiken einzugehen.«

»Das bedeutet, daß Ihr Euch schuldig fühlt.«

»Nein, es bedeutet nur, daß ich weiß, daß man mich für schuldig hält. Und ich weiß auch, daß die Schuld eines anderen, sei sie nun vorgetäuscht oder wahr, jemandem nützlich sein kann, der die Gunst des Kaisers oder eine Beförderung erringen will.«

Der Eparch sah ihn beleidigt an.

»Ich bin bereits auf dem höchsten Grad der Gerichtsbarkeit angelangt, falls Ihr auf meine Person anspielen wollt.«

»Der Ehrgeiz kennt keinen höchsten Grad. Es gibt immer noch einen höheren Grad zu erklimmen.«

Der Eparch sah ihn argwöhnisch an. Das waren die Worte eines versierten Höflings und nicht die eines Militärs, der es gewohnt ist, streitende Palastsoldaten zu bezwingen. Aber sie enthielten auch eine große Wahrheit.

»Ihr steht in dem Ruf, ein strenger und reservierter Offizier zu sein. Ich stelle nun aber fest, daß Ihr über beträchtliche Kenntnisse der byzantinischen Bürokratie und der höfischen Intrigen verfügt. Zu verstehen, daß es für den Ehrgeiz eines Höflings keine Grenzen gibt, setzt ein Wissen voraus, wie es gewöhnlich nur die erfahrensten Höflinge besitzen. Es ist überraschend, wenn ein Militär darüber spricht.«

»Ich habe den menschlichen Ehrgeiz noch nie unterschätzt, und habe eine grundlegende Wahrheit begriffen: wann immer einer mit irgendeiner Rolle bei Hof in den Kaiserpalast einzieht – ganz gleich, welchen Rang sein Amt hat, ganz gleich, welcher Herkunft er ist und wie seine Intelligenz, seine Bildung und sein Äußeres beschaffen sind – dann hat er nur noch einen Wunsch: er will Kaiser werden. Bitte lächelt nicht. Dieser Ehrgeiz ist eine Krankheit, die so ansteckend ist wie die Pest, und die Geschichte hat sie bestätigt und von einer Generation zur andern weitervererbt. Wer ist nicht schon alles Kaiser geworden: Strategen und einfache Soldaten, Sprößlinge adliger Dynastien und elende Tagediebe, ja einmal hat man einen schriftunkundigen Schafhirten den Thron besteigen sehen, der seine Unterschrift leistete, indem er mit der Feder eine gelochte Linie auf einer Metallplatte nachzog, und ein andermal wurde sogar ein Mann zum Kaiser gekrönt, dem man die Nase abgeschnitten hatte. Alle Höflinge trachten mehr oder weniger heimlich danach, den Thron zu besteigen. Jeder, der an den Hof kommt, wird von dieser Krankheit befallen und ist bereit, jegliches Risiko zu wagen und jegliche Schandtat zu begehen.«

»Jegliche Schandtat, wie zum Beispiel die Formel des griechischen Feuers zu stehlen.«

»Oder einen Unschuldigen zu verurteilen.«

»Auch Ihr wart auf dem Gipfel Eurer Karriere, reich an Ehrungen und Geld. Nur ein äußerster Wahnsinn oder ein äußerster Ehrgeiz konnten Euch dazu verleiten, das Amt eines Hetairiarchen aufs Spiel zu setzen und ein tödliches Risiko einzugehen. Ihr habt gezeigt, daß Ihr zwar ein geschickter und ehrgeiziger Höfling, aber ein ungeschickter Spion seid.«

»Ihr scherzt schon wieder. Oder wollt Ihr mich beim Prozeß als Verschwörer anprangern, damit Ihr mich leichter hinrichten lassen könnt, um so mehr als es Euch nicht gelingen wird, zu beweisen, daß ich ein Spion bin?«

»Ihr habt vorhin gesagt, daß die Wahrheit nicht immer wahrscheinlich ist, und jetzt möchte ich Euch sagen, daß Ihr diesen klugen Spruch beherzigen solltet. Ich muß indes feststellen, daß Ihr zu tief fliegt, um den Sinn meiner Präsenz an diesem Ort zu begreifen. Wenn Ihr denkt, daß ich Euer Todesurteil will, dann irrt Ihr Euch. Ich bin hier, um die Wahrheit zu suchen, nicht um Euch zu verurteilen, auch wenn ich mit einiger Besorgnis glaube, daß Ihr wirklich ein Spion seid.«

»Ihr hört nicht auf, die Bezeichnung Spion in unangemessener Weise zu benützen. Ein Spion ist eine Person, die im Auftrag anderer Personen handelt, in diesem Fall im Auftrag eines Feindes.«

»Dann sagen wir also, der Hetairiarch könnte im Auftrag des Syrers Nemios Niketas gehandelt haben, der bereit war, das byzantinische Kaiserreich für sein fernes Vaterland zu verraten. Das ist natürlich nur eine Hypothese, aber man kann nicht ausschließen, daß der Spion und Nemios Niketas zwei verschiedene Persönlichkeiten sind, die sich in derselben Person verbergen. Da man den Kopf leider nicht einer Persönlichkeit, sondern nur einer Person abschneiden kann, wird im Fall einer Verurteilung Nemios Niketas die Strafe erleiden.«

»Alles läßt mich vermuten, daß Ihr bereits beschlossen habt, mich köpfen zu lassen. Warum vergeudet Ihr dann Eure Zeit mit Reden?«

»Ich bin gekommen, um mit Euch zu reden, weil ich wissen möchte, ob die Formel, die man auf ein Pergament kopiert in Eurem Büro gefunden hat, authentisch ist.«

Ein Zornesblitz entfuhr den Augen des Gefangenen.

»Das ist der altbekannte Trick, kompromittierende Dokumente an einem Ort zu verstecken, wo man sie zum Zeitpunkt der Durchsuchung finden möchte. Es ist ein niederträchtiges Verfahren, das denjenigen, der es anwendet, entehrt, und von dem ein Richter keine Notiz nehmen sollte.«

»Es ist ein niederträchtiges Verfahren, das bei mehr als einer Gelegenheit angewendet wurde. Aber ein Richter kann die Handlungsweise der Gendarmen, die dem Kuropalates unmittelbar unterstehen, nicht in Frage stellen.«

»Ihr könnt also einen unschuldigen Hetairiarchen vor Gericht stellen, aber Ihr könnt keinen Finger gegen zwei Gendarmen rühren, die eine offenkundige Niederträchtigkeit begangen haben.«

»Soviel ich weiß, habt auch Ihr, und sogar mehr als einmal, diese niederträchtige Verfahrensweise benützt.«

Nemios Niketas machte eine verächtliche Miene, fand aber keine Zeit für eine Antwort, denn der Eparch fuhr fort zu reden.

»Ich muß mich nur versichern, ob das in Eurem Büro gefundene Pergament dasjenige ist, das aus der Pulverwerkstatt gestohlen wurde, oder eine von Euch verfertigte Kopie.«

»Ich habe weder ein Pergament gestohlen noch eines kopiert.«

»Ich werde Euch eine Schriftprobe machen lassen, um Eure Handschrift mit der des Pergaments zu vergleichen. Dabei muß ich einer Verfahrensweise folgen, die von mir fordert, daß ich den Vergleich unter Euren Augen und in Gegenwart eines Kanzlers anstelle.«

Nemios Niketas erstarrte am ganzen Körper wie von einer Lähmung gepackt. Schließlich gewann er genügend Stimme wieder, um sich an den Eparchen zu wenden.

»Es ist unmöglich, daß Ihr nicht wißt, daß die Lektüre des Pergaments mein Todesurteil bedeutet. Aber Ihr wißt auch, daß dieses Urteil jeden erwartet, der in irgendeiner Weise mit der Formel des griechischen Feuers bekannt wird.«

Der Eparch senkte seinen Blick als Zeichen der Zustimmung zu Boden.

»Das ist ein allgemein bekanntes Gesetz.«

»Dann wißt Ihr also, daß auch Euch, der Ihr der Lektüre beiwohnt, das Todesurteil gewiß ist.«

»Ich weiß es. Deshalb beharre ich darauf, daß Ihr das Pergament mit der kopierten Formel lest und mir bestätigt, daß sie falsch ist.«

»Wenn ich erklärte, daß die in meinem Büro gefundene Formel falsch ist, wird man mich trotzdem verurteilen, denn das bedeutet ja, daß ich die richtige Formel kenne. Ich könnte Euch vielleicht retten, wenn ich sagte, die von Eurem Kanzler mitgebrachte Formel sei falsch, aber ich wäre nicht in der Lage, es zu beweisen, weil ich die richtige Formel wirklich nicht kenne. Deshalb könnte ich Euch diesen Gefallen auch gar nicht tun, selbst wenn ich wollte.«

»Jedenfalls wollt Ihr nicht, habe ich recht?«

»Ich weiß noch nicht.«

»Ich könnte mich für Euch verwenden.«

»In welcher Weise?«

»Indem ich Euch in der Pulverwerkstatt unterbrächte. Ich habe schon zwei zum Tode Verurteilten auf diese Weise das Leben gerettet.«

»Die Arbeiter werden dort eingestellt, nachdem man ihnen die Zunge herausgeschnitten und das Trommelfell versengt hat, um sie taubstumm zu machen. Ich ziehe es vor, zu sterben.«

»Wie Ihr wißt, wurde der Pulvermeister ermordet, und man hat nur einen vorläufigen Nachfolger ernannt. Ich schließe nicht aus, daß ich Euch diesen Posten vermitteln könnte.«

»Und was würde das ändern? Auch im Falle, daß es Euch gelingt, mir das Amt des Pulvermeisters zu verschaffen – eine Sache, die ich in hohem Maß bezweifle –, müßte ich mich damit abfinden, lebendig begraben zu sein, während Ihr nur sehr geringe Chancen hättet, Euren Kopf auf den Schultern zu behalten. Ihr wißt bestimmt, daß auch demjenigen die Kenntnis der Formel unterstellt wird, der ein geheimes Zwiegespräch mit jemandem geführt hat, der in der Lage war, sie ihm mündlich zu vermitteln. Kurzum, dieses Pergament ist gefährlicher als die Feuerkugeln, deren Herstellungsgeheimnis es enthält: vor diesen kann man sich auch retten, oder man kann mit ein paar Verbrennungen davonkommen, aber vor jenem gibt es keine Möglichkeit der Rettung. Die Wahrheit ist, daß wir in derselben Falle sitzen, und ich weiß nicht, welcher Heilige des Himmels ein Wunder für uns beide wirken könnte.«

Der Eparch erstarrte bei diesen Worten des Gefangenen, die so häßlich klangen. Aber er war kein Mann, der vorschnell aufgab, auch wenn er in diesem Augenblick keinen Hoffnungsschimmer am Horizont entdeckte.

»Ihr seid ein Militär und müßtet Euch mit allem auskennen, was Waffen betrifft.«

»Das griechische Feuer ist außer einer Waffe vor allem eine leicht entzündliche Verbindung. Ich bin ein Militär, aber ich verstehe mich nicht auf Alchemie. Ich weiß nur das, was alle wissen: daß ihre Mischung griechisches Pech, Schwefel und schwarzes Öl enthält. Doch so einfach kann es ja nicht sein. Manche sagen, daß die Geschosse von Hanffasern zusammengehalten werden, aber das wahre Geheimnis scheint ein unbekannter Stoff und das Mengenverhältnis zu sein, in dem die verschiedenen Elemente zusammengemischt werden.«

»Ihr wißt schon sehr viel mehr als ich.«

»Noch nicht genug. Um behaupten zu können, daß die Formel falsch ist, ohne daß ich die richtige kenne, müßte ich ihre Fehler mit alchemistischen Argumenten erklären.«

»Ich glaube, Ihr tätet gut daran, oder vielmehr: wir täten gut daran, das Risiko einzugehen. Ihr gebt vor, Euch auf Alchemie zu verstehen, und erklärt die Formel, die ich Euch lesen lasse, als nichtig. Was meint Ihr dazu?«

»Niemand wird mir glauben.«

»Wir könnten einen Versuch beantragen, das ist ein Recht des Verhörten.«

»In dieser Lage sind meine Rechte sehr gering, sozusagen unsichtbar.«

»Ich bin der Eparch, und einen von mir gestellten Antrag kann man nicht unter den Tisch fallen lassen.«

»Leider hat ein Eparch, der aufgefordert wurde, hierherzukommen, um mich die Formel des griechischen Feuers lesen zu lassen, selbst den Kopf in der Schlinge und kann nicht hoffen, angehört zu werden.«

»Mir scheint, wir haben keine andere Wahl, als zur Lektüre zu schreiten und die Formel aus alchemistischen Gründen für nichtig zu erklären und dann einen Versuch zu beantragen, um ihre Falschheit zu beweisen.«

Der Kanzler, der dem langen Streitgespräch nicht immer aufmerksam gefolgt war, hielt seinen Augenblick für gekommen. Er nahm das versiegelte Pergament aus der Mappe.

»Soll ich zur Lektüre schreiten, Herr Eparch?«

Der Eparch sah ihn erstaunt und voller Erbarmen an, so als stünde vor seinen Augen nicht der Kanzler, sondern sein törichter Schatten.

»Wärest du meinen Worten aufmerksamer gefolgt, dann wüßtest du jetzt, in welcher Gefahr du schwebst, denn wenn die Formel sich als echt erwiese, könnte niemand dich vor dem Abgrund retten, von dem ich dir sprach, bevor wir den Abstieg in dieses Kellergeschoß begannen. Ich habe einen mächtigen Feind, der mir dieses Pergament übersandt hat, und ich bin jetzt gezwungen, es zu lesen, während du noch die Möglichkeit hast, dich aus dieser Affäre herauszuhalten, und darum rate ich dir, diese Zelle sofort zu verlassen und deine Augen und Ohren so weit wie möglich fortzuschaffen.«

Der Kanzler sah den Eparchen verstört an und warf auch einen Blick auf den Gefangenen. Dann legte er die Mappe neben den Richter auf die Bank, drehte sich zur Tür und ging hinaus.

»Bedank' dich bei mir, du Lump!«

»Danke, Herr Eparch.«

Der Kanzler schlüpfte blitzschnell durch die Tür, und man hörte noch, wie seine Schritte sich im Gang entfernten. Dann kehrte wieder Stille in die Zelle ein.

Der Eparch ging in dem engen Raum auf und ab, ohne ein Wort zu sprechen. Nemios Niketas, der auf der Bank saß, bemühte sich, in seinem Gesicht zu lesen, ob eine Idee darin aufschien; aber die Gedanken des Eparchen schweiften in diesem Augenblick in die Ferne, bemüht, dem Zwang der Logik zu

entgehen, dem sie sich ohne Nutzen unterworfen fühlten. Der Eparch war überzeugt, daß im Geist jedes Menschen eine neutrale Zone existiert, in der die Subjekte, die Objekte und die Aktionen des Lebens sich nicht widerspiegeln. Er hatte immer gedacht, daß ein Mensch, wenn er sein Augenmerk auf diese Zone richtet, einer seltsamen Gemütsbewegung anheimfällt und unsichtbare und unbegründete Ideen gebiert, leere und nebelhafte Phantasmen. Mit diesen hatte er nie einen Kompromiß schließen wollen, er hatte sie immer abgewehrt und wie schlechte Ratgeber fortgeschickt. Aber in diesem Augenblick, wo sein Verstand ihm nicht mehr ausreichte, fügte er sich der Einsicht, daß nur diese undurchsichtige Zone seines Geistes ihm den nötigen Impuls für eine Entscheidung geben konnte. Er nahm die Pergamentrolle aus der Mappe des Kanzlers und zeigte sie Nemios Niketas. Dann machte er die Geste des Öffnens – nur die Geste – und richtete den Blick auf den Gefangenen, der ihn fixierte.
»Das ist eine seltsame Situation, wenn Richter und Angeklagter sich aus dem gleichen Grund in der gleichen Gefahr befinden«, sagte er mit einem Seufzer.
»Solange die Rolle versiegelt ist, befinden wir uns in keiner unmittelbaren Gefahr.«
Der Eparch lächelte bitter.
»Wißt Ihr vielleicht eine Entschuldigung, um sie nicht zu öffnen?«
»Ich bin ein Soldat, und juristische Spitzfindigkeiten sind nicht meine Stärke. Jedenfalls würde ich nicht wagen, der höchsten juristischen Autorität des Palasts Ratschläge zu erteilen. Ich verstehe, daß es auch für Euch nicht leicht sein wird, aber es wäre ein Verbrechen, dem Kuropalates die Möglichkeit zu bieten, den Chef der Palastgarde und den Eparchen mit einem Schlag zu beseitigen.«
»Ihr denkt also auch, daß es sich um eine Machenschaft des Kuropalates handelt?«
»Ich bin ganz sicher. Allein die Tatsache, daß er mich veranlaßt hat, die Wachen der Pulverwerkstatt zu töten, ist ein Beweis dafür.«
»Aber man hat dem Pulvermeister die Kehle durchgeschnitten und das Pergament entwendet. Gehört das auch zu dieser Ma-

chenschaft? Und wo befindet sich dann das Original des Pergaments?«
»Darauf habe ich Euch bereits geantwortet. Unsere Lage ist uns jetzt klar, nur die Lösung bleibt noch im Dunkeln.«
Der Eparch ging wieder ein paar Schritte in der Zelle auf und ab, unter den Augen des Gefangenen.
»Ich könnte mich auf einen Formfehler berufen, da jede offizielle Handlung im Beisein eines Kanzlers geschehen muß. Aber ich habe nun einmal den Kanzler weggeschickt, und ich kann mich nicht auf einen Formfehler berufen, den ich selbst verursacht habe. Das ist also offensichtlich ein unbrauchbarer Weg.«
»Ihr habt dem Kanzler nicht befohlen, wegzugehen, Ihr habt ihm lediglich einen Rat gegeben. Aber ich verstehe nicht, warum Ihr ihm nicht gesagt habt, daß er von diesem Rat, der ihm das Leben gerettet hat, niemandem etwas erzählen soll.«
Der Eparch lächelte bitter, aber voller Nachsicht.
»Ihr seid naiv, wenn Ihr denkt, daß eine Aufforderung zum Schweigen ein Schweigen gewährleisten kann.«
Nemios Niketas sah den Eparchen angstvoll an.
»Es gibt doch sicherlich noch einen anderen Weg. Ihr seid ein scharfsinniger und intelligenter Mann mit einer reichen Phantasie. Uns verbindet jetzt ein gemeinsames Schicksal, und ich verlasse mich ganz auf Euch.«
»Ihr meint, daß das gemeinsame Unglück, das uns als Feinde gegenübergestellt hat, ein Bündnis zwischen uns empfiehlt?«
»Urteilt selbst.«
»Ich wüßte einen anderen Ausweg, der Eure Perspektive eines Bündnisses zwischen uns sofort dementierte. Wenn ich berichten könnte, ich hätte Euch am Fenstergitter Eurer Zelle erhängt gefunden, und wenn ich dem Kuropalates den versiegelten Umschlag brächte, dann würde der Fall automatisch geschlossen. Aber ich glaube, Ihr könnt nicht akzeptieren, Euer Leben zu opfern, um meines zu retten.«
»Mein Leben ist jetzt für keinen mehr einen Kupferling wert, nicht einmal für mich selbst. Aber mein Stolz verbietet mir, mich aus dieser ebenso peinlichen wie schuldhaften Stituation zurückzuziehen. Außerdem wäre mein Selbstmord ein Bekenntnis meiner Schuld.«

»Oder eine verzweifelte Geste – von einer ungerechten Beschuldigung diktiert.«
»Ihr empfehlt mir also wirklich, mich umzubringen?«
»Ich rede nur so dahin, das habt Ihr bestimmt gemerkt. Ich suche im Finstern nach einem Ausweg, den es wahrscheinlich nicht gibt.«

Nemios Niketas verspürte ein Kribbeln im Gehirn, genau in der Mitte der Stirn, wo sich zwei tiefe Falten gebildet hatten – ein seltsames Brummen, das er noch nicht zu einer Idee verdichten konnte, die mit Worten erklärbar war. Er war ein Mann der Tat, der sein Leben unter rauhen Soldaten verbracht hatte, und nun fiel es ihm schwer, klaren Geistes diesen Zustand unheimlicher Stimmungen zu ertragen, in den er auf die im Grunde gar nicht so unvernünftige Aufforderung zum Selbstmord hin geraten war, die der Eparch soeben ausgesprochen hatte. Er sagte sich, daß er seine Gedanken sammeln und auf die tödliche Erschöpfung reagieren müsse, die er aus der Tiefe seines Leibes zu seinem Geist aufsteigen fühlte.
»Und wenn der Kanzler«, sagte der Gefangene mit Worten, die sich nur mühsam eins vom andern lösten, »wenn der Kanzler sich geweigert hätte, die versiegelte Rolle zu öffnen? Es ist normal und wahrscheinlich, daß ein Kanzler lieber eine Strafe wegen Gehorsamsverweigerung riskiert als den sicheren Tod, der ihn nach der Lektüre der Geheimformel erwartet.«
»Ihr schlagt mir also vor zu lügen. Das ist wahrhaftig eine seltsame Situation: ein Angeklagter schlägt seinem Richter vor, zu seinen Gunsten eine Lüge auszusprechen.«
»Auch zu Euren Gunsten.«
»Gewiß. Aber ich kann mich nicht von Gefühlen leiten lassen und muß mich in jedem Fall an die Gesetze halten. Mein Gewissen sollte sich gegen jede Versuchung sträuben, dieses Prinzip zu verraten.«
Nemios Niketas sah ihn durchdringend an.
»Und sträubt es sich?«
»Nein.«
Der Eparch steckte das noch versiegelte Pergament mit müder Geste in die Mappe, so als hätte sich seine ganze Unsicherheit

in seinen Händen versammelt. Dann klemmte er die Mappe unter den Arm, deutete einen Abschiedsgruß an und blieb noch einige Augenblicke auf der Schwelle stehen. Er hatte dem Gefangenen noch etwas zu sagen.

»Ihr wißt, daß dies keine Lösung unseres gemeinsamen Problems ist, sondern nur ein Aufschub?«

Der Gefangene senkte den Blick, wohl wissend, daß der Eparch recht hatte und daß alles bald wieder von vorn anfangen würde.

16

Der Eparch legte dem Kuropalates Leo das Pergament mit dem noch nicht erbrochenen Siegel in die Hand.

»Der Kanzler hat sich geweigert, es zu öffnen«, sagte der Eparch, »aber sein Ungehorsam ist verständlich. Dieser furchtsame Mensch kennt offenbar das Gesetz, das über jeden die Todesstrafe verhängt, der vom Inhalt der Formel des griechischen Feuers Kenntnis gewinnt. An diesem Punkt muß ich eine kurze Erklärung der Lage einfügen, in die seine Weigerung uns gebracht hat. Es ist eine Erklärung, aber zugleich auch ein Geständnis, das mich große Überwindung kostet, das ich aber gerade darum in kurze und einfache Worte fassen möchte. Als ich zu dem Gefangenen Nemios Niketas hinabstieg, war mir vollkommen klar, daß mich nach dem Erbrechen des Siegels und der Lektüre des Pergaments kein besseres Schicksal erwarten würde als ihn. Entsprechend meiner Würde, meiner beruflichen Gewissenhaftigkeit und meiner Treue gegenüber dem Kaiser und Eurer Autorität fühlte ich mich dennoch verpflichtet, die Mission, die man mir anvertraut hatte, bis zum letzten zu erfüllen. Und nun will es der Zufall, daß durch das Schicksal und das negative Verhalten eines einfachen Kanzlers ein unüberwindliches Hindernis in bezug auf die Verpflichtung entstanden ist, die ich eingegangen bin. Ihr wißt besser als ich, daß das Verfahren jedes Verhör ungültig macht, das nicht in Gegenwart eines Kanzlers geführt wird und bei dem die Worte des Verhörten nicht zu Protokoll genommen werden. Ich befand mich also in der Unmöglichkeit, die Worte des Hetairiarchen Nemios Niketas urkundlich festzuhalten, und konnte ihm ein derart gefährlich geheimes Dokument auch gewiß nicht vor Augen führen, solange ich wußte, daß ich dadurch weder einen Freispruch noch eine Verurteilung erreichen würde, sondern lediglich ein unnötiges Opfer meines und seines Lebens.«

Der Kuropalates ließ das Dokument in seinen Händen tanzen, so als hätte er Angst, sich daran zu verbrennen.

»Ihr beruft Euch auf das Verfahren und auf die Flucht eines Kanzlers, um Eure eigene Verfehlung zu bemänteln, und das versetzt mich in allerhöchstes Erstaunen. Die Fadenscheinigkeit Eures Vorwands läßt mich an Eurem Verstand und Eurer Aufrichtigkeit zweifeln. Es kann Euch nicht entgangen sein, daß es im Palast mehr als ein Dutzend diensttuender Kanzler, genauer gesagt vierzehn ständige und mehr als vier Aushilfskanzler gibt. Es wird deshalb nicht schwierig für Euch sein, gleich morgen ins Gefängnis zurückzukehren und Eure Aufgabe – und Pflicht gegenüber dem Gefangenen – im Beisein eines anderen Kanzlers zu erfüllen, zumal der renitente Kanzler in Erwartung einer gerechten Bestrafung unverzüglich aus dem Register gestrichen wird.«

»Ihr wollt also nicht darauf verzichten, mich zu opfern. Ich kenne die Gründe Eurer Hartnäckigkeit nicht und vermag sie auch nicht zu erraten – vielleicht sind sie Euch selbst nicht klar. Aber eins weiß ich genau: daß es in diesem Palast nicht der Verstand ist, der die langen und verworrenen Fäden der Macht in der Hand hält. Die Gewohnheit an Lüge, Ausflucht und Doppelzüngigkeit hat sich im Lauf der Zeit im Gehirn und Herzen all derer eingenistet, die ihre Schritte durch diese verlogenen Korridore lenken und über einen Amtssitz verfügen, von dem aus sie ihre Macht ausüben können. Aber ich kommentiere jetzt lediglich Euren Befehl, statt Euch die geforderte Antwort zu geben. Ich antworte Euch also, daß ich das Opfer, das Ihr von mir verlangt, als unnötig betrachte und mich veranlaßt sehe, als Oberster Richter des Palasts in meinem Verhalten dem Beispiel eines bescheidenen

Kanzlers zu folgen. Ich habe mich schon einmal am Rand des Abgrundes bewegt, um meinen richterlichen Pflichten nachzukommen – und das müßt Ihr mir bestätigen –, aber ich bin nicht bereit, es ein zweites Mal zu tun. Mein Schicksal hat mich vor jenem Abgrund bewahrt, und ich möchte es nicht herausfordern, indem ich die gleiche Erfahrung wiederhole. Ich weiß genau, daß diese Entscheidung, die sicherlich als schwere Gehorsamsverweigerung beurteilt und bestraft werden wird, Euch mißfallen muß, aber ich möchte Euch dennoch bitten, sie nur als Zeichen der Schwäche zu betrachten, als Mangel an Mut, als Symptom des Ungenügens in einer extremen Situation. Wenn Ihr ein Wort sucht, das alle Gefühle vereint, die ich in diesem Augenblick empfinde, dann muß ich Euch demütig darauf hinweisen, daß dieses Wort in klaren Lettern auf meiner bleichen Stirn geschrieben steht: es ist die Angst. Ihr wißt nicht, wieviel mich diese Beichte kostet, aber ich verlange von Euch kein Verständnis und auch kein Mitleid, ich verlange nichts. Verfügt über mein Amt, aber laßt meine Person unversehrt, die sich in diesem Augenblick ihrer Ehrenzeichen und Seidengewänder entledigt und sich nackt und ehrlos Eurer Autorität unterwirft.«

Der Kuropalates lächelte boshaft und antwortete in einem Ton gewollt teilnahmsvoller Bestürzung:

»Der Anblick eines Mannes in Eurem Alter und mit Eurer physischen Kondition, bar jeder Kleidung – also nackt – gehört nicht zu den Dingen, an denen ich mich ergötzen könnte.«

»Ich meinte es im übertragenen Sinn, aber es ist auch möglich, daß Eure Soldaten die rhetorische Figur in eine wirkliche verwandeln und mich tatsächlich entkleiden, um mich mit Peitsche und glühenden Eisen zu behandeln. Im besten Fall wird man mich meiner höfischen Kleidung berauben und in die derbe Kutte irgendeines religiösen Ordens stecken, um mich dann in ein Kloster fern von Konstantinopel zu verfrachten – in der syrischen Wüste, im Ägäischen Meer oder in anderen fernen Ländern oder Gewässern.

»Sind das Vorschläge oder Vermutungen oder Wünsche?«

Der Eparch legte die Hände an seine kalten, schweißbedeckten Wangen, so als schämte er sich ihrer Blässe, die sein Gefühl von Angst und Schrecken, das er so naiv gestanden hatte, verriet. Er dachte, daß es einem hohen Richter wie ihm nicht geziemte, ein so verächtliches Gefühl wie die Angst zu gestehen, aber er wußte auch, oder glaubte begriffen zu haben, daß keine der Personen, die im Palastbereich wohnten, dieses Gefühl nicht kannte, inbegriffen der Kuropalates, auch wenn er ihm in diesem Augenblick wie versteinert erschien – Gesicht und Körper in einer Haltung erstarrt, die ihn erschreckte wie die Maske einer unheilbaren Krankheit: er wußte aus Erfahrung, daß ängstliche und schwache Menschen zu den schlimmsten Grausamkeiten fähig sind.

»Ihr habt mir eine Frage gestellt, die mich in Verlegenheit bringt«, sagte der Eparch, um Zeit zu gewinnen. »Ihr möchtet wissen, ob meine Worte einen Vorschlag, eine Vermutung oder einen Wunsch ausdrücken. Aber wie könnt Ihr glauben, daß ein Mann auf dem Gipfel seiner juristischen Karriere und im höchsten Rang der Justiz den Vorschlag oder, noch schlimmer, den Wunsch äußert, in ein abgelegenes religiöses Institut geschickt zu werden – fern von der Hauptstadt und jeder Autorität und Verantwortung ledig, aber auch bar all der Freuden und Annehmlichkeiten, die seine hohe Beamtenstelle ihm gewährten –, nur um eine Schuld zu verbüßen, die man in Wirklichkeit gar nicht als Schuld bezeichnen kann? Wenn Ihr indessen glaubt, daß meine Worte eine Vermutung oder eine Ahnung der Strafe ausdrücken, die mich voraussichtlich erwartet, weil ich mich mit der Hilfe des Zufalls vor einem sicheren Tod gerettet habe, so kann ich Euch versichern, daß Ihr meine ernste Gemütslage aufs Genaueste interpretiert.«

»Nehmen wir also an, es handelt sich um eine Vermutung. Aber wer sagt Euch, daß die vermutete Perspektive gerade von mir abhängt? Ihr wißt, daß ich in meiner Funktion als Kuropalates in die Verwaltung der Justiz, die ausschließlich Eurem Amt obliegt, weder eingreifen kann noch will. Ich kann indes das Amt selbst in Frage stellen, da es zur kaiserlichen Bürokratie gehört, die mir untersteht. Aber ich wiederhole: ich kann und will nicht über eine Bestrafung entscheiden.«

»Bevor Ihr mich meines Amtes entkleidet – und das allein

wäre schon eine Bestrafung –, bin ich, wie schon gesagt, bereit, es freiwillig abzulegen und Euch einer Verantwortung zu entheben, die Ihr nicht zu schätzen scheint.«

»Ich habe Eure Geste gewürdigt, auch wenn ich mir eine ironische Bemerkung über Eure Nacktheit gestattet habe. Aber ich glaube, Ihr habt ein wichtiges Detail dieser Lage vergessen. Ihr habt von Gehorsamsverweigerung gesprochen, einem Vergehen, das streng bürokratisch gesehen eine Strafe verdient, die ein Richter mit Eurer Erfahrung leicht einschätzen kann. Aber Ihr habt vergessen, daß ich als Kuropalates auch das Sprachrohr des Kaisers bin. Wenn ich nur als Kuropalates spreche, dann verdient Eure Gehorsamsverweigerung eine bestimmte Strafe, aber wenn ich als Sprachrohr des Kaisers spreche, dann erhält Euer Vergehen eine andere Dimension – denn dann ist es der Kaiser, den Ihr beleidigt – und verlangt folglich auch eine andere und weitaus strengere Bestrafung.«

Der Kuropalates wußte, daß er Dinge aussprach, die das Ohr seines Widersachers empfindlich treffen mußten, und gab sich deshalb Mühe, keine allzu harten Worte zu gebrauchen und keinen Ton in seine Stimme zu legen, der die Drohung in seiner Rede verriet. Er hatte seine Asse offen auf den Tisch gelegt und wollte den Sieg nun langsam genießen – in kleinen Bissen, wie man eine kräftige Speise genießt.

Bei den unerwarteten Worten des Kuropalates verspürte der Eparch ein plötzliches Beben in seinen Eingeweiden, und einen Augenblick lang war sein sonst so klarer und schlagfertiger Geist in Dunkelheit gehüllt. Aber diesem Zustand tiefster Niedergeschlagenheit folgte sogleich ein Aufwallen aller seiner Körpersäfte, seine bleichen und schweißnassen Wangen röteten sich, und seine Augen entbrannten in plötzlichem Zorn.

»Um im Namen des Kaisers zu sprechen, müßt Ihr ein kaiserliches Mandat vorweisen, auch wenn es sich um Euren Bruder handelt. Ich glaube nicht, daß Ihr das Zeremoniell ungestraft umgehen könntet – jedenfalls ginget auch Ihr damit ein gewisses Risiko ein. Niemand ist unantastbar innerhalb der Mauern des Palasts.«

»Ihr wollt mir drohen. Aber Ihr bedenkt dabei nicht, daß die Geheimformel des griechischen Feuers seit mehr als zwei Jahr-

hunderten schon per se der Zuständigkeit des Kaisers untersteht und daß deshalb – zumal ich mit ausdrücklichem Mandat des Kaisers beauftragt bin, diesen Vorfall aufzuklären – jede meiner Entscheidungen und jedes meiner Worte direkt von seiner kaiserlichen Autorität stammt. Ich glaube nicht, daß es noch weiterer Erläuterungen bedarf.«
»Ihr wißt, daß Ihr mein Leben für eine sophistische Spitzfindigkeit aufs Spiel setzt. Aber das eigentlich Skandalöse liegt darin, daß Ihr Euch absolut bewußt seid, daß das griechische Feuer nur ein Vorwand für irgendeinen obskuren Groll gegen meine Person ist. Ich weiß nicht, ob Ihr mich als Mönch gekleidet ins Exil schicken oder mich durch Folterungen erniedrigen wollt oder ob Ihr meinen Kopf wollt. Ich weiß auch nicht, welche erbärmlichen Teufel Eure Absichten lenken, und ich habe auch keine Ahnung, mit welchen Sünden ich mich in Euren Augen befleckt haben könnte, um so viel Haß und Verachtung zu verdienen. Leider ist es mein Beruf, die Dinge zu begreifen, die Wahrheit von der Lüge zu trennen, das ehrliche Verhalten vom unehrlichen und das gerechte vom ungerechten zu unterscheiden. Aber Euch gegenüber bin ich jetzt desorientiert, mein Geist hat sich getrübt und meine Sprache verwirrt. Ich habe Euch meine Schwäche und auch meine Angst eingestanden, aber Ihr scheint meine Aufrichtigkeit nicht zu schätzen. Sagt mir, was ich tun soll – sagt Ihr es mir!«
»Tut gar nichts. Wartet, und Ihr werdet sehen, daß etwas geschieht.«

Der Eparch verließ das Büro des Kuropalates mit gesenktem Kopf wie ein Besiegter. Aber innerlich raunte er sich zu, daß eine Niederlage manchmal wertvoller ist als ein Sieg. Er fühlte sich von einer Last befreit und lief beschwingt durch den langen Korridor, endlich im glücklichen Zustand derer, die kein Arbeitsziel verfolgen. Jetzt konnte er den Marmor betrachten, der die Wände verzierte – jene Rhomben aus ägyptischem Marmor, abwechselnd mit thessalischem Grün, und dazwischen die Streifen aus Lapislazuli, in denen er zum ersten Mal das Glitzern der goldenen Äderung bemerkte. Wieviele Genüsse hatte er in den vergangenen Jahren über dem Studium von Verbrechen und Verschwörungen versäumt – immer bemüht, Kompromisse zu finden zwischen der natürlichen Gerechtigkeit und der oft entgegengesetzten des Reichs. Das Studium und die Erläuterung des justinianischen *Corpus Juris* hatten seine Jugend verbraucht. Dann war der Ansturm der Karriere gekommen, ein paar geschickte Urteilssprüche, die Rettung des jungen Strategen Tzimiskes – eines Schützlings von Nikephoros – vor einer beschämenden Anklage wegen lästiger Trunkenheit, und schließlich die Krönung seiner juristischen Intelligenz durch die Ernennung zum Eparchen. Und nun hatte sich jemand im Schatten bewegt, und er war in die Spirale der Verleumdungen geraten – ausgerechnet er, der stets bemüht war, Komplotte zu vermeiden. Der Kuropalates wollte ihn aus dem öffentlichen Leben entfernen und hatte ihm eine niederträchtige Falle gestellt, aus der eine Hoffnung auf Errettung nur durch den Verzicht auf sein Amt bestand. Und den hatte er geleistet, aber der Kuropalates erschien ihm wie ein Schakal, der nur danach lechzt, sich auf den Kadaver zu stürzen, mit einer Entschlossenheit, die eine einfache höfische Eifersucht weit überstieg. Hinter dieser ganzen Wut mußte sich noch ein anderer Grund verbergen, oder ein umfassenderer Plan, um den Boden für ein weiteres Komplott zu bereiten, dessen Ziel er nicht kannte. In wessen Auftrag handelte in diesem Fall der Kuropalates? Im Auftrag seines kaiserlichen Bruders? Aber es hieß doch, daß seine Beziehung zu Nikephoros gar nicht so friedlich sei, auch wenn der Kaiser den Hof gleich nach der Krönung von seinen Feinden gesäubert hatte. Wer konnte also ein Interesse daran haben, ihn auszuschalten? Wieviele und was für schreckliche Gefühle durchliefen diese mit kostbarem Marmor ausgeschmückten Gänge? In all den Jahren hatte er sich nie einen Urlaub gegönnt, aber nun sagte er sich mit Bitterkeit, daß der Preis, den er für diese Unterbrechung seiner juristischen Mühen zahlen sollte, wahrlich zu hoch sei.

Endlich erreichte der Eparch sein kleines Quartier und verschloß hinter sich die Tür. Dann legte er sich auf den nackten und kühlen Boden und fiel in einen unruhigen Schlaf.

17 Als der Eparch aus seinem Büro hinausgegangen war, hätte der Kuropalates Leo seiner Zerstörungswut, die er während des Gesprächs nur mühsam gebändigt hatte, gern freien Lauf gelassen. Er hielt in den Händen noch das versiegelte Pergament, und eben um dieses schlossen sich seine Hände jetzt einen Augenblick heftig wie Krallen, ließen jedoch gleich wieder von ihrer Beute ab. Wie konnte es nur geschehen, daß er, der Bruder des Kaisers, Leo getauft und Kuropalates genannt, ein Opfer der Schatten geworden war – zur Ohnmacht verurteilt von einem ausweichenden Eparchen, der noch vor wenigen Minuten dem Abgrund des Vergessens geweiht schien, und der dieses Büro doch eben erst mit fest auf den Schultern sitzendem Kopf verlassen hatte? Er war kein belangloser Mann, dieser Eparch, das hatte er bewiesen, als er am Rande des Abgrunds entlanggegangen war, ohne hinabzustürzen, und fest entschlossen, nach dieser ersten Geste der Unterwerfung das Risiko nicht zu wiederholen. Und nun hatte er, der Kuropalates, die Gelegenheit verpaßt, nicht etwa einen Rivalen auszuschalten, denn ein solcher war er nicht, sondern einen denkenden und einflußreichen Kopf, einen Meister der Gerechtigkeit und der Weisheit, von dem er sich verachtet fühlte, und der seinen Ruf und seine Autorität als ein Mann jenseits der Intrigen aufgebaut hatte. Er wußte genau, in welche Höhen seine gute Führung diesen Mann in nicht einmal allzu ferner Zukunft tragen würde, auch wenn die Stimmen hinsichtlich seiner Bestrebungen und Bündnisse stets sehr diskret gewesen waren.

Der Kuropalates war sicher, daß der Eparch schon auf der Lauer lag, nur um den Tag nicht zu verpassen, an dem der Kaiser Nikephoros Phokas von jener unseligen Frau namens Theophano geopfert werden würde, die an seiner Seite auf dem Thron saß, ohne das eheliche Bett mit ihm zu teilen, ganz wie es die Vorschrift des Polyeuktes von ihr verlangte. Theophano haßte Nikephoros, ja noch schlimmer, sie verachtete ihn, und niemand konnte den Kuropalates von der Überzeugung abbringen, daß das Dekret des Patriarchen einem geheimen Wunsch der Kaiserin entsprach. Aber Theophano war nicht schlau genug, um zu begreifen, daß ein Sturz des Nikephoros wahrscheinlich auch ihren eigenen Sturz nach sich

zöge und das Feld dann den geheimen Machenschaften des Eparchen überlassen wäre.
Der Kuropalates wollte diese Gedanken, die ihn innerlich quälten wie ein glühendes Feuer, aus seinem Gehirn verbannen. Er erhob sich von seinem thronähnlich feierlichen und unbequemen Sitz und begann im Kreis an der Wand entlangzulaufen wie ein Gefangener in seiner Zelle. Die drückende Hitze strömte in langsamen Wellen in das Zimmer, wo noch vor wenigen Augenblicken sein Zorn gewütet hatte. Diese heiße und schwere Luft voller Meeresfeuchte nahm ihm den Atem. Keuchend stützte Leo sich auf einen Tisch, um nicht zu fallen, wie immer, wenn er einen jener schrecklichen Erstickungsanfälle herannahen fühlte, vor denen kein Arzt ihn bisher bewahren konnte. Dann ging er langsam auf eine Kredenz zu, in der er Eukalyptusblätter aufbewahrte, die er während des Anfalls auf einem Tellerchen verbrannte, um ihren Rauch zu inhalieren. In diesem Augenblick sah er unter dem Möbel eine getigerte Katze, die sich, wer weiß woher gekommen, dort unten hingekauert hatte und ihren Schwanz bewegte, vermutlich um seine Aufmerksamkeit zu erregen.
Mit einer plötzlichen Bewegung beugte sich der Kuropalates hinunter, packte das kleine Tier am Genick und schleuderte es aus dem weit offenen Fenster. Als er sich hinauslehnte, sah er auf dem Grund des großen verlassenen Hofs ein dunkles und regloses Ding zerquetscht und leblos am Boden liegen. Es war ihm nicht gelungen, den Eparchen umzubringen, und so hatte er denn ein kleines unschuldiges Tier umgebracht.
Eine Ersatzhandlung? Eine Rache? Er schämte sich vor sich selbst, der Kuropalates, der Bruder des Kaisers, der Leo getaufte Mann, weil er ein kleines harmloses Tier getötet hatte. Er erinnerte sich daran, daß derselbe Arzt, der ihm die Eukalyptusblätter verschrieben hatte, ihm auch geraten hatte, Hunde und Katzen von sich fernzuhalten, weil sie einen schlechten Einfluß auf seine Atemwege hätten. Suchte er also nach einer Rechtfertigung für eine Geste, wegen der er sich vor sich selbst schämte? Und was war an diesem Versuch einer Rechtfertigung denn so schlimm? Er zeigte doch nur, daß sein Gewissen noch nicht gänzlich durch das höfische Leben abgestumpft war. Er konnte sich nicht erinnern, wo er es gelesen

hatte, aber irgendeine alte Abhandlung riet dazu, sich selbst zu lieben, oder, wenn das zu schwierig war, wenigstens Respekt vor der eigenen Person zu haben. Es war ihm nie gelungen, sich zu lieben, ja nicht einmal, wenn er ganz ehrlich sein wollte, Respekt vor seiner Person zu haben. Wenn er sich von außen betrachtete – und das war eine Übung, die er seit jeher gemieden hatte –, dann war das einzige Gefühl, das er für sich hegte, das der Verachtung. Er verachtete alles an sich: den Zynismus, den Hochmut, die Schläue, den Neid, die Ränkesucht, den Machthunger und die Geldgier, und schließlich auch die Grausamkeit, die ihn mehr als einmal dazu verleitet hatte, kraft seiner Autorität nicht nur seine Feinde, sondern auch all diejenigen aus dem Weg zu räumen, die er als physisch und geistig überlegen empfand. Mit wievielen Verbrechen hatte er sich während seiner langen Amtszeit schon befleckt? Lieber nicht nachzählen, lieber vergessen, sagte sich der Kuropalates. Jetzt hatte er ein unschuldiges Kätzchen getötet und mußte sich selbst eingestehen, daß er bei der Vorstellung der Qualen des kleinen Tiers während der wenigen Augenblicke, als es sich ins Leere stürzen fühlte, bevor es auf dem Boden aufschlug, eine unmenschliche Lust empfunden hatte. Zur Vollendung dieser Lust fehlte ihm nur noch der nahe Anblick des zerquetschten und blutigen Körpers unten auf dem Pflaster im Hof. Aber das war nur ein abstrakter Wunsch, denn er hätte sich niemals neben dem leblosen Körper des Kätzchens zeigen wollen, genauso wie ein Mörder sich nicht neben dem Körper seines Opfers zeigt. Der Kuropalates stellte sich einen Moment lang vor, dort unten im Hof läge der Eparch, am Boden zerschmettert, blutend, die Augen noch immer weit aufgerissen im Entsetzen vor der Leere. Aber der Eparch war aus seiner Falle entflohen. Entflohen? Noch war das letzte Wort nicht gesprochen.

Der Kuropalates schob die Sorge um seine Sicherheit beiseite, sprang mit einem Satz auf die Füße und rannte aus dem Zimmer und die Treppe hinunter, um in den Hof zu gelangen. Warum sollte er, da er dieses Verbrechen nun schon eigenhändig begangen hatte, sich das berauschende Gefühl von Blut und körperlicher Qual versagen? Er hatte sich schon öfter gefragt, ob diese Anziehung des Bluts ihm vom Laster oder vom Mitleid, von einer ungehörigen Lust oder von einer menschlichen Erschütterung diktiert werde, aber er hatte sich noch nie eine Antwort auf diese Frage erteilt.

Auf dem zweiten Absatz der großen Marmortreppe blieb der Kuropalates einige Augenblicke stehen – von einem plötzlichen Erstickungsgefühl und denselben Zweifeln ergriffen, die ihn seit längerem verfolgten. Wie oft schon hatte er den Folterungen beigewohnt, die an den nackten Körpern der Verurteilten vollzogen wurden, und wie oft hatte er dabei zu ersticken geglaubt, aber es war ihm nie gelungen, im Gewirr der Gefühle, die ihn bei der Kehle packten, zu unterscheiden, welcher Anteil dem Mitleid mit den Opfern und welcher der Lust am Schauspiel zukam. Zerfetzte Glieder, aus den Höhlen gerissene Augen, glühende Eisen, die zischend im Fleisch versanken. Es gab einen grausamen Syrer im Palast, der die Augen der Verurteilten mit den Fingern herausriß, ohne den Eisenlöffel zu gebrauchen. Nach gelungener Blendung blickte er zufrieden um sich, als erwarte er Lob für seine Geschicklichkeit. Welches Entsetzen und welches Entzücken bei einem solchen Anlaß, welch subtile Erregung!

Auf diese Weise dem Faden seiner Gedanken folgend war der Kuropalates, fast ohne es zu merken, an den großen Torbogen gelangt, der sich zum Hof hin öffnete. Noch wenige Schritte und er würde bei dem zerfetzten Körper des Kätzchens sein. Er blickte um sich – der Hof war menschenleer und reglos in die große dumpfe Nachmittagshitze getaucht. Dann näherte er sich dem Kätzchen und beugte sich hinab, um es aufzuheben, die Finger in das blutige Fleisch vergrabend. An diesem Punkt brach Leo in Tränen aus, wie es schon oft geschehen war, wenn er den Folterungen zugesehen hatte. Aber in jenen Fällen hatte er seine Schwäche stets zu zügeln gewußt, bis zu den Momenten der Einsamkeit nach der Rückkehr in seine Wohnung, fern von den Augen der heimtückischen Beamten, die ihn umgaben. Auch das Weinen gehörte zu seinen heimlichen Genüssen, ja es war für ihn sogar der höchste Moment, wenn er sich mit geschlossenen Augen endlich vorstellen konnte, all die wunderbaren

Foltern, denen er beigewohnt hatte, am eigenen Leib zu erleiden.

Jetzt fragte er sich jedoch, wo er das tote Kätzchen hinlegen sollte, das er fest in den Händen hielt, weit von sich gestreckt, um sich nicht mit dem Blut zu besudeln. Er ging auf einen der sechs roten Rizinusbüsche zu, die mitten im Hof glänzend und üppig gediehen. Mit einem Schuh grub er ein kleines Grab in den weichen, erst kürzlich umgepflügten Boden, legte den zerfetzten Körper hinein, und bedeckte ihn mit Erde. Blut ist ein ausgezeichneter Dünger, sagte sich der Kuropalates, und ging zum mittleren Bogen des Säulengangs, wo er sich die blutigen Hände an einem Brunnen wusch. Dann begann er, die Treppe wieder hinaufzusteigen.

Wie vorauszusehen, war das versiegelte Pergament mit der Geheimformel des griechischen Feuers von dem Tisch, auf dem er es gelassen hatte, verschwunden. Mit starr auf den leeren Tisch geheftetem Blick stand der Kuropalates wie angewurzelt da. Er glaubte erneut zu ersticken, und vor seinen Augen schien alles in milchiges Weiß getaucht wie in einen plötzlichen Nebel. Nach einigen Augenblicken gänzlicher Verwirrung brachte er sich mit Gewalt wieder in den Besitz seines Bewußtseins. Er sagte sich, daß der Urheber des Diebstahls jemand sein müsse, der imstande war, das Pergament an seinem Siegel zu erkennen, und der wußte, daß es sich an diesem Ort befand. Nur zwei Personen außer dem Kaiser waren eingeweiht: der Eparch und der Kanzler. Der Urheber des Diebstahls konnte also nur der Eparch oder ein Bote von ihm sein, denn den Kanzler hatte man bereits ins Gefängnis gesetzt. Die Geste trug das Merkmal der Schläue – eine Eigenschaft, von der Leo nicht zweifelte, daß der Eparch sie in hohem Maße besaß – und konnte nur zwei Ziele verfolgen: erstens wollte sie zeigen, daß die Siegel des Pergaments nach dem fehlgeschlagenen Verhör noch intakt waren, und zweitens war der Diebstahl dazu bestimmt, dem Bestohlenen eine ernstliche Verfehlung anzulasten.

Der Kuropalates fragte sich, ob er seinen Gegenspieler, der ihm das unversehrte Pergament so listig zurückgegeben hatte, als Urheber des Diebstahls anzeigen sollte. Aber anzeigen bei wem? Der Eparch verkörperte noch immer die höchste gerichtliche Instanz, und jede Anzeige landete notgedrungen auf seinem Schreibtisch. Er mußte sich also an den Kaiser wenden. Aber der Eparch würde leugnen bis zum Letzten, und keine Folter würde ihm ein Geständnis des Diebstahls entringen. Und welche Haltung würde Nikephoros ihm, seinem Bruder, dem Kuropalates, gegenüber beziehen, der sich das kostbarste Geheimnis des Kaiserreichs, das ihm anvertraut worden war, noch am selben Tag hatte stehlen lassen, an dem man es ihm in die Hand gelegt hatte? Der wahre Schuldige vor dem Kaiser war jetzt er, sein Bruder und Vertrauter. Und Nikephoros war kein Mann, der sich von seinen Gefühlen bestimmen ließ. Wenn es der Kaiser für richtig hielte, daß sein Bruder Leo dem Gesetz nach den Tod verdiente, dann würde er keinen Augenblick zögern und ihn verurteilen wie jeden beliebigen Untertan. Im übrigen – so erinnerte sich der Kuropalates – hatte ihn der Kaiser bereits bei einem Zwiegespräch nach der Ermordung des Pulvermeisters und der Entwendung des Pergaments gewarnt: im Falle einer Schuld würde seine Stellung als sein Bruder ihn nicht vor der höchsten Strafe bewahren. Der Kuropalates wußte nicht, was tun. Sollte er dem Kaiser alles erzählen? Wie konnte er ihm die so seltsame und im Grunde so beschämende Geschichte mit dem Kätzchen begreiflich machen? Ein so wichtiges und geheimes Dokument in den Händen zu haben und es auf dem Tisch liegen zu lassen, um unten im Hof ein totes Kätzchen aufzulesen – das war nicht nur etwas, das schwer zu begreifen war, es war auch schwer zu erzählen. Wenn der Kaiser nicht an den Diebstahl glaubte, dann konnte er denken, er selbst, der Kuropalates, hätte sich der Geheimformel bemächtigt. In beiden Fällen, soviel war ihm klar, würde Nikephoros ihm nicht verzeihen. Seine Beziehung zum Eparchen hatte sich ins Gegenteil verkehrt. Vor kurzem noch war sein Gegenspieler blaß und zitternd vor ihm gestanden, der Verurteilung soeben entgangen, aber nicht der Schande. Und nun war er es, der unruhige Tage und schlaflose Nächte erwarten mußte, wegen dieser absurden Gier nach Blut. Mit welchen Worten und in welcher Haltung sollte er dem Eparchen jetzt begegnen? Hatte wirklich er das Pergament gestohlen? Wie konnte er dessen sicher sein? Wäre es im Fall einer Begegnung besser, ihm den Diebstahl zu entdecken, oder sollte er sich gleichgültig zeigen, so als wäre nichts geschehen?

18

Der Eparch war aufrichtig und vollständig verblüfft, als der Erste Kammersekretär ihm den Besuch des Kuropalates meldete. Er empfing ihn in seiner Wohnung mit der Ehrerbietung, die dem Manne gebührte, der innerhalb des Palasts von allen dem Kaiser am nächsten stand. Er machte eine leichte Verbeugung und lud ihn ein, auf einem kleinen Thron vor dem Fenster Platz zu nehmen, das auf das Panorama des Bosporus geöffnet war. Es war der für die hochgestellten Besucher bestimmte Ehrenplatz, aber er glaubte nicht, daß der Kuropalates die Einladung annehmen würde. Schon sein Besuch war überraschend, aber sich in seiner Wohnung hinzusetzen wäre eine Geste des Wohlwollens gewesen, die zu ihrer während des letzten Gesprächs in so tiefe Feindseligkeit umgeschlagenen Beziehung in krassem Gegensatz gestanden hätte. Mit großer Überraschung sah der Eparch indessen, daß sein Gast im Begriff war, auf dem mit Goldplättchen verzierten Schemel Platz zu nehmen und den Blick auf das herrliche Panorama zu richten.

»Ich verstehe jetzt«, sagte der Kuropalates, »warum Ihr eine weniger große Wohnung gewählt habt als die, die man Euch angeboten hat. Dies hier ist eines der schönsten Fenster im Daphne-Palast.«

»Ich reserviere es für die Gäste von hohem Rang, die mich mit ihrem Besuch beehren. Aber wenn ich allein bin, setze ich mich gern selbst dorthin, um Akten zu studieren. Dann hebe ich von Zeit zu Zeit den Blick, und die Sicht auf das Meer tröstet mich und lenkt mich von all dem Elend ab, mit dem ich mich befassen muß. Ich habe dem Wasser des Meers, das so beweglich und formlos ist, aber auch so leuchtend und strahlend, wenn man es bei Sonnenuntergang von hier aus betrachtet, stets die Eigenschaft zugeschrieben, meine Seele zu beschwichtigen, ohne sie im mindesten zu gefährden. Nun werde ich außer der Arbeit, auf die ich bereits verzichtet habe, künftig auch diesen Genuß entbehren müssen, und das tut mir leid.«

»Vielleicht werdet Ihr noch andere Dinge entbehren müssen außer der Arbeit und der Aussicht aus diesem Fenster.«

Der Eparch blieb stumm auf diese Drohung hin, die ihm die Gefährlichkeit seiner Lage zu bestätigen schien. Auch deshalb konnte er nicht begreifen, warum der Kuropalates ihn nach so kurzer Zeit nochmals zu sehen wünschte. Der anschließende Dialog folgte einer Reihe von gewundenen Linien, die der Kuropalates im voraus festgelegt hatte. Der Eparch schien sich passiv und mit aufrichtigem Staunen in dieses neue und seltsame Verhör zu fügen.

»Ich bin gekommen, um nochmals über das gestohlene Pergament zu sprechen.«

»Sagt mir ruhig und ohne Umschweife, was Ihr beschlossen habt oder zu beschließen gedenkt. Ich bin neugierig zu erfahren, welches Schicksal mich erwartet.«

Der Eparch dachte, oder gab wenigstens vor zu denken, daß der Kuropalates gekommen sei, um ihm die Strafe zu erläutern, die er ihm zugedacht hatte, oder um ihn zu informieren, falls die Entscheidung schon gefallen war. Aber sein Gast überraschte ihn aufs neue mit einer Aufforderung, die ihn bestürzte.

»Euer Schicksal hängt nicht nur von Euren Taten ab, sondern auch von Euren Worten, und deshalb sollt Ihr jetzt sprechen. Ich werde erst nach Euch sprechen, im Augenblick höre ich lieber zu. Was habt Ihr mir Neues zu berichten?«

Der Eparch fragte sich, welcher Betrug sich wohl hinter dieser so gebieterischen und gleichzeitig allgemeinen Frage verbarg. Hatten sie sich im letzten Gespräch nicht schon alles gesagt? Wenn der Kuropalates den Dialog wieder aufzunehmen wünschte, dann war es an ihm, die Themen klar zu umreißen. Oder lag sein Ziel gerade darin, ihn zu verwirren? Gewiß, die Geheimformel des griechischen Feuers stand im Mittelpunkt ihrer schwierigen Beziehung oder hatte sie wenigstens ins Licht gerückt – aber was gab es über dieses Thema noch zu sagen? Der Eparch beschloß, in Abwehrhaltung zu bleiben.

»Was soll ich Euch noch sagen, außer dem, was ich schon letztes Mal sagte? Ich habe Euch meine Gedanken aufrichtig dargelegt, ich habe Euch meine Seele geöffnet wie einem Freund, obwohl ich wußte, daß Ihr keiner wart, und ich habe mich sogar erniedrigt, indem ich auf mein Amt verzichtet habe.«
»Ihr habt Euch erniedrigt, aber ich habe diese Erniedrigung nicht verlangt. Ihr sagt, daß Ihr mir Eure Seele geöffnet habt, aber wenn ich Euch jetzt bitte, noch einmal über jenes Pergament zu sprechen, dann bedeutet das, daß ich etwas anderes von Euch hören möchte, etwas, das nichts mit Euren privaten Gefühlen zu tun hat, die mich wenig interessieren, vielmehr ein Geständnis von Fakten, die diese Sache betreffen.«
Der Eparch blickte nochmals verblüfft zu seinem Gast hinüber, der – nachdem er seine Aufforderung auf den Tisch geschleudert hatte – die Augen wieder über das Panorama schweifen ließ.
»Welche Fakten soll ich Euch denn gestehen? Ich begreife wahrhaftig nicht, was Ihr von mir erwartet. Wenn Ihr etwas bestimmtes im Sinn habt, dann möchte ich Euch bitten, mich auf die Fährte zu setzen, so daß ich mich orientieren und Euren Wünschen so weit wie möglich entgegenkommen kann.«
Der Kuropalates wollte sich keine Blöße geben, aber der Grund seines Besuchs lag klar formuliert in seinem Gehirn: er wollte wissen, ob der Eparch ihm während der kurzen Abwesenheit, als er hinuntergegangen war, um den Körper des Kätzchens aufzuheben, das Pergament gestohlen hatte oder ob er – wie aus seinen ersten Worten hervorzugehen schien – nichts über den Diebstahl wußte. Aber er mußte die Schläue des Eparchen bedenken und seine Fähigkeit, sich zu verstellen.
»Ich will Euch eine präzise Frage stellen: was habt Ihr nach unserem Gespräch getan, und welche Gedanken haben Eure Taten begleitet?«
Der Eparch verharrte wieder eine Weile schweigend, um seine Gedanken zu sammeln, aber vor allem, um zu begreifen, was sein Gesprächspartner mit dieser Frage bezweckte.
»Die Dinge, an die ich während dieser kurzen Zeitspanne dachte, haben nur mit meinen privaten Gefühlen zu tun und werden Euch deshalb vermutlich nicht interessieren. Und was

die Tatsachen betrifft, so kann ich Euch nur berichten, daß ich in meinem Zimmer geblieben bin, mit dem Rücken zum Fenster, durch das Ihr gerade das Panorama des Bosporus betrachtet – aber ich fürchte, auch das reicht nicht aus, um Eure Neugier zu stillen.«

»Seid Ihr sicher, daß Ihr mir nichts verheimlicht?«

»Als Bewahrer der Justiz bin ich gewöhnt, sowohl den Tatsachen als auch den Absichten Rechnung zu tragen. Wie Ihr wißt, kann bereits eine Tatsache auf zwei verschiedene und manchmal sogar gegensätzliche Arten beurteilt werden, sofern man nicht nur die objektiven Umstände, sondern auch die Absicht des Handelnden bedenkt. In dieser besonderen Situation stehe ich nicht mehr auf der Seite dessen, über den geurteilt wird. Ich bin ein Mann des Gesetzes mit einer langen Erfahrung, aber ich muß Euch gestehen, daß ich an Eurer Stelle in Schwierigkeiten wäre, denn Ihr könnt Euer Urteil nur auf die objektiven Umstände gründen, nämlich die, die Ihr Euch selbst geschaffen habt, als Ihr mir auferlegt habt, Nemios Niketas persönlich zu verhören. Euch steht deshalb ein gänzlich passives Subjekt gegenüber, das nichts anderes getan hat, als Eure Entscheidungen hinzunehmen, und das schließlich, nach dem Scheitern des Verhörs, auf alle Vorrechte verzichtet hat, und demnach auch darauf zu handeln.«

»Ihr seid zu spitzfindig in Euren Sophismen, um überzeugend zu sein, aber auch zu naiv, wenn Ihr in Eurer Rede auf unser letztes Zusammensein und auf die Strafe ausweicht, die Euch erwartet, während ich Euch eine präzise Frage über den Zeitraum zwischen unserem letzten Treffen und dem Augenblick gestellt habe, in dem wir in diesem Zimmer wieder zusammengekommen sind.«

»Ich sehe nicht ein, warum ich Euch mit dem Bericht über die Gedanken eines gescheiterten Mannes langweilen soll, der noch nicht weiß, welches Unglück ihn in nächster Zukunft erwartet. Auch wenn ich Euch meine Schwäche und meine Untüchtigkeit eingestanden habe, so kann ich Euch doch versichern, daß ich der gegenwärtigen Ungewißheit jedwede Gewißheit vorziehen würde – doch die kann ich nur von Euch bekommen. An was sonst könnte ein Mann in meiner Lage denken? Meine Zukunft, sofern ich eine habe, liegt in Eurer

Hand. Ihr seid in meine Wohnung gekommen, Ihr habt mich mit Eurem Besuch beehrt, und ich fühle mich geschmeichelt – aber warum sprecht Ihr nicht lieber von Euch, statt von mir zu erwarten, daß ich spreche? Das verstehe ich nicht – es gibt etwas in dieser Lage, das mir entgeht, und dieses Etwas ist für mich alles.«

Der Kuropalates antwortete diesmal in einem anderen Ton – vertraulicher und mit einem Anflug von Komplizenschaft.

»Wenn ich Euch sagen würde, daß Euer Schicksal in meiner Hand liegt, dann erübrigte sich jeder Kommentar. Aber wenn ich Euch anvertraute, daß jenes Pergament auch auf meinem Schicksal lastet, was wäre dann Eure Antwort?«

»Ihr habt doch nicht etwa das Siegel erbrochen?«

Der Kuropalates sah dem Eparchen in die Augen, in der Bemühung zu begreifen, ob er sich verstellte oder ob seine Worte wirklich auf einer Unkenntnis der Tatsachen beruhten. Die entwaffnende Naivität seiner Frage konnte ebensogut ein Zeichen der Aufrichtigkeit wie eine Falle sein. Diese eiserne Undurchsichtigkeit verwirrte den Kuropalates, und er beschloß, vorläufig auf die Aufklärung des Geheimnisses zu verzichten. Er erhob sich fast ruckartig von dem thronartigen Sitz und eilte mit knappem Gruß aus dem Zimmer.

Ein kurzes Schwindelgefühl versetzte ihn in Alarm. Bis zu diesem Tage war er den Versuchungen, in die seine geheimen Neigungen ihn führten, noch nie aus dem Weg gegangen. Den eigenen Schwächen nachgeben zu können, so hatte er sich mehr als einmal gesagt, war ein beachtliches Zeichen von Sicherheit und Kraft. Aber die Episode mit dem Kätzchen, diese so leichtsinnige und unnötig riskante Geste, hatte ihn in eine schiefe Lage gebracht, und trotz aller Gewohnheit, sich zu verstellen, fühlte er sich jetzt als Gefangener seiner eigenen Taten und noch dazu mit dieser Last beschwert, nicht offen reden zu können, nicht einmal mit seinem Bruder Nikephoros. Vor seiner Wohnung erwarteten ihn zwei Männer seiner persönlichen Wache, die ihn schweigend durch den menschenleeren Korridor zum kaiserlichen Pavillon begleiteten.

19

Kaiser Nikephoros war gerade von einer Wildeseljagd mit dem Bischof Luitbrand von Cremona zurückgekehrt, der in einer heiklen diplomatischen Mission nach Byzanz gekommen war. Sein Versuch, Heiratsverhandlungen zwischen dem Kaiser des Heiligen Römischen Reichs Otto II. und einer porphyrgeborenen Prinzessin anzubahnen, hatte Nikephoros Phokas geärgert, der sich für den einzig rechtmäßigen Herrscher des Römischen Reichs sowohl im Osten als im Westen hielt. In seiner Gegenwart durfte man das Heilige Römische Reich noch nicht einmal erwähnen, denn das einzige Heilige Römische und Christliche Kaiserreich war das von Byzanz. Das hochmütige Benehmen des Bischofs Luitbrand hatte seinen Verdruß noch gesteigert und zu verschiedenen ärgerlichen Zwischenfällen geführt. Zuerst hatte der Bischof gewagt, sich über die Speisen der kaiserlichen Bankette, zu denen er zugelassen war, zu beklagen, dann hatte er öffentlich protestiert, weil das Gästehaus, in dem er mit seinem Gefolge wohnte, von Ratten heimgesucht und seiner Meinung nach nicht einmal würdig war, Sklaven aufzunehmen. Schließlich hatte er sich während einer Wildeseljagd unter dem Vorwand der stechenden Sonne geweigert, seinen Kopf in Gegenwart des Kaisers zu entblößen, wie es die Etikette verlangte.

Nikephoros hatte seinerseits keine Gelegenheit versäumt, um ihn zu demütigen. Er hatte ihn im Thronsaal empfangen und sich dabei bemüht, ihn durch die künstlichen Vögel zu irritieren, die in einem goldenen Baum saßen und auf seinen Befehl hin zwitscherten, und durch zwei Bronzelöwen, die zu beiden Seiten des Throns saßen und brüllten und mit den Schwänzen geräuschvoll auf den Marmorboden schlugen. Statt sich zu wundern, hatte der langobardische Bischof den Kaiser nur gefragt, ob diese ganzen Geräusche, die das Gespräch nur stören, nicht vermieden werden könnten. Kein Zeichen des Staunens und kein Wort des Lobs über die verblüffende Mechanik, die seinen Vorgänger Romanos II. Tausende von Goldmünzen und die Hofingenieure viele Jahre Arbeit gekostet hatten.

Der Kuropalates ließ sich beim Kaiser melden und erhielt den Bescheid, sitzend zu warten, was nur bedeuten konnte, daß die Wartezeit sehr lang sein würde, denn in diesem Augenblick war der Kaiser beschäftigt. In Wirklichkeit ordnete Nikephoros, der eben erst von der Wildeseljagd mit dem Bischof Luitbrand zurückgekehrt war, gerade die Schuhe der Kaiserin Theophano, damit sie das geeignete Paar auswählen konnte, um am nächsten Tag im Thronsaal zu erscheinen – im Beisein des langobardischen Bischofs und des bulgarischen Gesandten, eines hochgewachsenen und blonden jungen Barbaren, der große Gunst bei den byzantinischen Hofdamen genoß.

»Dieser Palast ist im Begriff, sich in eine Luxusherberge für ausländische Ferienreisende zu verwandeln. Der Bischof Luitbrand, der sich so sehr über unsere Küche beklagt, ist bereits seit zwanzig Tagen hier, und wenn wir ihm keine Schwierigkeiten in bezug auf die Unterkunft machen, müssen wir gewärtig sein, ihn zusammen mit seiner Bande von ausgehungerten Dienstboten noch wer weiß wie lang am Hof zu behalten. Was der bulgarische Gesandte hier sucht und was er von uns will, außer sich von uns aushalten zu lassen und sich bei unseren Banketten, die er mit echter Begeisterung zu genießen scheint, den Bauch vollzuschlagen, habe ich immer noch nicht verstanden.«

»Unsere Tafel und unsere Damen scheinen mir seine Lieblingsziele zu sein«, sagte Theophano. »Wenn das bulgarische Heer im Krieg all die Siege erränge, die sein Gesandter bei unseren Hofdamen erringt, dann wäre das der Ruin unseres Reichs.«

»Es mißfällt mir, Euch so oft in Gesellschaft dieser leichtfertigen Damen und dieses barbarischen Gesandten zu sehen.«

»Meine Aufmerksamkeit gilt einzig und allein dem Bischof Luitbrand, der mir trotz seines fortgeschrittenen Alters ein erfahrender Kenner weiblicher Schönheit zu sein scheint.«

»Du weißt, daß ich seinetwegen einen Tag voll Mühe und Ärger hinter mir habe.«

»Du bezeichnest die Wildeseljagd als Mühe? Früher war das für dich ein Vergnügen wie die Araberjagd während der Feldzüge in Syrien. Aber wenn ich recht verstanden habe, hat der

Bischof sich geweigert, in deiner Gegenwart den Hut abzunehmen.«
»Er hat als Entschuldigung seine schwache Gesundheit und ein Kopfweh angeführt, aber in Wirklichkeit wollte er mir den Respekt verweigern. Ich habe ihm schließlich erlaubt, sich ein einfaches Taschentuch mit geknoteten Ecken auf den Kopf zu legen wie die Waschfrauen am Marmarameer.«
Die Kaiserin heftete ihren Blick auf ein Paar Schuhe in Form zweier Schlangenköpfe mit vier wie kleine Feuer funkelnden Rubinen an Stelle der Augen. Dann deutete sie mit dem Finger darauf.
»Diese.«
Nikephoros nahm die Schuhe und stellte sie vor die Füße der sitzenden Theophano, die hineinschlüpfte und aufstand und vor dem Spiegel einige Schritte vor und zurück tat.
»Ich bin wirklich schön, vom Scheitel bis zur Sohle, aber der wahre Schatz liegt hier in der Mitte.«
Theophano griff sich sanft an die Scham, die sich unter der leichten Seidentunika wölbte, und brach in ein trockenes Lachen aus.
»Du versündigst dich an Gott, der dir diese Reize geschenkt hat.«
»Gott ist unendlich gütig. Es genügt, ihn um Verzeihung zu bitten, und schon ist die Sünde vergeben.«
»Gottes Güte ist unendlich, aber meine nicht.«
»Gott braucht weder deine Zustimmung noch deine Hilfe.«
»Gott hat mir immer geholfen, wenn es sich darum handelte, meine Würde zu verteidigen.«
»Jetzt verstehe ich, warum du täglich auf Knien zu ihm betest.«
Hier brach Theophano erneut in Gelächter aus und drehte Nikephoros den Rücken zu und wiegte sich in ihren Schlangenschuhen in den Hüften.
»Einst habe ich die Grenzen des Reichs verteidigt, und es ist mir gelungen, den Barbaren neue Gebiete zu entreißen. Seitdem ich Kaiser bin, gelingt es mir zwar, mich gegen die Höflinge und unverschämte Gesandte wie diesen westlichen Bischof zu verteidigen, aber es fällt mir sehr schwer, den Spott zu ertragen, den ich täglich von meiner Gemahlin erfahre.«

»Du bist kein Kaiser, du bist ein Mönch, der in eine alte Kutte gewickelt auf einem Eselsfell schläft. Als solcher mußt du geduldig sein, Kränkungen verzeihen, still leiden, dich opfern, heiter auf die Freuden des Betts verzichten und deinen durch Alter und Konstitution schon so ausgezehrten Körper auch weiterhin kasteien. Wenn du auf dem Thron sitzt, dann kannst du dir vielleicht ein wenig Arroganz erlauben, aber wenn du hier bei mir bist und ich dich bitte, mir meine Schuhe zu holen und anzuziehen, dann tust du gut daran, meinen Wünschen bereitwillig nachzukommen. Du darfst nie und in keinem Augenblick des Tages vergessen, daß du den Thron von Byzanz nur besteigen konntest, weil ich dich Tag für Tag über die Pläne von Bringas unterrichtet habe, dem intelligentesten und schlausten aller Feinde, denen du je die Stirn geboten hast.«
Die Wahrheit, sagte sich Nikephoros, bevor er antwortete, hat stets zwei Gesichter. Von einem alten Wüstenheiligen hatte er einmal gehört, daß die Wahrheit sieben Gesichter hat, aber er wußte aus Erfahrung, daß für den, der auf Gottes Seite steht, zwei Gesichter genügen. Er wandte sich an Theophano, wobei er seinen Ärger zu unterdrücken versuchte.
»Du weißt sehr gut, daß Joseph Bringas sich deinen Plänen genauso widersetzt hätte wie meinen. Wenn du ihn verraten hast, dann bedeutet das, daß auch du keinen Verbündeten in ihm sahst.«
»Du greifst zu den absurdesten Ausflüchten, nur um nicht zuzugeben, daß du mir etwas schuldest. Aber du vergißt, daß ich schon längst im Palast und in der Nähe des Throns war, als du noch außerhalb des Palasts und sehr weit fort warst.«
»Ich habe dich als Verbündete gehabt, das ist wahr, aber ich hatte auch Gott auf meiner Seite, während allen bekannt ist, daß Bringas mit dem Teufel paktierte und damit unser erstes Gebot übertrat.«
»Bringas brauchte mit niemandem zu paktieren, er war ein intelligenter und schlauer Mann. Mir ist nicht bekannt, daß Schläue eine Sünde ist, zumal viele weise Männer sie auch Gott zuschreiben.«
»Sprich keinen Unsinn. Es sind die ungläubigen Araber, die

auch die Schläue zu den Attributen Gottes zählen. Du verwechselst unseren Gott mit dem Gott der Muselmanen.«
Theophano – zornentbrannt wegen des Vorwurfs – zog einen Schuh aus und schleuderte ihn gegen Nikephoros, der noch rechtzeitig zur Seite springen konnte, um ihm auszuweichen. Dann hob er die Hände zum Zeichen des Friedens.
»Wollen wir nicht aufhören mit diesen unnötigen Streitereien über die Vergangenheit? Da ist jemand, der auf mich wartet, und wenn du dieses unerquickliche Gespräch unbedingt fortsetzen möchtest, dann haben wir später noch reichlich Zeit, es wieder aufzunehmen.«
Mit diesen Worten verließ Nikephoros das Zimmer, um seinen Bruder Leo Phokas zu treffen, während Theophano ihren an der Wand aufgereihten Schuhen zornige Fußtritte versetzte.

20

Der Kaiser empfing seinen Bruder Leo mit einem Blick, der nicht mehr den Zorn über das schwerwiegende Unglück der gestohlenen Formel, sondern eine entwaffnende Traurigkeit, eine tiefe Verstimmung verriet.
»Dieser zweite Besuch in so kurzer Zeit läßt mich vermuten, daß es Neuigkeiten gibt«, begann Nikephoros.
Der Kuropalates merkte sofort, daß er vorschnell gehandelt hatte und daß er besser daran getan hätte, sich auf die Begegnung mit seinem Bruder vorzubereiten.
»Ich wollte Euch über alles, was im Zusammenhang mit dem Diebstahl des Pergaments geschieht, unterrichten. Ich glaube, das ist meine Pflicht, aber ich weiß nicht, ob Ihr mich gnädig anhören wollt oder ob Ihr es vorzieht, das Gespräch auf einen anderen Zeitpunkt zu verschieben. Die Fakten sind kurz, und die Zeit ist per definitionem unendlich.«
»Dies scheint mir nicht der geeignete Moment für törichtes Philosophieren. Die Zeit ist unendlich, aber leider nicht diejenige, die uns zur Verfügung steht. Gott allein ist Herr über die Zeit, aber er spendet sie uns mit angemessener Sparsamkeit. Kommen wir also zur Sache.«

»Wie Ihr wißt, ist das Verhör, das der Eparch mit Nemios Niketas führen sollte, gescheitert. Als es sich darum handelte, das Pergament zu lesen, ist der Kanzler geflohen, und ein Verhör, das nicht in Gegenwart eines Kanzlers stattfindet, der es niederschreibt, ist bekanntlich nicht gültig.«

»Und weiter?«

»Ein zweites Verhör konnte nicht angestellt werden, denn diesmal weigerte sich der Eparch, es zu führen, wohl wissend, welches Ende ihn erwartet, wenn er der Lektüre der Geheimformel beiwohnt.«

»Ihr werdet Euch erinnern, daß ich von Anfang an einige Zweifel im Hinblick auf die Zweckmäßigkeit einer Beseitigung sowohl des Eparchen Georgios Mesarites als auch des Hetairiarchen Niketas geäußert habe und daß ich Eurer Anregung schließlich mehr aus Erschöpfung als aus Überzeugung gefolgt bin. Doch jetzt, da Euer Plan offensichtlich gescheitert ist – was gedenkt Ihr jetzt zu tun?«

»Niketas ist im Gefängnis, aber der Eparch bewegt sich frei im Palast herum und wird nach dieser Episode seine Machenschaften noch verdoppeln. Darum bin ich gekommen, um Euren erlauchten Rat einzuholen.«

Nikephoros schien anderen Gedanken nachzugehen.

»Wo ist das Pergament?«

»Ich habe es in meiner Wohnung gelassen.«

»Das war eine große Unvorsichtigkeit. Ihr wißt, daß der Palast jegliche Art von Verrätern beherbergt – und im übrigen: die Gelegenheit macht Diebe. Ihr wißt auch, daß Euer Leben an dieses Pergament gebunden ist, und ich wundere mich, daß Ihr Euch durch die Korridore des Palasts bewegt, ohne das Dokument bei Euch zu haben, dessen Besitz dafür bürgt, daß Euer Kopf auf Euren Schultern bleibt.«

Bei diesen Worten des Kaisers erbleichte der Kuropalates, der nicht gestehen konnte, daß ihm das Pergament gestohlen worden war, und der sich durch diesen Diebstahl jetzt mit allen Risiken konfrontiert sah. Die Härte des Vorwurfs hatte ihn außerordentlich erschreckt, und wenn es ihm noch vor wenigen Augenblicken gänzlich unwahrscheinlich vorgekommen war, daß Nikephoros vom Verschwinden des Pergaments etwas wüßte, so war er jetzt gezwungen, alle seine Gedanken zu revidieren. Vor allem mußte er zugeben, daß die Spione im Inneren des Palasts ihre Augen und Hände überall hatten. Die Wahrheit ist oft banal, aber darum nicht weniger wahr. Nach der Begegnung mit dem Eparchen, der sich in bezug auf den Diebstahl gänzlich ahnungslos gezeigt hatte, sah er sich genötigt, die schlimmste Hypothese zu erwägen: daß Nikephoros selbst das Pergament hatte holen lassen, während er so leichtfertig in den Hof hinabgestiegen war, um den Körper des Kätzchens zu begraben. Aber warum hätte er das getan? Wollte Nikephoros ihn lossein? Nein, das ergab keinen Sinn. Der Kuropalates überdachte rasch die Beziehung zu seinem Bruder während der letzten Zeit, aber in seinem Gedächtnis zeigte sich keinerlei Schatten und keinerlei Mißhelligkeit, die irgendein geheimes Vorhaben gegen ihn gerechtfertigt hätte.

»Wenn Ihr gestattet, daß ich mich entferne«, sagte der Kuropalates, »dann möchte ich unverzüglich in meine Wohnung zurückkehren, um das Dokument wieder an mich zu nehmen.«

»Das scheint mir eine gute Idee nach diesem unsinnigen Gespräch. Ihr könnt gehn.«

Der Kuropalates machte die rituelle Verbeugung vor seinem kaiserlichen Bruder, tat einige Schritte rückwärts und verließ dann den Raum und eilte in seine Wohnung.

21

Seit einiger Zeit murmelte man in den Korridoren des Palasts, daß Theophano in aller Heimlichkeit einen Plan aushecke, um sich den plumpen und ungehobelten Nikephoros vom Hals zu schaffen – jetzt, nachdem sie sich durch ihre Heirat den Titel einer Kaiserin gesichert hatte. Aber wer würde Nikephoros ersetzen? Diese Frage hatte noch keine Antwort gefunden, oder besser, hatte schon zu viele Antworten gefunden, so rasch fielen die selbstsüchtigen Vermutungen mal auf diesen mal auf jenen möglichen Prätendenten, in einem Strudel von Gerüchten.

Daß auch Nikephoros von diesen gegen ihn gerichteten Machenschaften etwas ahnte, konnte man an seiner zurückgezogenen und vorsichtigen Lebensweise und den immer selteneren und stets kurzfristig geplanten offiziellen Auftritten außerhalb des Palasts erkennen, aber auch an seinen heimlichen Ausgängen, bei denen er den Palast in den bizarrsten und ärmlichsten Verkleidungen verließ. In der Stadt gab es immer jemanden, der schwor, ihn in den zerlumpten Kleidern eines Bettlers erkannt zu haben, der durch die nächtlichen Hafengassen irrte, während andere behaupteten, sie hätten ihn mit ölverschmiertem Gesicht und gekrümmten Rücken gesehen, wie er von den aus Karthago oder den Häfen der Ägäis eintreffenden Schiffen Säcke mit Salzfisch an Land trug.
Der Kuropalates wußte, daß er Theophanos Eitelkeit bei verschiedenen Gelegenheiten verletzt hatte – einmal sogar vor dem versammelten Hof während jenes aristotelischen Banketts. Und sie hatte sich ihm gegenüber schon immer mißtrauisch gezeigt und seine Person, und wenn das nicht möglich war, seinen Blick gemieden. Seine Präsenz im Umkreis des Throns war Theophano nicht angenehm, und noch weniger sein plötzliches Auftauchen in Nikephoros' Privatgemächern, seine geheimen Zwiegespräche mit dem Bruder und sein forschender Blick, der sie zu lästiger Vorsicht bei ihren Liebesabenteuern und ihren endlosen Ränkespielen zwang. Es konnte Theophano nicht verborgen bleiben, daß der Kuropalates Leo die Unterstützung der hohen Beamtenschaft und die der Söldnertruppen genoß, seit man deren Kommandanten Nemios Niketas ins Gefängnis geworfen hatte, ohne einen Nachfolger zu ernennen – eine Maßnahme, die sie zweifellos mißtrauisch gemacht und erschreckt hatte.
Theophano verfügte über absolut treue und grausame Eunuchen, die unschwer jede Bewegung des Kuropalates überwachen konnten und ihm wahrscheinlich auch während seiner kurzen Abwesenheit das Pergament gestohlen hatten. Er wußte schon immer, daß im Bereich des Palasts jeder jeden verdächtigte und daß alle nicht nur ihre Feinde, sondern auch ihre Verbündeten überwachten oder überwachen ließen, denn gerade mit Hilfe von vorgetäuschten Freundschaften bereiteten die schlauesten der Männer ihre Verschwörungen vor oder

bahnten sich ihre Wege zu den hohen Ämtern des Daphne-Palasts. In Wirklichkeit wußte der Kuropalates, daß er sich nur so lange auf die hohe Beamtenschaft verlassen konnte, wie der Wind ihm günstig war, und daß ihn beim ersten Windstoß aus der falschen Richtung gerade diejenigen verraten würden, die er gefördert hatte. Dankbarkeit ist ein Gefühl, das mittelmäßige Menschen erniedrigt. Wenn du glaubst, in Gefahr zu sein, so hieß es im Palast, dann sieh dich bei denjenigen um, die du unterstützt hast, und du wirst den Verräter finden.

Der Kuropalates setzte den Weg zu seiner Wohnung fort – besessen von einer Idee, die ihm bei jedem Schritt im Kopf herumkreiste wie in einer Turbine. Wollte Theophano sich für die Verwirklichung ihres Plans sogar seines Bruders Nikephoros bedienen? Diese Idee mochte verrückt und abwegig erscheinen, aber es wurde seit jeher als ein Spiel äußerster höfischer Geschicklichkeit betrachtet, die Wahrheit zu verbergen, indem man sie mit dem Abwegigen und Unwahrscheinlichen verband. Warum hatte Kaiser Nikephoros ihn gefragt, wo er das Pergament gelassen hätte? Warum hatte seine Aufmerksamkeit dem Pergament gegolten, das er seinem Bruder anvertraut hatte, und nicht demjenigen, das nach der Ermordung des Pulvermeisters verschwunden war? Nikephoros' seltsames Verhalten hatte den Kuropalates auf den Gedanken gebracht, das alles sei ihm von jemandem eingeflüstert worden – und wer anders konnte dieser Jemand sein, wenn nicht Theophano?

Der Kuropalates faßte einen Entschluß, der ihm in diesem Augenblick als der einzige erschien, der den Lauf der Ereignisse für eine Weile unterbrechen konnte und deshalb am wenigsten riskant war. Er wollte sich in seine Wohnung einschließen und nichts unternehmen, absolut nichts, und abwarten, was geschähe. Er wollte nur handeln, wenn er unbedingt handeln mußte und seine Wohnung nur verlassen, wenn er sie unbedingt verlassen mußte, und über das Pergament oder andere Dinge wollte er nur reden, wenn man ihn dazu zwänge. In der Lage, in die er durch den Diebstahl geraten war, konnte er sich nichts besseres wünschen als sich zu verstecken, niemanden zu sehen, mit niemandem zu sprechen und geduldig zu warten. Worauf er warten sollte und was er sich wünschen sollte, außer alles zu vergessen, wußte er selbst nicht. Er rief seinen Ersten Kammersekretär, um ihm seine Anweisungen zu erteilen.

»Ich bin für alle abwesend, und du kannst keine Auskunft geben über den Ort, an dem ich mich befinde. Es gibt Hunderte von Büros im Palast, und in einem dieser Büros halte ich mich auf, aber du weißt nicht, in welchem. Die Tür zu meinem Zimmer, in dem ich so lange bleibe, wie ich es für richtig befinde, hältst du verschlossen. Verbindung habe ich nur mit dir, um zu erfahren, wer nach mir gefragt hat und was im Palast und außerhalb des Palasts geschieht. Dies ist ein schwieriger Moment für mich aus Gründen, die ich dir nicht erklären kann, die du aber mit dem Spürsinn, der dich auszeichnet, vielleicht schon erraten hast.«

»Die Lage ist mir nicht ganz klar, aber ich verstehe, daß das Verschwinden des Pergaments zu einigen Schwierigkeiten in Eurer Beziehung zum Kaiser geführt haben muß.«

»Du hast keine Vorstellung, wer es gestohlen haben könnte?«

»Wie ich schon sagte: während Ihr in den Hof hinuntergegangen seid, ist niemand durch die Tür hereingekommen. Es könnte aber jemand durch das Fenster hereingekommen sein, der sich von der Terrasse heruntergelassen hat. Ihr habt mir davon abgeraten nachzuforschen, und ich habe nicht nachgeforscht. Deshalb ist dies nur eine Mutmaßung, aber sie ist von allen die einzig mögliche.«

»Ich habe eine Leichtfertigkeit begangen, aber das Pergament ist wie das Feuer, wer es besitzt, muß sich notgedrungen daran verbrennen. Wir werden also an den Brandwunden erkennen, wer es mir weggenommen hat. Du, sieh' dich inzwischen um, aber ohne jemanden zu fragen oder jemandem von dem Diebstahl zu erzählen. Niemand ist auf dem Laufenden, nicht einmal der Kaiser, und wenn jemand vorgibt, informiert zu sein, dann ist das der Dieb. Einstweilen bist nur du informiert.«

»Aber damit widerlegt Ihr Eure Behauptung, denn ich bin nicht der Dieb.«

»Ich merke, daß die byzantinische Krankheit des Argumentierens in Sophismen ansteckend geworden ist. Noch bis eben hatte ich geglaubt, daß wenigstens du davon verschont wärest, aber ich habe mich geirrt.«

»Es war nur ein Mittel, um Euch zu sagen, daß ich das Pergament nicht gestohlen habe.«

»Das will ich hoffen.«

»Kann ich jetzt gehen?«

»Warum hast du es so eilig?«

»Ich dachte, meine Gegenwart wäre Euch nicht mehr nützlich.«

»Ein Letztes noch: ich werde meine Mahlzeiten in diesem Zimmer einnehmen, und deshalb wirst du dich selbst darum kümmern, mir das Nötige zu besorgen, das, wie du weißt, sehr wenig ist. Aber außer den Speisen möchte ich als äußerste Vorsicht zwanzig Rizinussamen im Zimmer haben. Du holst sie mir im Hof, von dem Beet in der Mitte, dort, wo ich die Katze begraben habe. Du pflückst die reifsten, die du an den aufgesprungenen Schoten erkennst.«

»Ihr wißt, daß diese Samen sehr giftig sind, und daß zehn davon genügen, um eine Person zu töten.«

»Das weiß ich wohl, und gerade deshalb möchte ich sie vorsichtshalber zur Verfügung haben.«

»Wenn Ihr auf Eurem Vorsatz besteht, so will ich sie gleich holen.«

»Jedesmal, wenn du hinausgehst, mußt du mich in diesem Zimmer einschließen. Du bewahrst die Schlüssel der beiden Schlösser sorgfältig auf, so daß niemand außer dir hereinkommen kann.«

Der Erste Kammersekretär nickte mit dem Kopf und verließ das Zimmer, indem er beide Schlösser der Tür verschloß.

Der Kuropalates wartete, daß der Erste Kammersekretär sich entfernte und zählte die im Korridor hallenden Schritte und zählte dann im Geist die vierundsechzig Stufen der beiden Treppen; dann ging er zum Fenster und schaute hinaus, und beugte sich dabei nur so weit vor, daß er sehen konnte, ohne gesehen zu werden. Der Erste Sekretär erschien pünktlich im Hof, und der Kuropalates beobachtete aufmerksam, wie er ohne zu zögern auf das Beet zuging, in dem der Körper des Kätzchens lag. Woher nahm er diese Sicherheit? Es gab sechs Beete in der Mitte des Hofs, und alle sahen gleich aus. Der Sekretär pflückte die Schoten mit den Rizinussamen und ging zum Treppenbogen zurück.

Was bedeutete das alles? Der Kuropalates sagte sich, daß der Erste Sekretär, um so sicher zu sein, dem Begräbnis des Kätzchens zugesehen haben mußte. Und von wo aus sollte er dieser schmerzlichen Verrichtung zugesehen haben, wenn nicht vom Fenster dieses Zimmers, das auf den Hof hinausging? Das hieß, daß der Erste Sekretär in der Zeit, als der Kuropalates das armselige Tierchen begrub, in dieses Zimmer gekommen war, wo er das versiegelte Pergament so leichtfertig liegengelassen hatte.

Diese einfache Überlegung genügte, um den Kuropalates dem Entsetzen auszuliefern. Seine Feinde waren also hier in seiner Nähe, ja sie hielten sich in seiner Wohnung auf, genossen sein volles Vertrauen, hatten die Schlüssel zu seinen Zimmern, konnten kommen und gehen, wie es ihnen beliebte, kurzum, sie verfügten über sein Leben.

Als der Kuropalates hörte, wie der erste Schlüssel ins Schloß gesteckt wurde, entfernte er sich vom Fenster und setzte sich auf einen Stuhl in einer Ecke des Zimmers. Seine Hände und Knie zitterten. Mit dem Ärmel seiner Tunika wischte er den kalten Schweiß ab, der ihm von der Stirn floß.

22

Als sich die Nachricht im Palast herumsprach, daß der Kuropalates aus seiner Wohnung in die Tiefe gestürzt sei und zerschmettert auf den Pflastersteinen des Hofs liege, war es der Protovestiarios des Gynäkeions, der – noch bevor er in den Hof hinabstieg – die Aufgabe übernahm, Theophano zu informieren. In seiner Eigenschaft als Eunuch hatte er auch zu den privaten Gemächern der Kaiserin Zugang.

»Ich überbringe Euch eine grausige Nachricht, meine Herrscherin. Man sagt mir, daß Leo Phokas, der Kuropalates, in den Hof hinabgestürzt sei und Gott seine Seele empfohlen habe. Man weiß nicht, ob er hinabgestürzt wurde oder ob er sich selbst hinabgestürzt hat, aber am Kern der Sache ändert das nichts.«
»Diese Nachricht überrascht mich nicht«, sagte Theophano. »Sein Erster Kammersekretär hatte mir schon erzählt, daß der Kuropalates zwanzig Rizinussamen verlangt hat, gewiß mit der Absicht, sich das Leben zu nehmen. Daß er es vorgezogen hat, sich aus dem Fenster zu stürzen, ist seine persönliche Entscheidung, die keines Kommentars bedarf. Seht Ihr nun zu, daß Ihr das Pergament mit der Geheimformel des griechischen Feuers wiederbekommt, das der Eparch ihm übergeben hatte.«
»Ich werde dafür sorgen, daß mich zwei namhafte Zeugen begleiten, so daß niemand behaupten kann, ich hätte Einblick in die Geheimformel genommen, falls das Siegel fehlt.«
»Ich merke, daß es Euch nicht an Schläue mangelt. Das ist eine Eigenschaft, die ich bei meinen Freunden schätze und bei meinen Feinden fürchte.«
»Ich wäre glücklich, wenn Eure Hoheit mich gnädig in die Zahl ihrer Freunde einreihen wollte.«
»Wenn ich kein Vertrauen zu Euch hätte, dann würde ich Euch nicht beauftragen, das Pergament zurückzuholen. Das dürfte ein ausreichender Beweis für mein Wohlwollen sein.«
»Hundert Jahre Gesundheit und Ruhm für Eure Kaiserliche Hoheit.«
Der Protovestiarios äußerte seinen Wunsch mit Bangen, bemüht, in diese Worte das ganze Gefühl seiner Ergebenheit zu legen, von dem er hoffte, es möge die eisige Seele der schrecklichen Theophano berühren. Die aber blieb ungerührt und entließ ihn mit einem leichten Wink ihrer Hand.

Die Wachen, die unten im Hof den zerfetzten Körper aufhoben und barmherzig wieder zusammensetzten, sahen sofort, daß es sich nicht um den Kuropalates handelte, wie man in allen Korridoren des Palasts voreilig verkündet hatte, sondern um seinen Ersten Kammersekretär. Die beiden Wachen hingegen, die gesehen hatten, wie ein Mann aus dem Fenster der Wohnung des Kuropalates stürzte, hatten angenommen, daß er es wäre. Wer anders hätte sich auch aus diesem Fenster stürzen können als er selbst? So hatte sich die Kunde sofort verbreitet und der Protovestiarios des Gynäkeions hatte sich beeilt, Theophano die Nachricht zu überbringen. Die sie mit Natürlichkeit empfing, so als hätte sie sie vorausgesehen und fast erwartet.

Der Kuropalates hatte sich gleich nach dem Vorfall in seinem Zimmer eingeschlossen und weigerte sich, Besuche zu empfangen. Wer an seine Tür klopfte, erhielt als Bescheid ein trokkenes Nein. Der Protovestiarios des Gynäkeions sammelte nach dieser ersten falschen Auskunft weitere Nachrichten von seinen Informanten, die ihm berichteten, daß es zwischen dem Ersten Kammersekretär und dem Kuropalates vermutlich ein Handgemenge gegeben habe, wobei es letzterem gelungen sei, sich zu verteidigen und aus einem Fenstergestürzten zum Fenstersturzler zu werden.

Als Theophano von einem ihrer Eunuchen erfuhr, daß nicht der Kuropalates, sondern sein Erster Sekretär das Opfer war, konnte sie ihren Ärger nicht beherrschen. Sie ließ sofort den Protovestiarios des Gynäkeions kommen, um eine Bestätigung der Tatsachen von ihm zu verlangen.

»Ihr habt mir eine falsche Nachricht überbracht. Was habt Ihr mir also zu sagen über den Tod des Ersten Sekretärs anstelle des Kuropalates? Wie lautet Eure Erklärung?«

»Ein unvorhersehbares Unglück, meine Herrin und Kaiserin, wie von bösen Geistern erdacht. Wir wissen nicht genau, was im Zimmer des Kuropalates vorgefallen ist, und dieser weigert sich, die Tür zu öffnen und mit irgendjemandem zu sprechen. Die Diener, die ihm das Essen bringen, sagen, daß er fast gar nichts zu sich nimmt und einen solchen Grad von Erschöpfung erreicht hat, daß er nahezu unfähig ist, sich zu äußern.«

»Das alles kann ebenso falsch sein wie die falsche Nachricht, die Ihr mir zuletzt gebracht habt. Laßt die bösen Geister aus dem Spiel, die Ihr jedesmal anruft, wenn Ihr in Schwierigkeiten seid, und sagt mir lieber, warum ich Euren Worten, die im übrigen keine Antwort auf meine Bitte um eine Erklärung sind, jetzt glauben soll.«

»Jedesmal, wenn ich mich in meiner Eigenschaft eines bescheidenen Dieners an Eure Kaiserliche Hoheit wandte, gab ich dem Mittel des Worts den Vorzug vor dem der Verschweigung. Im Palast wohnen viele Schweigeexperten, aber ich gehöre nicht zu ihnen. Ich bringe Euch zwar oft unklare Auskünfte, Mutmaßungen und in den Korridoren erlauschte Hinweise, und in meinen Worten mag ein Teil Wahrheit und ein Teil Irrtum enthalten sein, aber ich verlasse mich dabei auf das hohe Unterscheidungsvermögen Eurer Erhabenen Majestät.«

»Ihr habt meine Frage noch nicht beantwortet. Ich bin neugierig zu erfahren, was in der Wohnung des Kuropalates geschehen ist und ob jemand ihm bei seiner Unternehmung geholfen hat. Alles übrige Gerede ist im Augenblick überflüssig.«

»So viel ich weiß, waren keine anderen Personen im Zimmer. Man vermutet, daß der Erste Sekretär versucht hat, den Kuropalates aus dem Fenster zu stoßen, und das konnte man«, fügte der Protovestiarios boshaft hinzu, »ja schließlich erwarten, wenn man die Personen und ihre Absichten so gut kennt wie wir. Es scheint, daß keine Schreie und keine Kampfgeräusche aus dem Zimmer zu hören waren – mit dem überraschenden Resultat, daß dann der Erste Sekretär aus dem Fenster fiel, und nicht der Kuropalates.«

»Ist das nicht alles sehr seltsam?«

»Äußerst seltsam, besonders wenn man bedenkt, daß der Kuropalates ein körperlich schwacher Mensch ist, auch wenn er viel Seelenstärke und einen kräftigen Willen besitzt, während der Erste Sekretär seelisch schwach, aber körperlich kräftig war. Offenbar siegt manchmal der Wille über die körperliche Kraft – ich wüßte keine andere Erklärung.«

»Mehr als ein seelenstarker Mann scheint mir der Kuropalates ein verräterischer und hochmütiger Mann zu sein, aber es tut nichts zur Sache, wenn Eure Ansicht sich nicht mit meiner deckt. Es ist etwas geschehen, das mich sehr überrascht und geärgert hat, und ich möchte jetzt wissen, welche Gerüchte Ihr über diesen Vorfall gehört habt.«

»Niemand weint, meine Erlauchte Herrin.«

»Und was noch?«

Der Protovestiarios fühlte sich jetzt wieder in seiner Rolle als Informant.
»Man munkelt, daß der Erste Kammersekretär, bevor er sich in die Wohnung des Kuropalates Leo begeben hat, Eurer Erlauchten Person einen Besuch abgestattet habe.«
»Und von wem stammt diese infame Verleumdung?«
»Ihr habt mich ein für allemal davon befreit, Euch die Quellen der Gerüchte zu nennen, die im Palast kursieren. Oft sind es einfache Wachen, manchmal sind es Kammerdiener, andere Male sind es die Hofdamen oder sogar die strengen Silentiare, und in einigen Fällen habe ich auch unfreiwillige Informationen von hochstehenden ausländischen Gästen bekommen. Wenn Ihr mich zwingt, Euch die Namen meiner Informanten zu nennen, dann werdet Ihr lange Zeit keine Nachrichten mehr erhalten – nicht, weil ich sie Euch nicht geben möchte, sondern weil die Quellen versiegen würden, so wie es das einzige Mal geschah, als ich den Irrtum beging, das Geheimnis zu enthüllen. Ich erinnere mich, daß ich einmal die Schwäche hatte, den Namen eines Mönchs preiszugeben, der mir mit einer Überfülle von Einzelheiten, die vermutlich alle falsch waren, von einer Jagdpartie erzählte, die Ihr in Gesellschaft des bulgarischen Gesandten unternahmt, der im Ruf stand, ein großer Verführer zu sein. Nun, kurze Zeit später verschwand dieser Mönch für immer – getroffen von der schrecklichen Hand Gottes, die die Verleumder bestraft. Ich möchte nicht, daß dieselbe Hand noch andere meiner Informanten trifft, erlauchte Herrin und Gebieterin.«
Theophano verharrte einige lange Augenblicke schweigend. Endlich sprach sie, wobei sie ihre Zunge pfeifen ließ wie eine Peitsche.
»Ihr werdet mit Eurer ganzen Überredungskunst das Gerücht dementieren, daß der Erste Sekretär des Kuropalates mir einen Besuch abgestattet hat, bevor er in die Wohnung seines Herrn gegangen ist, um sie kurz darauf kopfüber durch das Fenster zu verlassen. Der Betroffene kann Euch aus dem Grab heraus nicht widersprechen.«
»Ich will mich bemühen, diese boshaften Stimmen zu dementieren.«

»Ihr wollt Euch bemühen, sie zu dementieren? Nein, Ihr *werdet* sie dementieren!«
Der Protovestiarios machte eine Verbeugung und floh buchstäblich aus dem Zimmer der Kaiserin Theophano.

23

Der Kuropalates wurde mitten in der Nacht von einem plötzlichen Geräusch im Nebenzimmer geweckt. Er sprang mit einem Satz auf die Füße, wobei er sich mit den Händen auf die Armlehnen des Sessels stützte, in dem er am Abend zuvor eingeschlafen war, und verharrte reglos lauschend. Jetzt war kein Geräusch mehr zu hören, alles war ruhig, nicht ruhig war nur seine Seele. Er ließ sich wieder in den Sessel am Fenster sinken, aber mit offenen Augen, um zu verstehen, ob das Geräusch, das er gehört hatte, Wirklichkeit war, oder ob es zu dem Traum gehörte, der ihn in dieser Nacht im Schlaf geängstigt hatte. Dieser erschreckende Traum hatte sich beim Erwachen nicht verflüchtigt, sondern haftete mit ungewöhnlicher Klarheit in seinem Gedächtnis: die Kaiserin Theophano war ihm erschienen, auf ihrem Thron sitzend, ganz und gar in ein Kleid aus Silberschuppen gehüllt, mit einem schrecklichen flachen Schlangenkopf. Vergeblich hatte der Kuropalates sich bemüht, Theophanos Gezisch zu interpretieren, die zornig gestikulierend von ihrem Thron herab zu ihm sprach, während er starr vor Angst zu ihren Füßen auf dem Boden lag.
Sein plötzliches Erwachen hatte ihn aus diesem Alptraum erlöst, aber er hatte das Bewußtsein der Gegenwart noch nicht völlig wiedererlangt, als die Tür schlagartig aufging. Herein kamen zwei bewaffnete Gendarmen, die ihn an den Armen packten, ihm einen Lappen mit einer einschläfernden Substanz in den Mund stopften und ihn gewaltsam aus dem Zimmer trugen.

Der Kuropalates erwachte in einem unbekannten fensterlosen Raum mit vor Feuchtigkeit schimmeligen Wänden. Es war eine jener Gefängniszellen, die man in die Untergeschosse des

Palasts verlegt hatte und in denen die Gefangenen für die Folterungen und manchmal sogar die Todgeweihten untergebracht wurden. Er saß mit gefesselten Handgelenken auf einer Bank, während zwei Eunuchen, deren Gesichter er im Dämmerlicht kaum erkennen konnte, gerade dabei waren, mit Schere und Rasiermesser seine Tonsur zu vollenden. Seine unbekannten Feinde hatten ihn also für irgendein fernes Kloster bestimmt. Er versuchte, den Eunuchen einige Fragen zu stellen, aber diese bewegten nur die Lippen und öffneten ihre Münder, um ihm die formlosen Stümpfe zu zeigen, die ihnen anstelle der Zungen geblieben waren. Es handelt sich also, wie zu erwarten, um zwei Zungenlose. Einer der beiden machte ein Zeichen mit der Hand, das einen sehr weit entfernten Ort andeuten sollte, und dann ein weiteres Zeichen, mit dem er die Wellen des Meeres nachahmte. Man würde ihn also auf eine Insel schicken, eine jener vielen Inseln im Mittelmeer, wo die Klöster, die richtiggehende Festungen waren, große Teile des Meeres beherrschten und als Vorposten des Kaiserreichs dienten. Oder in das Alexandrinische Delta, wo das Metanoia-Kloster allezeit bereit war, hochgestellte Sträflinge aufzunehmen. Der Kuropalates memorierte im Geist einen ganzen Rosenkranz von Namen strenger und einsamer Orte, wo das Raunen der Gebete und das Rauschen der Wellen nachts die einzige Gesellschaft waren, bis die rauhen Schreie der Möwen die Morgendämmerung verkündeten, und wo die Tage sich unendlich hinzogen, weil nie etwas unter der Sonne geschah. Dort, in einem jener ernsten und einsamen Gebäude, die er in jungen Jahren als Kaiserlicher Abgesandter eins ums andere besucht hatte, mit dem Auftrag, die Abgaben einzutreiben, die die Fischer den Mönchen dafür zahlten, daß sie ihre Boote in ihren engen und kleinen Häfen festmachen durften – dort also sollte er, gedemütigt durch Kutte und Tonsur, den Rest seines Lebens verbringen.

Die Erinnerung an jene ferne Reise war im Gedächtnis des Kuropalates noch sehr lebendig: die ärmlichen Mahlzeiten mit Stockfisch und altbackenem Brot, das man in Wasser einweichen mußte, die Betten mit ihren Bezügen aus grobem Sackleinen, die langen Stunden des Gebets, denen er sich nicht entziehen konnte, die Besuche bei den Reliquiaren und die weit weniger deprimierenden im klösterlichen Weinkeller, im Obst- oder Blumengarten oder in der Bibliothek, wo die Kopisten schrieben. Und schließlich die Abendstunden in der Klosterkanzlei, beim Zählen der ausstehenden Gelder – eine Übung, die den Zweck hatte, ihn auf die Verwaltungsämter vorzubereiten, für die sein Name und sein Vermögen ihn bestimmten. Aber diese Strafexpeditionen hatten bei ihm nur eine qualvolle Unduldsamkeit gegenüber jeder Art von Buchhaltung erzeugt sowie eine neue und akute Wahrnehmung des durch die Einsamkeit erzeugten Elends. In den nicht enden wollenden Tagen, die er der Inspektion jedes einzelnen Klosters widmete, hatte er sich angewöhnt, an kleinen Zeichen – einer Geste, einem Zwinkern, einem Wort – die geheimen Spannungen und untergründigen Erbitterungen wahrzunehmen, aber auch die verbotenen Lieben, die sich bei diesen eingeschlossenen Männern vollzogen, denn bei aller Verzerrung der Charaktere und Gefühle, die das Leben in der Gemeinschaft bei ihnen bewirkte, waren diese Mönche schließlich auch Männer. Beten und Zittern schien das Losungswort in einem Kloster an den Hängen des Olymps, wo er sich eine Woche lang aufhielt und Tag für Tag von Mönchen ins Vertrauen gezogen wurde, die ihm von ihren Seelennöten erzählten – ihrem verhohlenen Wunsch, sich hervorzutun, den Ungerechtigkeiten, die sie erleiden mußten, ihren verschleierten Rachegedanken, und immer, zwanghaft, ihrem Wunsch zu fliehen. Er hatte bemerkt, daß sie alle die Flucht von jenen Orten ersehnten, als wären es Vorposten der Hölle. In jedes Land des Leids wären sie geflohen, diese Mönche, nur um diesem verzweifelten Eingeschlossensein zu entkommen, nur um die Gesichter ihrer Kameraden nie mehr vor sich zu sehen. Und wenn ein Mönch starb, dann war das jedesmal eine allgemeine Freude, nur mühsam bis zu dem Augenblick verhohlen, wo sie in den dröhnenden Gesängen der Trauerfeier und den Gebeten zum Ausbruch kam. Dann die Ankunft des Neuen, mit Hoffnung und Argwohn erwartet, mit plötzlicher Eifersucht oder mit jener blinden Wut gegen alle, die von der langen Einsamkeit kommt. Nur einmal hatte Leo Gelegenheit gehabt, einem Ex-Domestikos der Hohen Schule zu begegnen, dem Kutte und Tonsur als Strafe auferlegt worden waren. Die Mönche hatten dem jungen Leo Phokas erzählt, daß der Domestikos bestraft worden war, weil er die kaiserliche Etikette, die den Höflingen vorschreibt, den Kaiser nie mit den Händen zu berühren, einmal zu wörtlich ausgelegt hatte. Als Romanos II. Lekapenos während einer Wildschweinjagd im Rhodopengebirge in Thrakien vom Pferd gestürzt und in eine Schlammlache gefallen war, hatte der Domestikos ihm nicht geholfen, wieder aufzustehen, um ihn nicht mit den Händen zu berühren. So hatte der Kaiser, schlammbedeckt und mit schmerzenden Gliedern, lange in dieser Lache gekämpft, ohne auf die Beine zu kommen, bis schließlich ein anderer Jagdgefährte herbeigeeilt war und ihm aufgeholfen hatte. Dieser arme Mönch trug noch alle Zeichen der Untröstlichkeit im Gesicht, vertieft durch den langen Aufenthalt an diesem Ort der Buße, der ihm zwar die Strafe der Blendung erspart hatte, ihn aber für den gesamten Rest seines Lebens zu einem tatenlosen Überleben verdammte. Was nützte es ihm, der Blendung entkommen zu sein, wenn das Exil schlimmer war als die Finsternis der Augen? Unglückseliges Leben dieser Mönche – ganz gleich, mit welchen Aufgaben und welchen Rangs – Opfer einer Verurteilung oder, noch ärger, einer weit zurückliegenden, oft schwankenden Berufung, nunmehr verhärtet in ihren Gefühlen, herabgewürdigt, Beeren auszupressen, um Liköre und Medizinen zu gewinnen, oder Tribute zu zählen, die für einen fernen und unsichtbaren Kaiser erhoben wurden. Sie hören nur auf zu streiten, um zu trinken, und zu trinken, um wieder zu streiten, hatte der Heilige Kosmas über sie gesagt, der alle Geheimnisse des Klosterlebens aus eigener Erfahrung kannte.

Nach seiner Rückkehr in die Hauptstadt hatte Leo in seinem Herzen geschworen, sich diesen verzweifelten Orten nie mehr zu nähern, sich für immer in den Kaiserpalast zu flüchten und eine Beschäftigung zu finden, die ihn nicht zu diesen verstörenden Besuchen und Aufenthalten zwang. Seit jener Zeit hatte er keine Verbindung mehr mit den fernen Klöstern gehabt und hatte es sogar so weit wie möglich vermieden, den Mönchen zu begegnen, die nach Konstantinopel kamen, um

dem Schatzmeister ihre jährlichen Berichte zu erstatten und ihn über die Lage in den Grenzgebieten aufzuklären.
Und jetzt sollte er einer von ihnen werden. Als die beiden Eunuchen die Tonsur beendet hatten, nahmen sie eine schwere Kutte aus dunklem Stoff aus einer Kiste und machten sich daran, ihm mit flinken und leichten Händen die Tunika des Kuropalates auszuziehen und ihm dann, als er ganz nackt war, die Mönchskutte über den Kopf zu streifen. Bei dieser Gelegenheit fragte sich der Kuropalates, ob die Mönche – jene, die ihre Wahl im Namen Gottes und der Heiligen getroffen hatten – unter ihren Kutten alle nackt wären. Seine jugendliche Erfahrung als kaiserlicher Bote gab ihm diesbezüglich keine Auskunft, aber er wußte, daß in jenen fernen Zonen der Verwirrung und der mittelmeerischen Hitze nichts unmöglich war.

Als er in einem von zwei Ochsen gezogenen Wagen im Dunkeln zwei wortkargen Mönchen gegenübersaß – vorläufig als Mönch noch Leo genannt, aber schon darauf gefaßt, diesen zu stolzen Namen abzulegen, fragte er sich, ob die Entscheidung, ihn ins Exil zu schicken, nur Theophano zuzuschreiben war, und ob sein Bruder, der Kaiser, sich ihr passiv gefügt hatte, oder ob die Initiative im Gegenteil gerade von ihm ausgegangen war. Mit Sicherheit wußte er, daß die Verbindung mit der Hauptstadt und dem Kaiser sich in Zukunft sehr schwierig gestalten würde, ganz gleich, in welches Kloster man ihn brächte, und er fragte sich, ob dieses langsame Landfahrzeug nicht eher darauf hinwies, daß das Ziel in der syrischen oder pannonischen Wüste lag und nicht auf einer Insel im Meer, wie einer der beiden Tonsurscherer ihm mit seinen Zeichen bedeutet hatte. Er sagte, daß er dem Meer die Wüste vorzog. Er hatte das Meer noch nie geliebt, und jedes Mal, wenn er eine Schiffsreise machen mußte, hatte er sich in der Gewalt unbekannter Gefahren gefühlt, aus denen er keine Möglichkeit der Rettung sah – er, der nie schwimmen gelernt hatte, nicht einmal in den Becken des Palasts.
Die tonnenförmige Plane, die den Wagen überdachte, schlug geräuschvoll im Wind. Das Land nahe der Hauptstadt wurde

von jenen geheimnisvollen Winden durchzogen, welche die Griechen Mörderwinde nannten, weil ihre plötzliche Heftigkeit mehr als einmal Häuser abgedeckt und Bäume entwurzelt hatte, und man erzählte sich, daß während eines Kriegs gegen die Bulgaren ein solcher Wind das Geschick einer Schlacht zum Bösen gewendet habe, indem er die Pferde erschreckt und Staub in die Augen der byzantinischen Soldaten gestreut und ihre mit Proviant beladenen Trosse umgestürzt habe. Besorgt fragte er den Mönch, ob zufällig ein Sturm im Anzug wäre.
Der ältere der beiden Mönche sah Leo argwöhnisch an, als hätte er etwas Gotteslästerliches gesagt.
»Gott ist allmächtig«, sagte er.
»Das weiß ich, aber ich habe Euch gefragt, ob zufällig ein Sturm heraufzieht. Diese plötzlichen Böen und die Blitze, die den Himmel durchzucken, bedrohen unsere Reise und rücken womöglich ihr Ziel in die Ferne. Seid Ihr nicht besorgt?«
»Ich sagte schon, Bruder, daß Gott allmächtig ist.«
Der Mönch senkte den Blick und gab damit deutlich zu verstehen, daß er nicht die Absicht hatte, dieses gottlose Gespräch fortzusetzen.
Nach einigen Stunden der Fahrt hatte Leo Phokas außer der Angst vor dem aufziehenden Sturm auch noch Durst und Hunger, aber er wagte nicht, den beiden so strengen und in ihre metaphysische Heuchelei versunkenen Mönchen diese leiblichen Wünsche mitzuteilen. Auch er wußte, daß Gott allmächtig war, aber was wäre, wenn er beschlossen hätte, einen Sturm zu entfesseln und ihren Wagen umzuwerfen? Und wenn er seine Allmacht dadurch zu äußern gedächte, daß er einen Blitz auf sie schleuderte, um sie samt Wagen und Ochsen zu verbrennen? Es genügte ihm nicht, sich an die Allmacht Gottes zu erinnern, er hätte es vorgezogen, eine Auskunft über seine Absichten zu bekommen. Natürlich wußte er, daß er von seinen beiden Reisegefährten kein Wort des Trostes erwarten konnte und sich damit abfinden mußte, im Innersten seiner Seele selbst über die Absichten Gottes, die Aussichten des Himmels, die Zwischenfälle der Erde und die gefährliche Lage dieses vom Wind gebeutelten Wagens nachzudenken.
»Das mönchische Leben sollte eine Wahl sein und keine

Strafe«, warf er unvermittelt ein, um die Reaktion der beiden Mönche auf eine direkte Herausforderung zu erproben.

»Manchmal ist es eine Wahl und manchmal auch eine Belohnung, wenn man einem Sünder die Möglichkeit bietet, erlöst zu werden.«

»Und wenn der vermeintliche Sünder sich seiner Sünde nicht bewußt ist? Wie kann er von einer Sünde erlöst werden, die er nicht kennt und von der er noch nicht einmal weiß, daß er sie begangen hat?«

»Was zählt, ist die Erlösung, nicht die Sünde.«

»Aber die Erlösung setzt eine Sünde oder eine Schuld voraus.«

»Das ist eine richtige Annahme. Aber wer ist ohne Sünde? Wer ist frei von Schuld?«

»Richtig. Auch der Heilige Paulus sagt, daß alles Sünde ist. Essen, trinken, schlafen, eine Frau oder einen Mann lieben ist Sünde, auch gähnen ist Sünde, alles ist Sünde. Deshalb müssen alle Menschen erlöst werden, und folglich gehören alle Menschen ins Kloster.«

Der ältere Mönch sah Leo Phokas verwundert an und kniff dabei die Augen ein wenig zusammen, um besser zu verstehen, was er mit diesem Syllogismus über die Aussicht eines universellen Mönchtums meinte. Aber Leo wollte seinem Blick nicht begegnen und schob den Lappen am kleinen Wagenfenster zur Seite, um auf das trockene Land hinauszusehen, das noch immer vom Sturm geschüttelt wurde, der mit plötzlichen Böen große Kugeln aus dürren Zweigen formte und sie durch die Nacht trieb wie ganze Herden wilder Tiere.

24

Als der Eparch Georgios Mesarites erfuhr, daß man den Kuropalates in eine Mönchskutte gesteckt und in ein fernes Kloster verbannt hatte, dachte er, daß Gott und alle Heiligen des Himmels ihm zu Hilfe gekommen seien. Jetzt war der hartnäckigste Schmied seines Unglücks selbst ins Unglück geraten und vom Hof verwiesen worden, ohne daß sein Bruder Nikephoros eingegriffen hatte, um ihn zu retten. Obwohl diese Ereignisse seinem Verstand völlig unerklärlich blieben, hatten sie dem Eparchen eine beträchtliche Erleichterung verschafft. Und als dann wenige Tage nach der Entfernung des Kuropalates der Zeremonienmeister an seine Wohnungstür klopfte, um ihm die Einladung zum Brumalienfest zu bringen, das jedes Jahr mit großem Prunk am Hof gefeiert wurde, dachte der Eparch, daß seine Lage sich auf geheimnisvolle Weise ins Gegenteil gewendet hätte und daß er bei dieser Gelegenheit nun wieder Leinentoga und Galaschwert tragen konnte, auf die er freiwillig verzichtet hatte, um der Falle, die der Kuropalates ihm in Gestalt jenes verfluchten Pergaments mit dem griechischen Feuer gestellt hatte, zu entgehen.
Mit einigem Bangen begab sich der Eparch am selben Abend zum Dreikonchensaal und zündete vor dem Eintreten die Kerze an, die der Minister des Sakellion ihm reichte. Mit der brennenden Kerze in der Hand tanzte er dann bis spät in die Nacht hinein, gemeinsam mit den anderen Würdenträgern, die wie er an dem rituellen Tanz zu Ehren des Dionysos teilnahmen, der auf einen alten Brauch zurückging und in der neuen Hauptstadt des Christentums überlebte. Das Brumalienfest wurde nicht nur im Inneren des Kaiserpalasts, sondern auch in allen Straßen der Hauptstadt mit großem Geschrei und weltlichen Gesängen und gewaltigen Besäufnissen gefeiert.
Der Eparch war müde und schwach auf den Beinen, aber er tanzte bis spät in die Nacht hinein, um sich die Scham über das Mißgeschick, das er in den vergangenen Tagen erlitten hatte und das am Hof bestimmt schon bekannt war, nicht anmerken zu lassen. Er stellte indes mit Bestürzung fest, daß, im Unterschied zu früheren Jahren, der Kaiser und die Kaiserin seiner Person in keinem Moment den Blick zuwandten. Der Eparch bemerkte, daß auch die anderen Würdenträger ihn

anzusehen vermieden und in manchen Fällen sogar vorgaben, ihn nicht zu bemerken, als ob er durchsichtig wäre.
Als er in seine Wohnung zurückgekehrt war, hatte er das Gefühl, daß sein Körper ihm nicht mehr gehörte. Er betastete seine Beine und sein Gesicht und zog die Leinentoga aus, und es schien ihm, als wäre mehr Leben in ihren kleinen auf die Brust gestickten Löwen als in seinen eigenen erschöpften Gliedern. Nach diesem Fest fühlte er sich zum Gespenst geschrumpft, und er hörte nicht auf, sich zu betasten, bis ihm der Schlaf die Augen schloß.

Am nächsten Morgen erschien bei ihm der Protovestiarios des Gynäkeions, ein Eunuch, der für seine außergewöhnliche Grausamkeit berühmt war, jetzt aber eine geradezu schleimige Freundlichkeit zur Schau trug. Er teilte ihm mit, daß die Kaiserin Theophano ihm eine Audienz in dem kleinen Saal neben dem Thronsaal gewähre, der gewöhnlich für vertrauliche Gespräche mit Gesandten und hohen Würdenträgern des Hofs reserviert war. Es war das erste Mal, daß die Kaiserin privat mit ihm zu sprechen wünschte, und die Sache schmeichelte ihm und gab ihm zu denken. Er hatte eine seltsame Freude verspürt, als er wenige Tage zuvor, bar jeder Autorität und jeden Ansehens, vor dem Kuropalates gestanden hatte – nach einem Leben, das ganz und gar der Vermehrung der Würde gegolten hatte, die mit der Ausübung seines Amts verbunden war. Und nun war sein Verfolger in die Schar der Verfolgten eingegangen, ohne daß ihm klar war, welcher Plan diesen seltsamen Umtrieben zugrunde lag und in welche Richtung ihn sein persönliches Schicksal führte. Es schien, als würde im Palast eine geheime und erbitterte Schlacht geschlagen, in die er gegen seinen Willen verwickelt war, ohne auch nur zu ahnen, wer die Fäden des Geschehens in der Hand hielt.
Die Haltung des Herrscherpaars und das zweideutige Benehmen der Würdenträger während des Brumalienfests fanden ihre Erklärung in eben dem Zimmer, in das die beiden Petschenegen des Protovestiarios ihn eintreten ließen, um die schwere Bronzetür dann von außen wieder zu schließen. Auf

einem niederen Schemel in der Mitte des Zimmers sah der Eparch sofort das nunmehr bekannte Pergament, welches geöffnet dalag und seinem Blick die Formel bot, in der die jeweiligen Mengen von schwarzem Öl, griechischem Pech, Schwefel, Salpeter, Glyzerin und Kohlenstaub für die Herstellung der tödlichen Feuerkugeln verzeichnet waren, mit deren Hilfe die byzantinische Flotte so viele Schlachten gewann.
Der Eparch warf einen Blick auf das Pergament und begriff sofort, daß er keinerlei Möglichkeit mehr hatte, dieser Falle zu entgehen. Es konnte ihm nichts mehr nützen, die Formel nicht zu lesen, denn bereits der Zweifel hätte für seine Verurteilung genügt. Nachdem er sich ein erstes Mal der Lektüre entzogen hatte und sich ein zweites Mal geweigert hatte, Nemios Niketas zu verhören, war es nun wieder das griechische Feuer, das ihn in diesem Zimmer der geheimen Audienzen verfolgte.
Als er die Bronzetür aufgehen hörte und Theophano ins Zimmer trat, machte er eine Verbeugung, wie es das Zeremoniell befahl, und verharrte in Schweigen. Theophano näherte sich dem Pergament, warf einen flüchtigen Blick darauf und rollte es dann vor den Augen des Eparchen zusammen.
»Ihr seid also bei der Lektüre der Formel des griechischen Feuers überrascht worden, die aus der Pulverwerkstatt entwendet wurde. Ihr wißt doch, daß es sich um ein Staatsgeheimnis handelt.«
»Ich habe die Formel nicht gelesen, aber ich weiß sehr wohl, daß schon die Tatsache, daß ich mich zusammen mit der geöffneten Pergamentrolle in diesem Zimmer befunden habe, für meine Verdächtigung ausreicht. Eure Absicht, mich aus dem Weg zu räumen, ist offensichtlich, aber bevor ich die Verurteilung erleide, die mich schicksalhaft treffen muß, möchte ich gern noch den Wunsch äußern, den wahren Grund zu erfahren, der Euch zu Eurem Schritt bewegt hat, und warum Ihr Euch für einen so verfänglichen Vorwand entschieden habt.«
»Ihr seid zu intelligent«, antwortete die Kaiserin, »um nicht zu begreifen, daß jeder andere Vorwand weniger wirksam gewesen wäre als der, den ich gewählt habe. Ihr seid ein schlauer und schwer greifbarer Mann, das habt Ihr bei vielen Gelegenheiten bewiesen, und darum ist es nicht leicht, einen Weg zu finden, um Euch ins Unrecht zu setzen. Und wenn er sich

doch fände, würdet Ihr zahllose Spitzfindigkeiten ersinnen, um die Verurteilung hinauszuzögern oder die Grundlage des Urteils in Zweifel zu ziehen. Die Kenntnis der Formel des griechischen Feuers ist ein einfacher, rascher und unanfechtbarer Grund.«

Der Eparch fand keine Antwort auf so viel Zynismus. Er merkte, daß die Instrumente der Rhetorik, auf die er sein Glück gestellt hatte, in dieser Lebenslage alle unbrauchbar waren. Kein Argument konnte ihm jetzt nützen, ja die Worte selbst schienen ihm jeder Wirksamkeit beraubt. Aber er vermochte sich nicht zu beherrschen und begann wieder zu sprechen.

»Was mir unverständlich bleibt«, sagte er nach einigen Augenblicken, »ist der Grund, warum ich als Opfer ausgewählt wurde. Eine Verurteilung hat stets einen Grund, der offensichtlich oder versteckt sein kann, aber einen Grund muß es geben.«

»Ihr habt die Formel des griechischen Feuers gelesen. Glaubt Ihr nicht, daß das ein ausreichender Grund ist?«

Dem Eparchen war jetzt klar, daß jede weitere Diskussion nutzlos sein würde. Im übrigen hatte die Kaiserin das Pergament schon wieder zusammengerollt und war dabei, den Raum zu verlassen.

»Noch eine letzte Neugier, die Ihr an diesem Punkt gewiß ohne Mühe befriedigen könnt: ich habe an den Siegeln bemerkt, daß dieses Pergament nicht dasselbe ist, das ich in der Zelle Nemios Niketas' öffnen sollte. Muß ich darum annehmen, daß es sich um die aus der Pulverwerkstatt entwendete Rolle handelt?«

»Ihr seid schlau, aber Eure Schläue kann Euch jetzt in keiner Weise mehr nützen.«

In diesem Augenblick betraten zwei petschenegische Riesen den Raum, die über das, was sie zu tun hatten, schon unterrichtet waren. Der Eparch schien ruhig und fast erleichtert, nicht mehr nur sein Amt, sondern auch sein Leben beendet zu sehen. Besser sterben als am Hof von Byzanz in Ungnade weiterleben. Er wurde gewaltsam fortgetragen und ins Schlachthaus gebracht, wo man ihn unverzüglich köpfte, ohne ihn, ganz wie es seinem Wunsch entsprach, der Heuche-

lei eines Gerichtsverfahrens und der Demütigung einer Verurteilung zu unterwerfen.
Das alles geschah in großer Heimlichkeit, weil man fürchtete, das hohe Ansehen, das der Eparch bei den Bewohnern der Hauptstadt genoß, könnte zu Unruhen führen.

25

Nach einer langen und gewundenen Fahrt durch das Land um Konstantinopel schlug der Wagen mit den beiden Mönchen und Leo Phokas jetzt eine Richtung ein, die ihn zur Hauptstadt zurückzuführen schien. Die Nacht, nicht mehr von Blitzen erhellt, hatte sich in ein undurchdringliches Dunkel gehüllt, und Leo sah vergeblich zu dem kleinen Fenster hinaus, das sich an einer Seite der Wagenplane befand.
»Ich verstehe nicht mehr, in welche Richtung wir uns bewegen«, sagte er zu den Mönchen, »diese Fahrt hat mir den Sinn verwirrt, und ich habe die Orientierung verloren. Was hält Euch davon ab, mir zu sagen, welches Ziel unsere Reise hat, und in welchem Kloster ich gezwungen sein werde, meine Tage zu beenden?«
»Wir können Euch den Ort, für den Ihr bestimmt seid, erst verraten, wenn dieser Wagen vor seinen Mauern hält – nicht früher. Wir können Euch nur sagen, daß Ihr nichts zu befürchten habt. Friede sei mit Euch.«
Dann ist es also, sagte sich Leo Phokas, kein Ort am Meer und vermutlich auch kein sehr ferner Ort, wenn die beiden Mönche denken, daß sie ihn mit einem Ochsenkarren erreichen können.
»Kurzum, Ihr wollt mir nicht sagen, in welche Richtung wir fahren.«
»Das können wir Euch erst sagen, wenn wir angekommen sind.«
»Wenn wir angekommen sind, könnt Ihr Euch die Mühe sparen, denn dann interessiert mich Eure Antwort nicht mehr.«

Die beiden Mönche senkten die Augen und schwiegen. Nach einigen Augenblicken hob der ältere Mönch kaum merklich den Blick und murmelte wie zu sich selbst:
»Gott ist allmächtig.«
Leo Phokas näherte sich noch einmal dem Fensterchen in der Plane, zog seinen Kopf aber sofort wieder zurück, so als hätte das Wenige, das er im Dunkeln gesehen hatte, seinen Sinn noch mehr verwirrt.
»Daß dieser Wagen von zwei Ochsen gezogen wird und nicht von zwei Pferden«, sagte er, »läßt mich vermuten, daß unsere Reise nicht so lang ist, wie Ihr mich glauben machen wollt.«
»Wir wollen Euch gar nichts glauben machen«, sagte der jüngere Mönch.
»Ihr habt von einem Ort mit einer Mauer ringsum gesprochen, genau wie die Klöster in den Grenzgebieten des Reichs, die gleichzeitig auch Bollwerke gegen die Barbaren sind. Warum laßt Ihr also unseren Wagen von zwei langsamen Ochsen ziehen?«
»Es gibt Mauern, die mehr oder weniger fern oder mehr oder weniger nah sind«, antwortete der ältere Mönch.
»Eure Ochsen bringen mich also nicht zu den Grenzen des Reichs. Nach dem, was ich im Dunkeln zu erkennen glaubte, würde ich sagen, daß wir uns nur sehr wenig von der Hauptstadt entfernt haben.«
»Wenig und viel sind bedeutungslose Größen, wenn man sie mit der unendlichen Größe des allmächtigen Gottes vergleicht«, sagte der ältere Mönch.
»Für den allmächtigen Gott sind sie gewiß unbedeutend, aber für einen armen gefangenen Christen wie mich sind die Entfernungen wichtig. Und deshalb frage ich mich, ob die mit kleinen weißen Blüten übersäte Myrtenhecke, die ich aus dem Wagenfenster zu sehen glaubte, nicht dieselbe ist, die ich kurz nach unserer Abfahrt aus Konstantinopel auf der anderen Straßenseite sah. Oder soll ich annehmen, daß der allmächtige Gott all diese Myrtenhecken an unserem Wegrand wachsen läßt, um einem armen reichlich erschöpften und entnervten Sterblichen den Sinn noch weiter zu verwirren?«
Wieder senkten die beiden Mönche, ohne zu antworten, den Blick.

»Euer beharrliches Schweigen beunruhigt mich. Wenn die Reise lang ist, dann wird sie dadurch nur noch länger, und das gereicht weder mir noch euch zum Vorteil. Wenn sich aber hinter dieser Reise ein Betrug verbirgt, wie ich zu glauben beginne, dann könnte euer Schweigen als ein Zeichen der Vorsicht gedeutet werden, womit ihr indes nur die gegenteilige Wirkung erzielt, daß ihr mich mißtrauisch macht. Jedenfalls begeht ihr einen Fehler.«
Der ältere Mönch sah ihn gleichgültig an.
»Auch Mönche sind Menschen, und Menschen sind Fehlern unterworfen.«
Da seine Herausforderung ins Leere gefallen war, verharrte Leo eine Weile schweigend.

Der Wagen fuhr noch längere Zeit über die Steinplatten der Straße hoppelnd weiter. Leo wußte, daß die Straßen nur in der Nähe der Hauptstadt mit Platten gepflastert waren, aber er sagte nichts. Die Mönche hielten den Blick auch weiterhin gesenkt, als wollten sie ihm bedeuten, daß sie sich nicht zu unterhalten wünschten. Schließlich blieb der Wagen stehen, und der ältere Mönch sah durch das Fensterchen hinaus.
»Wir sind angekommen, Gott dem Allmächtigen sei Dank.«
Leo Phokas sah den Mönch verwundert an und fürchtete einen Moment lang, in eine Falle geraten zu sein.
»Angekommen wo?«
»Mehr oder weniger an demselben Ort, an dem wir abgefahren sind.«
»Wir sind in Konstantinopel abgefahren«, sagte Leo Phokas, der immer noch nicht begriff.
»Genau das ist es, was ich Euch sagen soll. Wir befinden uns wieder vor den Mauern der Hauptstadt, an einem Ort, wo alles bereit ist, um Euch heimlich hereinzulassen. Unsere Mission hatte lediglich den Zweck, Euch auf persönliche Weisung des Kaisers vor einer ungerechten Verurteilung zu bewahren. Es war deshalb nötig, im Palast den Anschein zu erwecken, Ihr wäret zu einem fernen und ungenannten Kloster abgereist, so daß niemand auf den Gedanken kommen konnte, Euch das Leben zu nehmen, noch vor dem von Gott dem Allmächtigen bestimmten Tag.«

»Aber meine Einkleidung wurde heimlich und von zwei Zungenlosen vollzogen. Niemand hat erfahren, daß ich abgereist bin.«

»Es sind vor allem die heimlichen Dinge, die sofort bekannt werden und sich im Palast herumsprechen. Jene zwei Zungenlosen können zwar nicht sprechen, aber sie sind sehr wortreich mit ihrer Schrift.«

»Jetzt sagt mir noch: ist es die Kaiserin Theophano, die sich von meiner Gegenwart befreien wollte?«

»Wir dürfen Euch nur wenige Dinge sagen: daß wir im Auftrag des Kaisers gehandelt haben und daß Ihr hier an der westlichen Stadtmauer einen treuen Eunuchen findet, der Euch auf eine Weise zum Palast zurückbringen wird, daß niemand Eure Anwesenheit bemerkt.«

»Einen treuen Eunuchen habt Ihr gesagt – aber treu gegenüber wem?«

»Dem Kaiser und darum auch Euch. Derselbe Eunuch wird Euch auch weiterhin zu Diensten stehen und die Verbindung mit Eurem erlauchten Bruder aufrechterhalten.«

Leo Phokas schien erleichtert, aber noch nicht gänzlich überzeugt, daß der Plan nicht irgendeinen Betrug enthielt.

»Und wo werde ich wohnen, oder besser: mich verstecken?«

»Der Eunuch wird Sorge tragen, Euch an einen sicheren und ruhigen Ort zu bringen.«

Der ältere Mönch schob die Wagenplane zur Seite, und Leo erkannte im Dunkeln die schmale Gestalt und das bleiche Gesicht des Eunuchen Lippas, der für diese Gelegenheit ebenfalls ein Mönchsgewand angezogen hatte. Bevor er ausstieg, wollte Leo noch eine letzte Neugier befriedigt wissen.

»Aber Ihr«, fragte er die beiden Mönche, die im Wagen geblieben waren, »seid Ihr wirklich Mönche, oder gehören Eure Kutten auch zu dieser Täuschung?«

»Gott ist allmächtig«, antwortete der ältere Mönch und schloß den Vorhang, während der Wagen sich wieder in Bewegung setzte und hoppelnd und ratternd über das Pflaster davonfuhr.

26

Der Eunuch Lippas, Gehilfe des Protovestiarios von Nikephoros, hatte ein ganzes Heer von Stickerinnen, Perlenaufreiherinnen, Schneidern, Färbern, Polsterern, Säumerinnen, Webern, Schustern, Kürschnern und Goldschmieden in seinem Dienst, die sich im Kleidermagazin mit der Verfertigung und Instandhaltung der kaiserlichen Garderobe und mit der Ausstattung für die Zeremonien befaßten. Um sich das nötige Material zu beschaffen, kaufte Lippas auch in den Läden der Mese ein, und Leo sah ihn meist erst am Abend, wenn er von seinen Rundgängen zu den Händlern und Handwerkern der Hauptstadt zurückkam. Es war derselbe Lippas, der in der kleinen Küche seiner Wohnung neben dem Kleidermagazin eine Kichererbsen- oder Bohnensuppe für sie beide kochte, und der sich in die Großküche der Chalke begab, um die Ration Braten und Wein abzuholen, die ihm dort zustand. Seit er Leo Phokas bei sich aufgenommen hatte, mußte er achtgeben, keine größeren Mengen als gewöhnlich zu verlangen, um die Köche nicht mißtrauisch zu machen. So nahm Leo nur eine einzige Mahlzeit abends in Gesellschaft des Eunuchen zu sich und verbrachte den übrigen Tag an einem Schachbrett des Firdusi in verbissenem Spiel mit sich selbst.

Nach dem kärglichen Abendessen nahm Leo seine einsamen Schachpartien wieder auf, wobei er lange über die einzelnen Züge nachdachte, während Lippas sich an seinen Tisch setzte und ganze Bögen teuren Pergaments mit seinen winzigen Schriftzügen füllte.

Leo war sehr diskret im Umgang mit seinem Gastgeber und hatte sich während der langen Tage des Eingeschlossenseins auch schon an die Stille gewöhnt. Eines Abends jedoch konnte er der Versuchung nicht widerstehen, einige Fragen an ihn zu richten.

»Was schreibt Ihr da?«

»Ich schreibe diese Geschichte.«

Leo begriff nicht.

»Was für eine Geschichte?«

»Die Geschichte, die wir heute erleben, die wir gestern erlebt haben und die wir morgen erleben werden.«

»Aber das ist doch noch keine Geschichte«, hatte Leo widersprochen, »das sind nur Tatsachen, die Tag um Tag eine nach der anderen geschehen, oft zufällig oder dem Willen von Personen gehorchend, von denen Ihr ziemlich wenig wißt. Wie kann man unter solchen Voraussetzungen eine Geschichte schreiben?«

»Diese Tatsachen, die täglich geschehen, sind nur ein Vorwand für das Schreiben, denn sie sind nicht wahr«, hatte der Eunuch geantwortet. »Die Wahrheit steckt in meiner Feder und in den Worten, die ich auf diese Bögen schreibe.«

»Was Ihr da schreibt, ist Eure Wahrheit, und die gehört ganz allein Euch.«

»Sie gehört allen, die sich in ihr befinden, also auch Euch, denn auch Ihr seid in diesen Blättern enthalten.«

»Aber Ihr kennt mich doch nicht gut genug, Ihr wißt doch gar nicht, was ich denke und was ich morgen oder in einem Monat tue.«

»Auf diesen Bögen denkt Ihr das, was ich Euch denken lasse, und tut das, was ich Euch tun lasse.«

Leo Phokas mochte keine Person in der Geschichte sein, die Lippas gerade schrieb, da er befürchtete, der Eunuch würde sein Leben dahingehend beeinflussen, daß es sich mit seiner Geschichte deckte.

»Auch wenn meine Lage nicht beneidenswert ist, so ziehe ich doch mein Leben demjenigen vor, das Ihr gerade schreibt.«

»Der wahre Leo Phokas ist der, welcher auf diesen Blättern steht. Ihr seid nur sein Abbild, sein Schatten.«

Leo sah seinen Wächter argwöhnisch an. Er war keineswegs ruhig bei dem Gedanken, der Obhut dieses extravaganten literarischen Eunuchen anvertraut zu sein. In seinem Inneren hatte er stets den Argwohn gehegt, daß die Kultur geradewegs zu Häresie und Hochmut führe, und nun schien ihm, als stünde die Bestätigung dieses Argwohns vor seinen Augen.

»Ihr habt bestimmt an der Hohen Schule der Magnaura studiert«, sagte Leo. »Die griechischen Schriftsteller des Altertums sind Meister im Erfinden unerschöpflicher Schrullen.«

»Ich habe an gar keiner Schule studiert«, sagte der Eunuch, »ich habe lediglich ein Stück Pergament geschluckt, das mir ein Engel gereicht hat, und deshalb kann ich mir den Hochmut leisten, aber nicht die Häresie.«

Leo Phokas fühlte sich durch diese Worte verwirrt. Lippas hatte von Hochmut und Häresie gesprochen, und Leo Phokas hatte an beides gedacht, aber ohne es auszusprechen.
»Seid Ihr denn auch Gedankenleser?«
»Ich bin ein bescheidener und gottesfürchtiger Mann, denn meine Kultur stammt vom Himmel der Engel und nicht von den alten Schriftstellern.«
Der Eunuch beugte sich wieder über sein Pergament und fuhr fort zu schreiben, mit seinen winzigen Lettern, die, so dachte Phokas, vielleicht nie jemand lesen würde.
Wieder hielt der Eunuch im Schreiben inne, um auf die Gedanken seines Gastes zu antworten.
»Irgendjemand wird diese Geschichte irgendwann einmal lesen. Im Gegensatz zu den Tatsachen des Lebens, die Ihr als Realität bezeichnet, können die geschriebenen Geschichten alle Unbilden überdauern, ohne zu verlöschen, sie widerstehen sogar dem Mörderwind, der Euch während Eurer Reise zu einem inexistenten Kloster vor Furcht zittern ließ. Die geschriebenen Geschichten können im Lauf der Jahrhunderte geraubt, entwendet, verdorben, wiedererzählt und mit anderen Worten oder in anderen Sprachen wiedergeschrieben werden, während die Tatsachen des Lebens sich verbrauchen und, nachdem sie geschehen sind, für immer verschwinden.«
»Das heißt, daß Ihr für die Nachwelt schreibt. Auch die alten Schriftsteller, für die Ihr so viel Verachtung zeigt, schrieben für die Nachwelt. Ihr seid ein Schriftsteller, und ich weiß nicht, ob Schriftsteller auch Menschen sind.«
»Ich wollte sagen, daß eine Geschichte, wenn sie einmal geschrieben ist, auch existiert. Es kommt nicht darauf an, wieviele Personen sie lesen und ob ihre Worte vergessen werden. Mir genügt schon ein einziger Leser, der ihren Sinn in sich aufnimmt und ihn an andere weitergibt. Dieser Leser kann auch ich selbst sein, der sie geschrieben hat. Es ist nicht nötig, daß Scharen von Kopisten und Übersetzer daran arbeiten. Die geschriebenen Geschichten reisen für immer durch die Welt und durch die Gedanken der Menschen, die sich zu ihren Boten machen, ohne es zu merken.«
»Wißt Ihr auch schon, wie die Geschichte endet?«
»Ich weiß nur, daß sie endet, wenn ich sie beenden will, und

daß sie so enden wird, wie ich es wünsche. In dieser Geschichte bin ich es, der befiehlt. Ich bin nur ein bescheidener Eunuch, aber wenn ich schreibe, habe ich mehr Macht als Euer Bruder, der Kaiser. Ich kann eine Person mit einem einzigen Wort sterben lassen, während der Kaiser Befehle geben, Urteile aussprechen, Unterschriften leisten und die Dienste von Richtern, Inquisitoren, Eparchen, Kanzlern und Henkern in Anspruch nehmen muß. Ich brauche nur meine Feder, ein Tintenfaß und ein Blatt Pergament.«

Leo dachte, daß dieser Eunuch an Überheblichkeit leide.

»Ich leide nicht an Überheblichkeit«, sagte Lippas, indem er nochmals auf Leos Gedanken antwortete, »ich habe noch nicht einmal meinen Namen auf diese Blätter gesetzt und meinem Werk auch keinen Titel gegeben. Wie Ihr seht, ziehe ich es vor, mich in diesen Seiten zu verbergen, statt mich als Schriftsteller hervorzutun.«

»Aus der Arbeit, die Ihr im Vestiarium leistet, und aus Eurem Verhalten kann ich aber ersehen, daß Ihr auch an die Dinge glaubt, die Ihr tut, und nicht nur an die, die Ihr schreibt. Hoffentlich irre ich mich nicht.«

»Ihr müßt nicht beunruhigt sein, wenn ich mehr an dasjenige glaube, was man literarische Fiktion nennt, als an die Tatsachen, die als real bezeichnet werden. Es ist die Fiktion, die uns leitet und stützt, in Konstantinopel und anderswo. Auch Ihr wurdet von einer Fiktion gerettet. Was ist denn diese Kutte anderes, und die mönchische Tonsur, die Euch Eurer Haare beraubt hat? Es sind nur wenige Zeilen meiner Geschichte, aber diesen Zeilen verdankt Ihr Euer Leben.«

»Da könnte ich Euch zustimmen, doch sagt mir: warum mußte ich Gefahr laufen zu sterben?«

»Wegen einer anderen geschriebenen Fiktion. Was sollte jenes Pergament, das die Menschen am Hof hinmäht, denn sonst sein? Die Geschosse des griechischen Feuers zerstören die Schiffe unserer Feinde und haben einen mächtigen Mann wie Bringas in Asche verwandelt, und doch hat alles seinen Ursprung in einem Stück Pergament, einer kleinen Anzahl von Wörtern und Zahlen. Diese Wörter und Zahlen besitzen eine unermeßliche zerstörerische Kraft, und Ihr wart selbst in Gefahr, durch sie zu sterben.«

»Ihr nehmt keine Rücksicht auf die Personen und ihre Absichten, aber Ihr kennt die konkreten Gründe, weshalb ich in Euer Zimmer eingeschlossen bin. Ihr nehmt keine Rücksicht auf die Tatsachen, aber Ihr wißt, daß mein Leben noch in Gefahr ist. Und das hat keine Wichtigkeit für Euch?«

»Das sind Nebensächlichkeiten, die ich gefahrlos vernachlässigen kann.«

»Ich bin es, der in Gefahr ist, nicht Ihr«, sagte Leo Phokas immer besorgter.

»Der Mensch ist in jedem Augenblick seines Lebens in Gefahr«, antwortete Lippas, »aber ich kann nicht bei allen Gelegenheiten auf alles Rücksicht nehmen. Deshalb schreibe ich eine bruchstückhafte, aber wahrhaftige Geschichte, während alle unsere Taten nebensächlich und überflüssig sind. Das einzige, was Euch retten kann, sind diese Seiten, an denen Ihr, wenn Ihr wollt, auch mitarbeiten könnt.«

Lippas deutete eine Geste an, wie um Leo seine Feder zu reichen, der ihn verwirrt ansah, ohne zu begreifen, was er mit seinen Worten und seiner Geste wirklich wollte. Der Eunuch beugte sich über sein Blatt und begann wieder in seiner winzigen Handschrift zu schreiben. Da hatte Leo nicht mehr den Mut, ihn nochmals zu unterbrechen.

27

Ein junger schlanker Syrer mit langen blonden Haaren und kohlschwarzen Augen namens Konstantin Syriatos wurde vom Hetairiarchen Nemios Niketas als einfacher Soldat für die Kaiserliche Palastgarde rekrutiert. Er kam in die Hauptstadt, nachdem er einige Monate Militärdienst in Kilikien geleistet hatte, wo er sich an die Gesellschaft von Soldaten aller Rassen und Abstammungen gewöhnt hatte, die für ihn unverständliche fremde Sprachen sprachen und mehr als einmal von seiner schüchternen Schönheit profitierten. Das militärische Leben in Kilikien, von anderen als einträgliches Privileg betrachtet, war für Konstantin Syriatos sehr bald zur Hölle geworden, und er hatte versucht, den Kommandanten für sich zu gewinnen, um seinen Schutz zu genießen. Eines Abends hatte Nemios Niketas den Jungen in sein Zelt mitgenommen und ihn dort lange ausgefragt und ihn aufgefordert, ihm alles zu erzählen – wie die Soldaten ihn mißbraucht hätten, ob er Lust dabei empfunden hätte, ob solche Beziehungen für ihn nur vorübergehende Zwischenfälle gewesen wären oder ob seine Natur ihn dazu triebe, sie bei Gelegenheit zu wiederholen.

Die Gedanken des jungen Konstantin waren sehr wirr. Er erzählte, daß er zu diesen Beziehungen mit Gewalt veranlaßt worden wäre, mußte aber auch zugeben, daß es im Grunde keine so unangenehme Erfahrung gewesen war. Dann gestand er jedoch, daß sein natürliches Verlangen ihn eher von den süßen und weichen Formen des weiblichen Körpers träumen ließ, auch wenn er keine Möglichkeit hatte zu vergleichen, da er noch nie mit einem Mädchen zusammengewesen war.

»Hast du noch nie ein nacktes Mädchen gesehen?«

»Nein«, mußte Konstantin gestehen.

»Und wieso denkst du dann, daß du einem Mann ein Mädchen vorziehst?«

Konstantin wußte wirklich nicht, was er antworten sollte. Dann suchte er auf seiner Zunge nach Worten, mit denen er Nemios Niketas seine unbestimmten Wünsche und Gefühle begreiflich machen konnte.

»Wenn ich ein Mädchen sehe, dann kommen mir so viele Sachen in den Sinn«, sagte Konstantin. »Ich habe dann Lust, ihm nachzulaufen, es anzufassen – einfach so viele Sachen.«

»Was für Sachen?«

»Es ansehen und es unter den Kleidern anfassen.«

»Sonst nichts?«

Der Junge dachte eine Weile nach.

»Das machen, was die Soldaten mit mir gemacht haben.«

Der Kommandant sah ihn verwundert an.

»Mehr oder weniger«, verbesserte sich Konstantin.

»Dann hat dir das, was die Soldaten mit dir gemacht haben, also gefallen?«

»Wahrscheinlich ja.«

»Und warum hast du dann, wenn du einen Soldaten siehst,

nicht Lust, ihn anzusehen und ihn unter den Kleidern anzufassen?«

Der Junge mußte lachen.

»Ich weiß nicht.«

»Dann ziehe ich jetzt meine Kleider aus, und du sagst mir, ob die Sache dir mißfällt oder ob du Gefallen daran findest oder ob sie dich gleichgültig läßt.«

Der Junge wurde rot und sah sich schnell um, um festzustellen, ob die Zelttür ihm die Möglichkeit zu einer raschen Flucht bot. Aber Nemios Niketas kam ihm zuvor.

»Nicht weglaufen, Junge. Auch ich bin ein Soldat und kann gewalttätig werden, wenn die Lage es erfordert.«

Konstantin sah ihn erschrocken an. Nemios Niketas deutete eine Liebkosung an, wobei er sein Gesicht kaum spürbar mit den Fingerspitzen berührte.

»Im Krieg ist Gewalt eine Tugend, und manchmal gebrauche ich sie, um die Truppen zur Disziplin anzuhalten. Aber in unserem Fall werde ich nichts tun, was dir mißfallen könnte. Du hast mein Wort als Kommandant.«

Der heftige Wind, der zwischen dem Meer und den Bergen über die Steppe wehte, drang plötzlich in das Zelt ein und löschte die schwache Flamme der Kerze, die in einer schwarzen Eisenmuschel von der Zeltdecke hing. Es war ein starker und hilfreicher Wind, der Wind jenes Liedes, das die Soldaten bei ihren aufreibenden Märschen sangen: »Komm und hilf meinen müden Beinen, oh Wind von Kilikien; komm in mein Zelt und lösch mir das Lämpchen zur Nacht; komm schließ mir die Lider zum Schlaf.«

Bei den Worten seines Kommandanten hatte Konstantin sich beruhigt, und in jener Nacht und vielen darauffolgenden Nächten teilte er mit ihm sein hartes Lager, bis zu dem Tage, an dem er ihm nach Konstantinopel folgte, wohin man Nemios Niketas für seine Ernennung zum Hetairiarchen zurückgerufen hatte.

Für die offiziellen Zeremonien und die Paraden zu Ehren ausländischer Könige und Gesandter wählte Nemios Niketas mit geübtem Auge jedesmal die jüngsten und schönsten seiner

Soldaten aus, und natürlich stand auch der junge Konstantin immer in der ersten Reihe. Der Hetairiarch hatte einen besonderen Sinn für Symmetrie und pflegte abwechselnd einen blonden und einen brünetten Jüngling nebeneinanderzustellen. Außerdem ließ er ihre Stiefelabsätze so korrigieren, daß alle gleich groß erschienen.

Konstantin Syriatos wurde von der Kaiserin Theophano ein erstes Mal während einer Militärparade im Garten des Marstalls bemerkt. Ein zweites Mal sah sie ihn bei der Einkleidungszeremonie von zwölf Knaben, die auf Wunsch ihrer Familien den Mönchshabit genommen hatten. An jenem Tag machte Theophano, als sie die Reihe der Wachen abschritt, ihm ein Zeichen mit der Hand, ein unbestimmtes und kaum wahrnehmbares Zeichen, das aber auch die anderen Soldaten bemerkten, ohne daß irgendeiner von ihnen ihm einen Sinn zu geben vermochte. Sicher war nur, daß das Zeichen ausdrücklich für Konstantin Syriatos bestimmt war.

Was dieses Zeichen bedeutete, das die Kaiserin dem zwanzigjährigen Konstantin gemacht hatte, sollte er sehr bald selbst erfahren, als die Arme der zwei üblichen petschenegischen Riesen ihn buchstäblich raubten, um ihn kurze Zeit später gänzlich benommen auf Theophanos Bett abzusetzen.

Die Kaiserin begann ihn zu streicheln, ohne ein Wort zu sprechen, und legte dann – immer noch stumm, und stumm auch er, der nicht begreifen konnte, was ihm geschah – ihre prächtigen Gewänder ab und streckte sich nackt auf der Seidendecke aus. Der Jüngling fühlte im ganzen Körper ein plötzliches Erwachen seiner Sinne. Er merkte, daß sein Verlangen bei dieser Frau endlich rückhaltlos durchbrach, frei von allen Unsicherheiten und Ängsten, die er bei den Kontakten mit den Soldaten und im vertrauten Verhältnis mit Nemios Niketas empfunden hatte, das auch nach dessen Ernennung zum Hetairiarchen und der Übersiedlung in den Kaiserpalast heimlich fortgesetzt wurde.

Konstantin zögerte einige Augenblicke, dann zog er sich auf einen Wink Theophanos hin wortlos aus und kniete nackt und unbeholfen zu Füßen des Bettes nieder. Wimmernd und kaum hörbar unverständliche Worte murmelnd zog sie ihn an den Haaren zu sich herauf wie ein Opfertier zum Altar.

Konstantin erwachte aus seiner Benommenheit und küßte lange den nackten Körper, der unter seinen Lippen zuckte, um schließlich der nunmehr unvermeidlichen Einladung zu folgen. So kam es, daß Konstantin zum ersten Mal die Liebe mit einer Frau kennenlernte, und wenn ihm das Wort in den Sinn gekommen wäre, dann hätte er bestimmt gesagt, daß er jetzt auch die Ekstase kenne, jenen erhabenen und schrecklichen Zustand, in dem das Bewußtsein sich im Nichts verliert.

Erst später, als er unter den rauhen Decken seines Feldbetts lag und an das zurückdachte, was ihm geschehen war, begriff Konstantin, welches außerordentliche Abenteuer ihm das Schicksal beschert hatte: er hatte eine Liebesstunde mit der ersten Frau seines Lebens verbracht, und diese Frau war Theophano, die Kaiserin von Byzanz.

Nach jenem ersten Zusammensein mit Theophano gab es für Konstantin Syriatos' Phantasie keine Grenzen mehr. In seinem noch kindlichen Geist formten sich die Bilder eines anderen Konstantin, der von dem wirklichen nur die physische Gestalt bewahrte, ihn aber in bezug auf Mut, Gewandtheit und Unternehmungslust weit überragte. Und diese Liebesphantasien zeigten sich ihm wie in einem Spiegel, der die an sich schon unglaubliche Wirklichkeit noch gewaltiger erscheinen ließ. So begann Konstantin mit einer Phantasie, gelangte dann in eine Sackgasse, begann wieder von neuem, verlor sich in hundert Abschweifungen und wurde von solcher Begeisterung gepackt, daß sie zum Schluß unwahrscheinlicher und falscher geriet als ein von ungeübter Stimme erzähltes Märchen. Er stellte sich vor, er säße auf dem Thron, in Purpur gekleidet und mit der Krone aus Gold und Diamanten auf dem Kopf, und ließe die blonden und brünetten Soldätlein der Palastgarde Revue passieren, in deren Reihen er selbst schon so oft beim Vorbeischreiten des Kaisers und der Kaiserin reglos und mit geschwellter Brust gestanden hatte. Er ritt zusammen mit Theophano auf der Jagd nach Wildeseln durch die Wälder Kappadokiens und fand nach langen Galoppen unter der Sonne Erfrischung im Schatten einer alten Eiche, und dort auf dem jungen Gras durchlebte er aufs Neue die unbeschreiblichen Gefühle jenes ersten Zusammenseins auf dem kaiserlichen Bett, aber mit heißerer Glut, mit größerer Gewalt, und mit einer so starken Beteiligung der Sinne, daß sein Geist sich jedesmal in einem Meer von Lust und Verwirrung verlor. Er saß zusammen mit Theophano in einem Fischerboot mitten auf dem Marmarameer, weit weg von den Augen jedes lebendigen Wesens, sie beide allein, in rauhe Hanfmäntel gekleidet und von den salzigen Spritzern des stürmischen Meers durchnäßt. Konstantins Träume trugen ihn weit fort, in die Steppen Kilikiens oder an die Ufer der Donau, im Schutz eines Militärzelts, als Gäste prächtiger Fürstenhäuser oder in glühender Sonne oder im Regen, stets aneinandergeschmiegt, in einer Umarmung ohne Ende.

In Wirklichkeit fanden ihre Liebeszusammenkünfte im geheimen der Nachtstunden statt, wenn die Lichter im Palast abgedunkelt wurden und vorsichtige Damen im Dämmerlicht durch die Korridore huschten – mit verschleierten Gesichtern, um nicht erkannt zu werden – oder abenteuerlustige Kavaliere, kühne Liebesspiele ersinnend oder anstrengende Hofintrigen schmiedend. Ein freundlicher Eunuch war beauftragt, Konstantin die Botschaften zu überbringen und ihn durch die langen und gewundenen Gänge des Palasts zu den Zimmern zu führen, welche die Kaiserin von Mal zu Mal neu wählte, um ihre Begegnungen zu verschleiern.

Kaiser Nikephoros Phokas verbrachte seine Tage teils mit den Kommandanten der Grenzlegionen, die ihm vom Ausgang der Schlachten gegen die Skythen und Bulgaren berichteten, teils mit den diplomatischen Missionen der Barbaren, die fortgesetzt anreisten, um als Belohnung für ihre erpresserischen Bündnisse Tribute in Gold zu verlangen. Es gab so viele Grenzbezirke, daß Nikephoros selbst oft die Übersicht verlor, und manchmal geschah es sogar, daß er – erschöpft von den nächtlichen Gebeten und vom Fasten – während der Sitzungen einschlief.

Er hätte von Theophanos Liebschaft sicherlich nie etwas gemerkt, oder er zog es vielleicht starrsinnig vor, nichts zu sehen und nichts zu hören. Aber im Palast begann man zu raunen. Der junge Konstantin wurde von den anderen Soldaten mit

Neid und Neugier betrachtet, ohne daß jemand gewagt hätte, eine Frage an ihn zu richten.
Im Lauf der immer häufigeren Begegnungen zwischen Konstantin und Theophano hatte ihre Vertrautheit sie zu solchen Exzessen geführt, daß der junge Konstantin in eine abgrundtiefe Liebesabhängigkeit geriet – gänzlich unterjocht von seinem Verlangen, das um so stärker wurde, je mehr er sich bemühte, es zu stillen. Theophanos Lasterhaftigkeit kannte keine Grenzen, und der arme Junge gehorchte ihren Befehlen und stürzte sich in immer gewagtere Intimitäten, in Liebkosungen und Durchdringungen, bei denen Theophano vor Lust und Schmerzen schrie. Von der Begierde überwältigt erwiderte Konstantin die Schreie seiner Geliebten mit immer neuen Grausamkeiten, ganz wie sie es von ihm verlangte, und wenn sie sich dann von dem Bett, auf dem dieses wilde Theater stattfand, erhoben, betrachtete er die blutbefleckten Seidenlaken mit Stolz. Wenn er abends wieder in seinem Feldbett lag, quälte ihn der Gedanke, daß er so hehre und seltsame Genüsse vielleicht gar nicht verdiente, und er wurde von dem Wunsch gepackt, zu irgendeinem Opfer oder Wagnis herausgefordert zu werden, um die allzuvielen Gunstbeweise, die das Schicksal ihm gewährte, wettmachen zu können. Hätte der Kaiser von seiner Beziehung zu Theophano erfahren und ihn einer Bestrafung zugeführt, dann hätte er sich heiteren Gemüts geopfert.
Theophano fuhr fort, Konstantin mit Leidenschaft und Ungestüm zu lieben, ohne etwas anderes von ihm zu verlangen als eine ebenso große Leidenschaft wie ihre. Aber ganz gleich, was sie von ihm verlangt hätte – das hatte er ihr mehr als einmal versichert –, für sie hätte er sich ins Feuer gestürzt.
»Und warum solltest du dich ins Feuer stürzen?«, hatte Theophano ihn gefragt. »Ich will dich lebendig, und nicht zu Asche verbrannt.«
Doch eines Tages, oder besser, eines Nachts, äußerte Theophano einen Wunsch, der ihn mit Freude und Furcht zugleich erfüllte. Es war eine wirklich seltsame und gefährliche Mission, aber was Konstantin dabei ängstigte, war nicht die Gefahr, sondern die Furcht, das Ziel nicht zu erreichen und die Gunst der schönen Kaiserin zu verlieren. Was für eine sonder-

bare Idee, hatte er sich gesagt, die Formel des griechischen Feuers zu stehlen, wo doch die einzigen Personen, die sie besaßen, eben der Kaiser und die Kaiserin waren.
Vor der Aufgabe, durch Täuschung in die Pulverwerkstatt zu gelangen und den Meister Leontios Manuel zu töten, schreckte er keinen Augenblick zurück. Erstens war Leontios Manuel, wie alle seine Arbeiter auch, durch die Umwandlung einer Todesstrafe in die Pulverwerkstatt gelangt. Zweitens kam der Befehl von der Kaiserin, die das Recht hatte, über Leben und Tod ihrer Untertanen zu entscheiden. Und drittens war er Soldat, und als solcher bereit zu töten, auch wenn er bis zu jenem Tage noch nie jemanden getötet hatte. Auf die Gemütsbewegung, in die er nach Theophanos Aufforderung geraten war, folgte ein so intensiver Zustand der Erregung, daß er fürchtete, der Unternehmung nicht gewachsen zu sein. Er sagte sich, daß er vielleicht zu zart und ungeübt sei, um die Tötung eines Mannes zu wagen, und er wunderte sich selbst, mit wieviel Gelassenheit und sogar Freude er die Idee, dieses Verbrechen zu begehen, angenommen hatte. Konstantin merkte, daß er ein Gewissen hatte und daß dieses Gewissen sich gegen die Tat auflehnte, die auszuführen er nunmehr entschlossen war, und zwar nicht nur aus Ergebenheit und Komplizenschaft, sondern vor allem aus Liebe. Konstantin befahl seinem Gewissen zu schweigen.
Derselbe Eunuch, der seine Zusammenkünfte mit Theophano vorbereitet hatte, erklärte ihm den Ablauf der Handlungen in allen Einzelheiten und übergab ihm schließlich das kaiserliche Siegel, das er dem Pulvermeister vorweisen sollte, damit dieser den Spalt öffnete, durch den das Rohmaterial in die Werkstatt gelangte. Der Plan – mit Sorgfalt und Intelligenz ausgearbeitet – mußte notgedrungen gelingen. Konstantin ließ sich vor dem Eunuchen keinerlei Zeichen von Schwäche anmerken, und es gelang ihm so vollkommen, seine Seelennot zu verbergen, daß er schließlich selbst überzeugt war, inzwischen die nötige Kaltblütigkeit zum Handeln zu besitzen.
Alles war aufs Sorgfältigste geplant: die Wachposten würden zum gegebenen Zeitpunkt abgelenkt werden, die Außenbeleuchtung an der Werkstatt würde bei seiner Ankunft bereits ausgelöscht sein, die Patrouille in den Innenhöfen hätte man

durch einen kleinen vorsätzlich gelegten Brand in den Palastgarten gelockt.
Der Eunuch versicherte Konstantin, daß nicht die geringste Einzelheit vernachlässigt worden war. Alles würde aufs Beste gelingen, genau wie die schwierigen Zusammenkünfte mit der Kaiserin, die nie durch einen unvorhergesehenen Zwischenfall getrübt worden waren. Die Eitelkeit des Eunuchen kam den Wünschen Konstantins entgegen, der ihm sein Vertrauen und seinen Gehorsam bereitwillig gewährte.

Alles verlief in der vorausberechneten Weise. Als Konstantin dem Meister Leontios Manuel vor Augen stand, gab es für ihn keinen Moment des Zögerns. Er zückte den kurzen Dolch, den der Eunuch ihm gegeben hatte, und stieß ihn in den Hals des Pulvermeisters, der sofort zu Boden fiel, noch bevor er begreifen konnte, was ihm geschah.
Alles erschien Konstantin so einfach: er handelte unter einem äußeren Impuls, genau wie die Bronzelöwen, die Theophano ihm eines Nachts vorgeführt hatte, nachdem sie sich nackt auf den Thron gesetzt hatte, um ihre phantastischen Liebesriten an diesem feierlichen Ort mit ihm zu zelebrieren. Doch als er seine blutverschmierten Hände sah, erlebte er einen Moment der Leere und der Bestürzung. Es war nicht das Entsetzen vor dem Blut, das ihn verwirrte, es war die Furcht, das Pergament zu beschmutzen, das er Theophano bringen sollte. Er wischte seine Hände an der Tunika des Pulvermeisters ab, der jetzt reglos auf dem Steinboden lag, dann nahm er die kostbare Pergamentrolle aus dem Schränkchen und schlüpfte wieder durch den Spalt, der die Werkstatt mit der Außenwelt verband.
Die sechs Wachen gingen im Dunkeln weiter vor der Werkstattmauer auf und ab, ohne eine Bewegung in Richtung des jungen Mannes zu machen, der sich eilig entfernte.

28

Nach jeder Schlacht färbte sich das Wasser der Donau rot. Die flachen Boote, auf denen die Skythen den Fluß zu überqueren versuchten, waren allzu leichte Zielscheiben für die berittenen Bogenschützen der Byzantiner, die von dem jungen Armenier Johannes Tzimiskes befehligt wurden – einem Neffen des Kaisers, der vor kurzem zum Strategen des balkanischen Themas ernannt worden war. Seine Art, eine Schlacht anzugehen, verblüffte seine Soldaten immer wieder und verbreitete Panik unter den Feinden, die aus den eisigen und endlosen Gebieten des Nordens kamen. Tzimiskes erschien plötzlich und leicht, wie vom Wind getragen, griff an, entfernte sich im Galopp, tauchte unvermutet wieder auf und mischte sich ins Gewühl oder beschoß den Feind in dem Augenblick mit Pfeilen, in dem er den Fuß an Land zu setzen versuchte. Dann verschwand er erneut und tauchte wenig später wie ein Blitz wieder auf. Seine Soldaten sagten, Tzimiskes trinke jedesmal, bevor er sein Pferd besteige, ein bestimmtes alkoholisches Getränk, das er aus der Hauptstadt mitgebracht hätte – einigen zufolge ein Extrakt aus gegorenen Pflaumen, anderen zufolge ein einfacher Becher griechischen Weins. Wieder andere behaupteten, er wechsle je nach Fall zwischen beiden Getränken ab, und schworen sogar, an der Art, wie er kämpfte, zu erkennen, ob seine Erregung dem einen oder dem anderen Getränk zuzuschreiben war.

Die regnerische Jahreszeit war im Anzug, und die Lage des byzantinischen Heers gestaltete sich prekär. Nachdem Tzimiskes einen schweren Angriff der Skythen abgewehrt hatte, bei dem die Verluste auf byzantinischer Seite so hoch waren, daß die Überlebenden in Mutlosigkeit fielen, sah Tzimiskes stumm und ohnmächtig den Vorbereitungen der Feinde zu, die sich am jenseitigen Ufer neu organisierten, um die Überquerung des Flusses noch einmal zu versuchen. Die menschlichen Verluste schreckten die Skythen nicht ab, die über ein zahlenmäßig fast unerschöpfliches Heer verfügten, das zwar schlecht bewaffnet, aber nicht weniger wehrhaft war als die ausgezehrte byzantinische Kavallerie. Die Zeit arbeitete für die Skythen, indem sie die restlichen byzantinischen Kräfte Tag für Tag verbrauchte und Müdigkeit und Verzagtheit bei den

Soldaten schuf, die zu zweifeln begannen – sogar an ihrem Kommandanten.

Nach der letzten Schlacht hatte Tzimiskes hinter der dichten Reihe wilder Weidenbüsche eine lange Straße trassiert, um die berittenen Truppen schnell an den Punkt bewegen zu können, wo die Feinde versuchen würden, an Land zu gehen. Aber ein einziger Regenguß hätte bereits genügt, um diese Straße aus festgestampfter Erde in einen für Pferde unwegsamen Sumpf zu verwandeln.

Während die Skythen ihre rauhen Lieder sangen, wagte am byzantinischen Ufer niemand mehr zu lächeln, und die Soldaten beobachteten mit Entsetzen die Vorbereitungen der Feinde, während Tzimiskes gedankenverloren schwieg. Die Bitte um Nachschub erreichte Konstantinopel gerade zu dem Zeitpunkt, als man infolge finanzieller Schwierigkeiten dabei war, die Stärke der Reservetruppen und die Proviant- und Waffenvorräte einzuschränken. Und immer häufiger kamen jetzt auch die Frauen auf die Straßen, um gegen die Steuern und die steigenden Preise zu protestieren. So kam es, daß Kaiser Nikephoros Phokas – ermutigt durch die glückliche Erfahrung im Hippodrom – den Entschluß faßte, die Siphone des griechischen Feuers, die bis dahin nur bei Seeschlachten verwendet worden waren, gegen die Skythen einzusetzen. Auf Karren montiert und mit großen Planen bedeckt, um sie zu tarnen und zu verhindern, daß Spione den Feind über die Ankunft der tödlichen Waffe informierten, wurden die Siphone ans Donauufer geschickt.

Der Kaiser hatte beschlossen, selbst an den Kriegsschauplatz zu reisen, um die Kampfhandlungen persönlich zu leiten. Und er hatte Theophano mitgenommen, vielleicht in der Hoffnung, sie könnte, wenn sie ihn als Krieger sähe, wenn auch nicht die Liebe, die sie ihm in der ersten Nacht nach seiner Ankunft geschenkt hatte, so doch wenigstens die Achtung und den Respekt vor ihm wiedergewinnen, die er zu verdienen glaubte.

Das Leben im Feldlager an der Donau, das sich die junge Kaiserin als unterhaltende Abwechslung vom höfischen Zeremoniell vorgestellt hatte, erwies sich sofort als eine recht unbequeme Erfahrung. Wegen der großen Steine, die ununterbrochen von den Katapulten der Skythen auf das byzantinische Lager geschleudert wurden, konnte man sich nicht im Freien bewegen, und Theophano war gezwungen, ins Zelt des Kaisers zu flüchten, das sich auf einem kleinen Hügel außer Wurfweite befand. Hier bereitete Nikephoros den Plan der Verteidigung vor, die als gewaltige Falle in Gestalt der in großer Heimlichkeit eintreffenden Siphone des griechischen Feuers hinter den Angreifern zuschnappen sollte. Das alles interessierte Theophano nur wenig, und der Aufenthalt im Lager, den sie sich als erregendes Abenteuer ausgemalt hatte, begann ihr ebenso langweilig zu werden wie die offiziellen Bankette und die endlosen Diskussionen, denen sie jedesmal beiwohnen mußte, wenn Gesandte aus den Grenzländern den Hof von Byzanz besuchten. Worte, immer nur Worte, denen sie keinerlei Sinn zu geben vermochte. Aber am zweiten Tag fielen ihre Augen mit Staunen auf den jungen Strategen Tzimiskes – blond und dunkeläugig, genau wie Konstantin Syriatos – und ihr ganzer Körper belebte sich mit sprudelnder Energie. Im Unterschied zu Konstantin umgab Tzimiskes ein Nimbus von Heldentum, dank seiner kühnen Taten, die es den byzantinischen Truppen gestatteten, dem mächtigen Aufmarsch der Skythen und ihren unordentlichen Angriffen standzuhalten. Theophano hatte sofort jene Privilegien der Kraft, der Gesundheit und der Schönheit bei ihm erkannt, die ihn als Günstling des Schicksals auswiesen. Und so war denn unter den ahnungslosen Augen von Nikephoros ihr Verlangen entbrannt.

In der zweiten Nacht nach der Ankunft des Kaisers versuchten die Skythen, den Fluß im Schutz der Dunkelheit zu überqueren – in der Hoffnung, den Pfeilen der byzantinischen Kavallerie wenigstens teilweise zu entgehen. Nachdem sie ihre Lanzen und Rüstungen schwarz gefärbt hatten, um sie dem Dunkel anzupassen, waren sie etwa zehn Stadien weiter oben auf ihre Boote gestiegen und hatten die lautlose Überquerung des Flusses begonnen, wobei sie sich von der Strömung treiben ließen und mit leichten Ruderschlägen langsam auf das feindliche Ufer zusteuerten. Aber sie hatten nicht mit den Siphonen gerechnet, die hinter den dichten Weidenbüschen auf Karren installiert waren. Trotz aller Verzagtheit hatten die byzantinischen Wachen rechtzeitig Alarm gegeben, so daß das Feuer auf die Boote noch vor ihrer Landung eröffnet werden konnte.

Auch bei dieser Gelegenheit erwies sich das griechische Feuer als Waffe von verderbenbringender Kraft. Die Feuerkugeln schossen eine nach der anderen aus den Siphonen und durchpflügten über den Fluß gleitend die Nacht, bis sie an den Booten der Skythen explodierten und sie in schwimmende Scheiterhaufen verwandelten. Theophano beobachtete das Schauspiel von der Höhe des Hügels aus, nahe dem kaiserlichen Zelt, und bemerkte den Geruch von verbranntem Fleisch, der vom Fluß heraufzog. Die wenigen Skythen, denen es gelang, den Fuß aufs byzantinische Ufer zu setzen, wurden von Tzimiskes' Bogenschützen durchbohrt und ins Wasser geworfen, während er selbst auf seinem Pferd durch die Reihen der Soldaten stob und sie anspornte, indem er erbitterte Zweikämpfe mit dem Feind ausfocht.

Die ganze Nacht über hatte Theophano dem apokalyptischen Schauspiel dieser Schlacht beigewohnt und die Taten des jungen Strategen mit Bangen verfolgt. Plötzlich, unbekümmert um die Gefahr, in die sie sich begab, war sie bis zur Verteidigungslinie hinuntergerannt, um den Kampf aus der Nähe zu sehen – angelockt von dem beißenden Geruch der verkohlten Feinde und vom Blut derer, die am Flußufer getötet worden waren. Aber dann hatte sie der Erregung nicht standgehalten und war ohnmächtig zu Boden gestürzt und Gefahr gelaufen, von den byzantinischen Wagen und Pferden überrannt zu werden. Tzimiskes, obgleich an einer Schulter verwundet, hatte sie vom Boden aufgehoben und auf seinem eigenen Pferd zu seinem Zelt gebracht, das unweit des Zelts von Nikephoros hinter großen Weidenbüschen stand. Und so hatte Theophano, als sie die Augen öffnete, jenes herrliche Gesicht vor sich gesehen, jene schwarzen Augen und langen goldenen Haare, von denen sie schon im kaiserlichen Zelt entzückt gewesen war. Sie hatte die Hand zu einer Liebkosung ausgestreckt, aber dann hatte sie ihrem Verlangen nicht widerstanden und hatte ihn an sich gezogen, um ihre Lippen mit denen des Jünglings zu vereinen, und hatte ihm zugeflüstert, daß sie alle Sünden der Welt mit ihm begehen wolle. Tzimiskes war über diese plötzliche Leidenschaft erstaunt und erschrocken und zog es vor, diese Sünden auf einen anderen Zeitpunkt und an einen anderen, geeigneteren Ort zu verschieben, womit er Theophanos Liebesglut noch mehr schürte.

Noch vor dem Morgengrauen waren die überlebenden Skythen auf das andere Ufer zurückgetrieben, ihre Boote verbrannt und ihre Zeltlager vom griechischen Feuer vernichtet worden. Nikephoros Phokas, berauscht von seinem Sieg, beschloß, noch am Donauufer zu bleiben, während er Tzimiskes unter dem Vorwand seiner Verwundung nach Konstantinopel zurückschicken wollte, vermutlich weil er fürchtete, das Verdienst des militärischen Erfolgs könnte ihm zugeschrieben werden. Und Theophano nahm die Gelegenheit wahr, um mit dem Militärzug des jungen Strategen in die Hauptstadt zurückzukehren. Tzimiskes hatte ihr in jener Nacht während der Schlacht das Leben gerettet, und jetzt vertraute sie sich seinem Schutz für die lange Heimreise an. Zu Nikephoros, der damit beschäftigt war, die Befestigungen längs der Donau wiederherzustellen, sagte sie mit scheinheiliger Berechnung:

»Niemand kann das Kaiserreich besser verteidigen als du, dem es gehört. Der Himmel ist dir wohlgesinnt, aber ich bin eine irdische Frau und möchte dir nicht hinderlich sein. Ich kehre zum Leben am Hof zurück, mit heiterem Gemüt und wachem Blick für die Interessen des Throns.«

»Ich hoffe, daß der Himmel uns seine Gunst auch weiterhin gewährt.«

Nikephoros strich ihr zum Zeichen des Abschieds nur leicht mit der Hand über das Haar und tröstete sich bei dem Gedanken, wenigstens noch eine Weile den Spiegeln des Palasts zu entgehen, die sein müdes Gesicht, seinen grauen Bart, seine durch die langen Gebete und die ehelichen Bitternisse geröteten Augen erbarmungslos reflektierten. Eine plötzliche Brise zerzauste Theophanos Haar.

»Der Wind ist mir günstig«, sagte Theophano und begab sich zum Militärzug.

29

Der kleine Zug, bestehend aus Theophanos Kutsche, dem Kriegswagen von Tzimiskes, zwei großen Troßwagen mit Verpflegung und Bekleidung und einem Geleit von zwanzig berittenen Soldaten, verließ das Zeltlager am Donauufer beim ersten Morgenlicht, um die lange Reise nach Konstantinopel anzutreten. Statt die steilen und unwegsamen Straßen durch das steinige Gebirge des nördlichen Thrakiens zu benützen, hatte der Reiseleiter Tzimiskes zu dem längeren, aber bequemeren Weg durch das Gebiet der Bulgaren und das Vardatal geraten, der in Thessalonike endete – der zweiten Hauptstadt des Kaiserreichs mit ihrem erfolgreichen Hafen eines reichen Handels mit dem Westen. Von dort aus sollte der Zug auf der Straße nach Konstantinopel weiterreisen, die im tiefgelegenen und grünen Teil Makedoniens und des südlichen Thrakiens verlief.

Nach einer kurzen Strecke war Theophano, unter dem fadenscheinigen Vorwand, Tzimiskes' Verwundung an der Schulter zu behandeln, in dessen Wagen umgestiegen. Und so hatte sich das große und schwere Fahrzeug, das für den Transport des verwundeten Strategen ausgerüstet war, in jenem Augenblick in ein Schlafzimmer verwandelt, in dem Theophano keine Mühe hatte, den Mann ihrer Wünsche zu verführen. Dort, unter der geteerten Wagenplane, allen Schrecken des Kriegs entrückt, unbekümmert um alle Eitelkeiten des höfischen Protokolls, vollzogen Theophano und Tzimiskes ihre leidenschaftliche Vereinigung. Sie überließen sich ihren improvisierten Gefühlen, ohne sich um die Soldaten zu kümmern, die über dem Geräusch der Räder ihre ekstatischen Dialoge, ihre Liebesschwüre, ihre schamlosen Spasmen vernahmen.

Theophanos Kutsche blieb während der gesamten Dauer der Reise leer. Manchmal, während der Unterbrechung an den befestigten Poststationen, wo Männer und Pferde sich stärkten, stieg Theophano von Tzimiskes' Wagen herunter, in einem langen offenen Mantel, der ihre augenfällige Nacktheit verriet, mit auf die Schulter fallenden Haaren, wie sie die Hafenfrauen von Konstantinopel trugen, und mit aufgewühltem Gesicht, in dem die Zeichen der Lüsternheit, die sie verzehrte, leicht zu erkennen waren. Die Soldaten des Zugs konnten nicht glauben, daß dies die Kaiserin von Byzanz war.

Wenn sich der Zug dann wieder in Bewegung setzte, eilte Tzimiskes Wagen in Sprüngen über die Straße, und es war schwer zu sagen, welche der zerrütteten Straßendecke und welche den stürmischen Stößen der Liebenden zuzuschreiben waren. Die Wagenführer, die aus dem Inneren erstickte Schreie wie aus einer Folterkammer hörten, wandten sich besorgt an den begleitenden Arzt, der es jedoch vorzog, sich weise fernzuhalten. Als der Zug in Thessalonike eintraf, beschaffte der Soldat, der die Verpflegungsbehörde vertrat, neuen Proviant in Gestalt frischer Lebensmittel – Fleisch und Gemüse – und ließ die Schläuche mit Wein und Wasser füllen und sorgte für frische Wäsche. Dann kaufte er eine reichliche Menge von bulgarischem Honig und von Pistazien ein, nach denen Theophano gierig war und denen sie aphrodisische Eigenschaften zuschrieb. Bei diesem Aufenthalt, der einen ganzen Tag dauerte, kam der Stratege des thessalonischen Themas Tzimiskes zu besuchen, ohne von der Anwesenheit der Kaiserin zu wissen. Tzimiskes wollte ihn nicht in seinen Wagen steigen lassen, in dem Theophano sich verborgen hielt, und beschloß deshalb, selbst hinauszugehen, um den Vertreter der örtlichen Militärbehörde zu treffen. Diese Geste wurde als außergewöhnliche Höflichkeitsbezeugung gedeutet, und der Stratege von Thessalonike rühmte sich ihrer in der ganzen Stadt. Als die Wagen sich wieder in Bewegung setzten, um die Halbinsel Chalkidike und die grünen Hügel des südlichen Makedoniens zu durchqueren, waren Theophano und Tzimiskes von den langen Anstrengungen der Liebe so ermattet, daß sie sich ein paar Tage Ruhe gönnten. Doch ihr Abenteuer war mittlerweile so offenkundig, daß es auch weiterhin genug Stoff für den Klatsch der Soldaten bot, die darin eine Abwechslung in der Eintönigkeit der langen Reise fanden.

In der Hauptstadt angekommen, wollte Theophano, daß Tzimiskes in den Palast zöge, wie es sein Recht war. Aber der junge Stratege zeigte größere Vorsicht als seine Geliebte.

»Ich werde in meinem Haus in Chalkedon jenseits des Bosporus wohnen. Wir dürfen uns nicht der Gefahr eines Skandals aussetzen. Ich fürchte die Höflinge mehr als die Skythen und möchte lieber dem Schwert eines Feindes als der Zunge eines Eunuchen begegnen.«

»Den Eunuchen in meinem Dienst hat man die Zunge abgeschnitten, damit sie keinen Klatsch verbreiten«, sagte Theophano.

»Deine Eunuchen müßten nicht nur stumm, sondern auch blind und taub sein, damit ich beruhigt wäre.«

Theophano schlang die Arme um seinen Hals, küßte ihn lange und hätte gerne geweint, wenn ihr der Himmel die Fähigkeit dazu gegeben hätte. Sie sagte, daß sie ihn immer sehen wolle, jeden Tag und jede Nacht, weil ihr Leben ohne ihn jeden Sinn und jeden Wert entbehre.

»Wir müssen vorsichtig sein«, hatte Tzimiskes ihr nochmals erwidert, »denn der Hof ist ein Vipernnest und Nikephoros ist im Begriff, nach Konstantinopel zurückzukehren. Wir haben während unserer Rückreise schon allzu viele Unvorsichtigkeiten begangen. Ich hoffe nur, daß die Belohnungen, die ich an die Soldaten des Zugs verteilt habe, sie dazu veranlassen, den Mund zu halten. Ich habe die Erfahrung gemacht, daß es oft besser ist, die Menschen zu belohnen, solange sie unschuldig sind, als sie zu bestrafen, nachdem sie sich schuldig gemacht haben. Bei meinen Soldaten weiß ich, was ich tun muß, aber bei den Höflingen, besonders bei den Eunuchen, können mir leicht Fehler unterlaufen.«

»Ich bin an ihre Intrigen und giftigen Reden gewöhnt. Aber ich weiß auch, wie wir uns gegen beides schützen können. Ich werde einen Ort finden, wo wir uns fern von den Blicken der Neugierigen treffen können«, sagte Tzimiskes. »Das Glück war mir – mit meiner Unterstützung – bisher immer gewogen. Kein Glück zu haben erschien mir stets als eine Schuld.«

»Wo und wann können wir uns treffen, wenn du in Chalkedon wohnst? Die kalte Jahreszeit ist im Anzug«, fügte sie hinzu, aber sie wollte den Gedanken nicht weiterspinnen und nicht sagen, daß auch sie, genau wie die Vögel, ein bequemes und warmes Nest bräuchten. Theophano wußte, daß gewisse Worte ihrer Person nicht entsprachen und falsch geklungen hätten, wenn sie sich entschlossen hätte, sie auszusprechen. Tzimiskes versuchte, sie zu beruhigen.

»Ich habe dafür gesorgt, Tausende von Soldaten in rauhen und unwirtlichen Gebieten vor der Kälte zu schützen. Glaubst du, daß ich nicht imstande bin, für uns beide zu sorgen?«

Konstantin Syriatos hatte Theophanos Rückkehr mit Bangen erwartet. Sich einem seiner syrischen Freunde anzuvertrauen, wäre für ihn eine Erleichterung gewesen, denn er wünschte sich, von ihr zu sprechen, einfach nur zu sprechen, um seine Gefühle – seine Wünsche, seine Ängste und seine Unsicherheiten – für sich selbst zu klären. Aber das Schweigen war die erste Empfehlung des Eunuchen gewesen, der ihn zu den Zusammenkünften mit Theophano begleitet hatte, und Konstantin wußte sehr wohl, daß diese Empfehlung ein Befehl war. Dann hieß es, die Kaiserin sei aus dem Kriegsgebiet an der Donau zurückgekehrt, während Nikephoros noch dortgeblieben sei, nachdem er Johannes Tzimiskes ins Vaterland zurückgeschickt habe. Bei den Soldaten gab es viel Gerede über die Rückkehr von Tzimiskes und Theophano im selben Wagen, aber Konstantin hörte nur halbe Worte und flüchtige Andeutungen. Seine Kameraden schlossen ihn von ihren Klatschgeschichten aus, was seine Unruhe und seinen Argwohn noch vermehrte. Nach einem Tag des Trainings in der Palästra oder den Höfen des Palasts, wenn seine Kameraden sich der Müdigkeit und dem Schlaf überließen, lag Konstantin in seinem Feldbett noch lange mit offenen Augen wach. Der Besuch des Eunuchen mit der Ankündigung einer neuen Liebeszusammenkunft ließ indes auf sich warten.

Seit Theophanos Rückkehr war schon eine Woche vergangen, als der Eunuch – mit noch größerer Vorsicht als sonst – ihn endlich holte und in das Schwanenzimmer führte, wo die beiden Liebenden schon öfter zusammengekommen waren.

Konstantin hatte etwas Seltsames im Verhalten des Eunuchen bemerkt. Nicht nur eine größere Umsicht, als er ihm die Botschaft der Zusammenkunft überbrachte, sondern auch eine ungewohnte Eile und ein Fehlen jenes feinen Einvernehmens, das ihm früher ein Gefühl der Sicherheit gab und das sie beide seit der Ermordung des Pulvermeisters verband. Vielleicht auch eine größere Kälte, die ihn nicht wenig beunruhigte, als

er jetzt in dem kleinen fensterlosen Zimmer allein geblieben war, um Theophano zu erwarten. Er begann auf und ab zu gehen, wobei er von Zeit zu Zeit stehenblieb, um die an den Wänden und an der Decke abgebildeten Schwäne zu betrachten. Es war das erste Mal, daß er sie aufmerksam prüfte und dabei bemerkte, daß ihre Köpfe – eine Bosheit des Malers – seltsam wie Schlangenköpfe erschienen. Er verscheuchte diesen Gedanken und betrachtete sich in dem an der Wand hängenden Spiegel und kämmte mit den Fingern seine langen blonden Haare, die Theophano während ihrer Umarmungen gern zerwühlte.
Schließlich hörte Konstantin Schritte, die sich im Korridor näherten – schwere Schritte, die nicht diejenigen Theophanos oder des Eunuchen sein konnten – stets so rasch und leicht. Diese Schritte hielten vor der Tür, und Konstantin verharrte in regloser Erwartung, während der Schlüssel sich im Schloß drehte. Als die Tür weit offenstand, sah er sich Auge in Auge mit zwei petschenegischen Riesen, die ihn gleich an den Armen packten und ihm – noch bevor er Zeit fand zu protestieren – einen mit einer unbekannten Substanz getränkten Lappen in den Mund stopften. Dann hoben sie ihn hoch und steckten ihn in einen Hanfsack.
Seit jenem Tag hat man von Konstantin Syriatos nichts mehr gehört. Einen Monat nach seinem Verschwinden strich der neue Kommandant, der das Amt des Hetairiarchen Nemios Niketas übernommen hatte, seinen Namen von der Liste der bei der Palastgarde verdingten Soldaten.

30

Weit draußen vor dem Bukoleon-Hafen lag ein großer alter Fischerkahn vor Anker, und obwohl die Jahreszeit günstig war und die Nachfrage nach frischen und gepökeltem Fisch die Ladung der Boote, die in den Hafen kamen, täglich erschöpfte, lag der Kahn dort reglos, Tag und Nacht. Jemand hatte im Hafen das Gerücht verbreitet, daß an Bord ein Pestkranker sei, und so machten die anderen Fischer aus Angst vor Ansteckung einen weiten Bogen darum herum. Auf Deck sah man nur zwei Männer, und täglich kam ein kleines Boot an Land, um den Kahn mit Wasser und Lebensmitteln zu versorgen, aber auch, so wollte man wissen, mit Parfums und edlen Weinen. Ein Fischer, der eines Tages in der Nähe des großen Kahns vorbeigefahren war, schwor, er hätte auf dem Deck ein Purpurtuch hängen sehen. Alle wußten, daß Purpurstoffe ausschließlich der kaiserlichen Familie vorbehalten waren, aber es war auch bekannt, daß die venezianischen und genuesischen Kaufleute insgeheim einen blühenden Handel damit trieben. War der Kahn vielleicht ein Stützpunkt für diese heimlichen Geschäfte? Besagtes Purpurtuch hatte die Neugier der Leute geweckt, die anfingen, sich abenteuerliche Geschichten auszudenken – in denen auch von hochgestellten, in Verbrechen und Verschwörungen verwikkelten Persönlichkeiten des Hofs die Rede war – oder sich phantastische Märchen von heimlichen Lieben zuzuraunen. Aber es gab auch einen Namen, der im Geraune des Volks häufiger wiederkehrte als alle anderen, einen Namen, den niemand laut auszusprechen wagte, aber nicht aus Respekt, sondern aus Angst.

Es war eine eiskalte Nacht, und das Marmarameer wurde vom Wind gekräuselt. Ein Ruderboot mit zwei Personen an Bord löste sich im Dunkeln von einem Nebenkai des Bukoleon-Hafens und erreichte mit Anstrengung den großen Kahn, von dem eine Strickleiter herabhing. Eine weibliche Gestalt, in einen nachtschwarzen Mantel gehüllt, kletterte die Leiter hinauf, während der Ruderer sich entfernte, um das Boot in den Hafen zurückzubringen.

Auf dem Deck des Kahns angelangt, wurde die weibliche

Gestalt von einem Mann in Fischerkleidung empfangen, der sie eine kleine Treppe hinunter zum Unterdeck begleitete, ohne ein Wort zu sagen. Im übrigen lud diese Frauengestalt mit ihrem stolzen Gang und der steifen Haltung unter dem langen Mantel, der sie bis auf ihre Nachtvogelaugen gänzlich verhüllte, nicht zur Vertraulichkeit ein. Am Fuß der Treppe angelangt, trat der Mann zur Seite und ließ sie in einen kleinen, hell erleuchteten Raum eintreten. Kaum hatte der Mann die Tür von außen geschlossen, warf die Frau den Mantel von sich, dessen Kapuze auch ihr Gesicht verhüllte. Diese Frau war Theophano, und der sie erwartete, war Tzimiskes, welcher sie nun in seine Arme nahm und ihr Gesicht mit Küssen und kleinen Bissen bedeckte. Oben auf dem Deck lagen alte Fischernetze, Tauwerk und Fischkörbe in unordentlichen Haufen herum, während die Kabine unter Deck in prunkvollem Luxus erstrahlte. Die Wände des Alkovens waren mit kostbaren Seidenstoffen bespannt, vergoldete Lampen spendeten Licht, und bronzene Kohlebecken heizten den kleinen Raum. Auf dem Palisanderboden lagen orientalische Teppiche mit leuchtendbunten Pfauenmustern, und in der Mitte des Zimmers stand ein vergoldetes Bronzebett mit seidenen Laken und Kissen und Decken aus Brokat – ein winziger Alkoven, aber kostbar und mit erlesenem Geschmack eingerichtet.
Um den Kahn zu erreichen, überquerte Tzimiskes den Bosporus von der Küste Chalkedons her, wo er jetzt seinen Wohnsitz hatte, während Theophano sich zusammen mit einem treuen Eunuchen am Rande des Bukoleon-Hafens einschiffte, wohin sie durch einen Geheimgang des Daphne-Palasts gelangte. Sie hatte das Gerücht in Umlauf gesetzt, daß auf dem Kahn ein Pestkranker sei, um die Neugierigen fernzuhalten.
Nachdem Theophano ihren schwarzen Mantel auf den Boden geworfen hatte, erschien sie Tzimiskes in einer leuchtenden Seidentunika. Langsam begannen Tzimiskes' Hände die kleinen Goldschnallen zu lösen. Als er Theophano dann an sich drückte und zum Bett hinüberzog, begann sie sich mit plötzlichen Sprüngen zu wehren wie ein in der Schlinge gefangener Tiger. Die Liebe zwischen Tzimiskes und Theophano glich dem Kampf zweier Raubtiere, die unter wildem Gebrüll mit Zähnen und Krallen kämpfen. Nach der Umar-

mung fuhren die beiden Liebenden fort, sich zu berühren und die geheimsten Orte ihrer Körper zu erforschen, die Glieder verschränkend und immer neue Liebesspiele ersinnend, bis sie erschöpft auf dem Bett niedersanken und anfingen, sich gegenseitig von ihren ehrgeizigen Plänen und den damit verbundenen Ängsten zu erzählen.

»Seit Nikephoros' Rückkehr nach Konstantinopel«, sagte Theophano, »habe ich wieder begonnen, meine Nächte in dem trübsinnigen Himmelbett des kaiserlichen Schlafzimmers zu verbringen – zusammen mit jenem auf dem Boden schlafenden Wildschwein. Er wickelt sich in einen schmutzigen Mantel, der einmal Michael Maleinos gehört hat – einem Onkel von ihm, der Mönch war und beinah als Heiliger starb. Dann legt er sich auf sein stachliges Eselsfell, das selbst ein zypriotischer Krämer als unwürdig betrachten würde. Und das ist Nikephoros, der Herrscher des größten Reichs der Erde, und leider auch der Ehemann, den die politischen Ereignisse mir beschert haben. Nachts schnarcht er so laut, daß ich oft davon aufwache und dann nicht wieder einschlafen kann. Ich habe jetzt neben dem Bett einen Korb voll Äpfel stehen, und wenn er mich weckt, dann werfe ich ihm welche an den Kopf, bis er aufhört zu schnarchen.«
»Nikephoros ist ein schlauer und intelligenter Mann. Während der Feldzüge in Kilikien und Syrien war ich viele Monate an seiner Seite und kenne ihn gut – seine Geduld und seine plötzliche Ungeduld, seine Ruhe und seinen plötzlichen Zorn. Du solltest ihn nicht provozieren, es ist ein gefährliches Spiel, ihn aus seinen mystischen Dämmerzuständen zu wekken.«
»Du sagst schlau und intelligent, aber du hast vergessen, grausam und rachsüchtig hinzuzufügen. Auch ich kenne ihn gut. Für ihn teilt sich die Welt in Verbündete und Feinde, und seine Feinde hat er immer erbarmungslos getötet. Trotz der Krone, die er auf dem Kopf trägt, und trotz seiner religiösen Wahnideen ist er ein Soldat geblieben, und das Leben eines Menschen gilt ihm nicht mehr als das einer Mücke.«
»Das ist der Grund, warum ich dir zu größter Vorsicht rate.«

»Es sind nicht meine kleinen Feindlichkeiten, die ihn stören. Die können sogar unterhaltend für ihn sein. Ich fürchte vielmehr, daß er etwas über uns beide erfährt, womöglich hat ein eifriger Spion ihn bereits informiert. In diesem Fall stehen wir schon auf der Liste seiner Feinde, und er wird uns bei der ersten Gelegenheit erbarmungslos töten.«

»Wenn überhaupt, dann tötet er mich«, sagte Tzimiskes. »Ich glaube nicht, daß er jemals den Mut findet, das Schwert gegen dich zu erheben. Er weiß, daß seine Beliebtheit abnimmt und daß sich auch für ihn größte Vorsicht empfiehlt.«

»Für mich ist das dasselbe. Wenn er dich tötet, welchen Grund hätte ich dann noch zu leben? Ich habe keinerlei Berufung zum Selbstmord, aber ich brauche nur einen Finger zu rühren und finde hundert Personen, die bereit sind, mich zu töten. Der einzige Luxus, den ich mir gönnen möchte, im Fall, daß ich allein bleibe, ist, mich von einem anderen töten zu lassen, um mir die Hände nicht mit meinem Blut zu besudeln.«

Theophano blickte Tzimiskes in die Augen. »Hast du gehört, was ich dir sage?«

Tzimiskes küßte sie noch einmal lange, dann streichelte er ihr Gesicht.

»Vielleicht dramatisieren wir die Lage auch allzusehr und verhalten uns wie Verfolgte, oder sogar wie zum Tode Verurteilte, während es genügen würde, die Augen offenzuhalten und die Ohren zu spitzen.«

Theophano fuhr auf.

»Da bin ich anderer Meinung. Ich glaube, daß wir etwas tun müssen, wenn wir uns retten wollen, und nicht warten dürfen, bis wir in die Falle gehen wie zwei Ratten. Du bist ein erfahrener Stratege und müßtest wissen, daß es günstig ist, dann anzugreifen, wenn man in Gefahr ist, angegriffen zu werden. Hab' ich recht?«

»Solange die Gefahr nicht unmittelbar bevorsteht, tun wir besser daran, friedlich zu sein. Du mußt mich verstehen: ich habe mein ganzes Leben in Kriegen verbracht, und jetzt, wo ich bei dir sein kann, möchte ich jeden Augenblick unserer Liebe genießen, möchte dich streicheln, möchte träumen und nur an dich denken und dich betrachten, um dein Bild im Sinn zu bewahren, auch wenn ich fern von dir bin und mich auf meinem Lager wälze, ohne Schlaf zu finden. Du bist mein strahlendster Sieg, keine gewonnene Schlacht bedeutet mir so viel wie ein einziges deiner Haare.«

Theophano lächelte nur leicht und schien einen Augenblick lang durch Tzimiskes' Worte entwaffnet. Doch gleich darauf funkelten ihre Augen in einem merkwürdig kalten Licht, und ihre Lippen spannten sich, um schneidende, wie Schwertstreiche skandierte Worte auszusprechen.

»Ich spüre die Gefahr, die in jedem Augenblick über uns schwebt. Ich lebe an Nikephoros' Seite im Palast und weiß, daß sich ein Gewitter über uns zusammenzieht. Im Krieg magst du verstehen, was der Feind im Schilde führt, aber am Hof von Byzanz ist mein Wahrnehmungsvermögen bestimmt ausgeprägter als deins.«

Tzimiskes sah sie erstaunt und beunruhigt an.

»Sag du mir, was zu tun ist.«

»Ich habe es dir bereits gesagt: meiner Meinung nach sollte man angreifen, wenn man in Gefahr ist, angegriffen zu werden. Nikephoros bereitet etwas gegen uns vor.«

»Aber Nikephoros ist der Kaiser, man kann ihn nicht ungestraft angreifen wie irgendeinen Feind.«

»Da hast du recht, man kann ihn nicht ungestraft angreifen.« Theophano machte eine kurze Pause. »Um die Gefahr zu beseitigen, müssen wir ihn beseitigen.«

Tzimiskes stockte der Atem. Die Vorstellung, Nikephoros zu töten, traf ihn wie ein Blitz aus heiterem Himmel und erschien ihm sogleich als ein schwerer Wahnsinn, als eine billige und sinnlose Monstrosität. Aber Theophano, die seine Verwirrung erkannte, ließ nicht locker.

»Vielleicht hast du vergessen, daß der zweite Mann im Reich nach Nikephoros du selbst bist.«

»Was willst du damit sagen?«

»Daß die Armee dich mit Begeisterung zum Kaiser ausrufen würde und die Bevölkerung ganz auf deiner Seite stünde. Nikephoros ist beim Volk nicht mehr beliebt, wegen der fortgesetzten Kriege und den immer drückenderen Steuern, die er den Kaufleuten und Handwerkern aufbürdet, um seine Kriege zu bezahlen. Während der letzten Wettkämpfe im Hippodrom hat man Steine auf die kaiserliche Tribüne geschleudert und uns unflätig beschimpft. Seit jenem Tag findet Nikephoros nicht mehr den Mut, sich öffentlich zu zeigen, und nimmt jede Gelegenheit wahr, um sich aus Konstantinopel zu entfernen.«

Tzimiskes schloß die Augen und stellte sich den Moment vor, da er an der Seite Theophanos den Thron besteigen würde. Aber dieses glorreiche Bild erschien vor seinen Augen mit Bächen von Blut übergossen, die vom Thron herunterrannen und über den spiegelnden Marmorboden fließend in jeden Winkel des Palasts, der Höfe und der Gärten drangen. Mit plötzlicher Entschlossenheit raffte er sich auf.

»Nein, ich werde Nikephoros niemals töten können. Ich verdanke ihm alles – seiner Unterweisung, seinem Schutz und auch seiner Liebe.«

»Aber er hat dich von den Ufern der Donau vertrieben, wo du tagtäglich dein Leben gegen diese Barbaren riskiert hast, nur weil er den ganzen Ruhm des Sieges an sich reißen wollte. Ich glaube auch, daß er es war, der das Gerücht verbreitet hat, du würdest dich betrinken, um Mut für den Kampf zu gewinnen. Nikephoros wußte, daß die Skythen durch das griechische Feuer besiegt werden würden, deshalb hat er die lange Reise auf sich genommen, um dann im Moment des Sieges allein auf dem Kriegsschauplatz zu sein. Trotzdem ist er fast heimlich und nur mit einem kleinen Gefolge von der Donaufront zurückgekehrt und hat Konstantinopel vor dem Morgengrauen betreten, als die Leute noch nicht auf den Straßen waren, und hat sich in seine Wohnung eingeschlossen, ohne sich öffentlich zu zeigen. Wenn er früher von einem Sieg zurückkam, bereitete die Menge ihm einen triumphalen Empfang und jubelte ihm zu. Heute muß er sich vor Beschimpfungen und Steinigungen schützen. Nikephoros mißtraut jetzt allen. Er sieht überall Feinde, verschließt nachts die Tür und verriegelt die Fenster in unserem Schlafzimmer, in dem auch ich dann eingeschlossen bin wie eine Gefangene. Er rührt keine Speise und kein Getränk an, ehe ein Vorkoster alles geprüft hat, und läßt jeden, der um ein Gespräch mit ihm bittet, durchsuchen, womit er sich selbst lächerlich macht und die Delegationen und die Statthalter der Provinzen, die nach Konstantinopel kommen, um ihn über die Lage an den Grenzen zu unterrichten, in große Verlegenheit bringt. Er verlangt sogar, daß die Mönche durchsucht werden, die in wochenlanger Reise nach Konstantinopel kommen, um ihm ihre Probleme darzulegen. Wie glaubst du, daß er in dieser seelischen Verfassung die Nachricht aufnehmen würde, daß wir uns heimlich treffen?«

»Was für eine Nachricht?« fragte Tzimiskes erschrocken. »Glaubst du wirklich, daß man ihn informiert hat? Wer weiß denn etwas über uns?«

»Machen wir uns nichts vor, am Hof weiß man alles von allen, und was man nicht weiß, wird erfunden. Seit einigen Tagen ist Nikephoros finsterster Laune und spricht kaum mehr ein Wort mit mir.«

»Vielleicht hast du recht, aber mein ganzes Wesen sträubt sich gegen die Vorstellung, ihn zu töten. Und auch wenn ich mich entschließen könnte, es zu tun, müßten wir doch bedenken, daß er innerhalb des Palasts durch seinen Bruder, den Kuropalates, noch den gesamten Beamtenadel auf seiner Seite hat.«

»Vom Kuropalates haben wir nichts mehr zu fürchten. Ich hatte noch ein paar Rechnungen mit ihm zu begleichen, aber zum Schluß ist es mir gelungen, ihn in eine Mönchskutte zu stecken und in ein fernes Kloster zu schicken, aus dem er schwerlich auf seinen eigenen Füßen wieder herauskommen wird. Der Hetairiarch Nemios Niketas und der Eparch wurden mit Nikephoros' Einwilligung beseitigt. Nemios Niketas wurde geblendet, und den Eparchen, der heimlich nach dem Thron strebte, hat man im Besitz des Pergaments mit der Geheimformel angetroffen, das aus der Pulverwerkstatt entwendet wurde, und hat ihn dem Gesetz gemäß bestraft.«

»Und Nikephoros hat seinen Bruder nicht beschützt?«

»Zum Glück mochten sie sich überhaupt nicht. In letzter Zeit hat Nikephoros sich bei mir oft über seinen Bruder beklagt, der sich nie bereit fand, seine Autorität anzuerkennen und vor dem Thron niederzuknien. Auch wenn sie ihre Gefühle beherrschen konnten, so haben sie sich doch insgeheim gehaßt, und Nikephoros hat keinen Finger für ihn gerührt und mich sogar unterstützt, als ich verlangte, daß er für eine Kränkung büßen solle, die er mir während eines Banketts öffentlich zugefügt hat.«

Tzimiskes stand auf und begann sich anzukleiden.
»Ich kann das nicht gleich entscheiden. Ich muß darüber nachdenken, aber jetzt ist mein Kopf verwirrt, und ich spüre, wie von den Ufern Chalkedons her jener Mörderwind über den Palast weht, durch den wir so wichtige Schlachten verloren haben, weil er die Augen unserer Soldaten mit Sand gefüllt hat. Bevor ich handle, möchte ich ganz sicher sein, und in diesem Augenblick bin ich es nicht, und ich kann auch meine Hände nicht gebrauchen, solange ich nicht in der Lage bin, die Rechte von der Linken zu unterscheiden, und meine Augen sind voller Staub. Du siehst, ich gestehe dir ohne Scham meine Schwächen, aber wenn es mir gelingt, sie zu überwinden, dann werde ich keine Gewissensbisse haben und nichts bereuen, das versichere ich dir.«
Theophano warf sich ihm an den Hals und biß ihn nochmal in die Lippen. Dann zog sie ihr Seidengewand wieder an und hüllte sich in den rauhen Mantel, in dem sie gekommen war. Unter dem Kahn wartete starr vor Kälte schon der Eunuch in dem kleinen Ruderboot, das sie zum Geheimgang des Daphne-Palasts zurückbringen sollte.

31

Nach einer Woche des Wartens, in der er sich die Zeit mit langen einsamen Partien an Firdusis Schachspiel vertrieb, erhielt Leo Phokas endlich durch den Eunuchen Lippas eine Einladung zu einer geheimen Audienz bei seinem Bruder, dem Kaiser.
Leo durcheilte die Korridore, die sein Quartier von der kaiserlichen Wohnung trennten, in demselben Mönchsgewand, das er bei seinem vorgetäuschten Aufbruch ins Exil getragen hatte. Nicht mehr Kuropalates und schon beinah ein Mönch durch diese Kutte und diese Tonsur, lief Leo mit gesenktem Kopf durch die Gänge, wobei er sich einen Zipfel des braunen Wollstoffs vors Gesicht hielt, um zu vermeiden, daß man ihn erkannte.

Das Zimmer, in dem Nikephoros Leo empfing, war nur spärlich durch die Flammen der Kerzen erhellt, die auf dem kleinen Altar brannten, vor dem der Kaiser viele Stunden des Tages im Gebet verbrachte und wo sein Bruder ihn auch jetzt bei seinem Eintreten fand. Endlich erhob sich Nikephoros und setzte sich in eine Ecke des Zimmers, wobei er seinen Bruder mit einer Geste einlud, sich zu ihm zu setzen.

»Es tut mir leid, Euch von Eurem Gebet abzuhalten«, begann Leo Phokas, »aber vielleicht kann der Himmel warten, während sich hier auf Erden Ereignisse anbahnen, die ich, wenn Euer Gnaden mir das gestattet, als ziemlich schwerwiegend betrachten möchte.«

»Was wissen wir davon, ob der Himmel warten kann? Welche Überheblichkeit verleitet Euch zu einem so beleidigenden Gedanken im Hinblick auf die göttliche Autorität, die auch uns Regierende regiert?«

»Euer Geist ist von erhabenen Gedanken erfüllt und von den dringenden Sorgen eines Reichs, das von barbarischen Völkern umgeben ist, die gierig nach unseren Schätzen trachten. All das gereicht Euch zur Ehre, aber ich lebe seit jeher und dank Eurer Gnade auch heute noch in den Gebäuden des Palasts, wo Gier und Neid nicht weniger groß sind als bei den Barbaren, die die Grenzen unseres Reichs bedrängen. Da Ihr mich vor einer ungerechten Verbannung bewahrt habt, erachte ich es als meine Pflicht, Euch von den Stimmen zu unterrichten, die im Palast über die Zukunft des Throns kursieren.«

Nikephoros machte eine unwillige Bewegung.

»Die Stimmen, die in den Korridoren des Palasts in allen Richtungen kursieren, kenne ich seit dem Tag, an dem ich den Thron bestieg. Diese Stimmen werden mir jeden Tag pünktlich von meinen Informanten übermittelt, aber ich habe es aufgegeben, die Wahrheit von der Lüge zu unterscheiden, denn ein solches Unterfangen würde meine ganzen Tage und einen großen Teil meiner Nächte in Anspruch nehmen. Wenn ich den Gerüchten über die Verschwörungen und Intrigen Glauben geschenkt hätte, die einigen zufolge gegen mich angezettelt wurden, dann wäre es mir niemals gelungen, die Städte Kilikiens zu besetzen, und ich hätte auch die Skythen an der Donau nicht besiegt. Kürzlich hat der Kalif El Mu'izz

Alexandreia erobert und in Ägypten eine neue islamische Hauptstadt gegründet und sie Al Kahira genannt, was Stadt des Sieges heißt. Sollen wir diese wilden und anmaßenden Araber etwa unbestraft lassen, nur um uns mit den Phantasien zu befassen, die kreuz und quer durch die Korridore unserer Palastgebäude laufen? Ich habe Euch in brüderlichem Vertrauen nur eins der vielen ernsten Probleme dargelegt, die den Thron von Byzanz bedrängen, so daß Ihr selbst urteilen mögt, wieviel Platz in meinem Gehirn noch für die Stimmen in den Korridoren übrigbleibt, zu deren Boten Ihr Euch jetzt gemacht habt. Oder ist es vielmehr irgendeine Sorge in bezug auf Eure Person, die euch dazu treibt, auch die Gefahr bezüglich meiner Person künstlich aufzublähen, um Euch einen größeren Schutz zu sichern?«
Leo war einen Moment lang ratlos. Wie konnte er nach dieser so vernichtenden und demütigenden Einleitung das heikle Thema Theophano und Tzimiskes noch zur Sprache bringen? Er dachte daran, daß sein Leben für einen Augenblick in den Händen der hinterlistigen Theophano gelegen hatte und daß nur das Eingreifen seines Bruders und des allmächtigen Gottes es ihm zurückerstattet hatte. Aber unter welchen Bedingungen und mit welcher Gefahr? Um sich zu retten, hatte er nicht nur auf den goldenen Umhang des Kuropalates verzichtet und die Mönchskutte angezogen, sondern war auch gezwungen, das Leben eines Eingeschlossenen zu führen, mit dem ständigen Risiko, von Theophanos Bluthunden in seinem Versteck aufgespürt zu werden. Es war also ratsam für ihn, seinem Bruder alles, was er über Theophano und Tzimiskes gehört hatte, rückhaltlos mitzuteilen, mit der Gefahr, ihn zu erzürnen.

»Ihr habt mir gesagt, daß Ihr die Stimmen, die in den Korridoren des Palasts kursieren, alle schon kennt, aber ich fürchte, daß die Dinge Euch sehr wirr und mit übergroßer Vorsicht übermittelt werden, so daß Ihr das Wahre nicht vom Falschen unterscheiden könnt. Ich möchte mir nicht das Verdienst zuschreiben, Hüter der Wahrheit zu sein, aber ich bin sicher, daß Eurer Person und dem Thron, von dem aus Ihr regiert, eine unmittelbare Gefahr droht, und zwar durch zwei Personen, die Euch sehr nahestehen.«

Auf Nikephoros' Lippen erschien kaum sichtbar ein mitleidiges Lächeln.

»Ihr müßt wissen, Bruder, daß ich, seit ich auf dem Thron von Byzanz sitze, die Gewohnheit angenommen habe, ab und zu nachts in großer Heimlichkeit als Händler, Arbeiter oder Hafenauslader oder auch als Bettler verkleidet hinauszugehen. Das ist nicht nur eine Möglichkeit, dem lastenden Hofzeremoniell, das mir mein Kaiseramt auferlegt, für ein paar Stunden zu entfliehen, sondern vor allem der Wunsch, mich – in Demut und Reue – als Mensch unter Menschen zu fühlen, und aus der unmittelbaren Erfahrung heraus zu lernen, wie diejenigen meiner Untertanen leben, die weniger vom Glück begünstigt sind. Während dieser kurzen nächtlichen Abenteuer habe ich gemerkt, daß im Volk oft vom Kaiser die Rede ist, man spricht mit Sympathie, aber auch mit Groll von ihm, es werden gerechte und ungerechte Dinge gesagt, und falsche und wahre Informationen sind im Umlauf. Ich habe gelernt, die boshaften Reden von den echten Sorgen der Armen zu unterscheiden, ich habe gelernt, meine Leute zu verstehen und manchmal gelingt es mir sogar, auf diesem Weg Informationen zu bekommen, die die Höflinge mir nicht geben können oder wollen. Neulich nachts bin ich in Lumpen gekleidet auf die Straße gegangen und habe die Hand ausgestreckt, um ein paar Münzen oder ein Stück Brot von den Passanten zu bekommen. Ich weiß nicht, ob es ein Mangel an Barmherzigkeit oder die allgemein verbreitete Armut war oder auch das Mißtrauen, das die Menschen aus dem Volk einem falschen Bettler instinktiv entgegenbringen – Tatsache ist, daß ich nur wenige und ärmliche Münzen gesammelt hatte, als plötzlich ein alter Mönch auf mich zukam und mir ein Stück Pergament in die Hand legte und sich dann eilig entfernte. Ich hätte ihn vielleicht zurückrufen sollen, nachdem ich die Botschaft gelesen hatte, aber ich konnte ihm nicht folgen, aus Furcht, daß noch andere außer ihm mich erkennen könnten. Diese Botschaft gab vor, mich vor dem General Tzimiskes und vor Theophano zu warnen, die einen Pakt geschlossen hätten, um mich vom Thron zu stürzen. Daß General Tzimiskes danach trachtet, meinen Platz auf dem Thron einzunehmen, erscheint mir als eine Infamie, und ich habe sofort versucht, es zu vergessen, bis Ihr gekommen seid, um mich daran zu erinnern.«

»Es tut mir leid, Euch zu enttäuschen, aber ich glaube, daß ganz Konstantinopel von Euren Verkleidungen und nächtlichen Ausgängen weiß. Ich selbst bin Euch schon mehr als einmal gefolgt, während Ihr als Fischer verkleidet am Hafen umhergingt, und manchmal habe ich Euch von zwei gleichfalls als Fischer verkleideten Wachen beobachten lassen, damit Eurer Person kein Leid geschähe. Ihr dürft also nicht erstaunt sein, daß jener Mönch Euch die Botschaft überbracht hat. Und ich möchte wetten, daß, ebenso wie Ihr kein richtiger Bettler wart, auch jener Mönch kein richtiger Mönch war.«

Nikephoros sah ihn mißtrauisch an.

»Wenn dieses Individuum nicht so groß und hager gewesen wäre, dann könnte ich nach dem, was Ihr sagt, vermuten, daß Ihr unter seiner Mönchskutte gesteckt habt.«

»Die Botschaft, die ich Euch heute bringe, stimmt mit derjenigen des Mönchs, dem Ihr neulich nachts begegnet seid, tatsächlich überein. Meine Nachrichten sind die gleichen wie die jenes Stücks Pergaments, auch wenn es Euch nicht durch meine Hände übermittelt wurde. Aber abgesehen davon, kann ich Euch versichern, daß einige Kommandanten der Armee, ungeachtet der Vergünstigungen, mit denen Ihr sie auf Kosten der Händler und Handwerker bedacht habt, einen Pakt mit Tzimiskes geschlossen haben und ihm ihre Soldaten zur Verfügung stellen, um jeden zu beseitigen, der versucht, sich seiner Thronbesteigung zu widersetzen.«

»Was für eine Tollheit versucht Ihr mir da einzureden? Es stimmt, daß ich in diesen letzten Monaten gezwungen war, die Kaufleute mit neuen Steuern zu belasten, um die Kriegskosten zu bestreiten, und das hat meine Beliebtheit nicht gefördert. Aber zwischen der Unzufriedenheit der Kaufleute und einer Verschwörung von Tzimiskes und den Militärs besteht ein nicht geringer Unterschied.«

»Tzimiskes will Euch nicht nur vom Thron stürzen, Tzimiskes will Euch töten.«

Nikephoros sah seinen Bruder verwundert an, dann rötete sich sein Gesicht in einem Anfall von Zorn.

»Und Theophano?«

Leo schloß die Augen und schwieg.

»Wollt Ihr mir nicht antworten?«

»Soviel ich weiß, sind sich Theophano und Tzimiskes einig.«

Nikephoros schien nicht zu reagieren. Er schwieg eine Weile, dann verzog er das Gesicht zu einer schmerzlichen Grimasse und sagte fast flüsternd:

»Ich kann das nicht glauben. Da müßte schon der Palast einstürzen, bevor ich einer solchen Ungeheuerlichkeit Glauben schenken könnte.«

»Man sagt, daß auf der Rückreise von der Donau ein starkes Gefühl zwischen ihnen entstanden sei und daß dieses Gefühl sich in der Hauptstadt noch gefestigt habe.«

»Tzimiskes wohnt nicht in der Hauptstadt.«

»Chalkedon ist nah, und sein Vaterhaus, in dem er jetzt seinen Wohnsitz hat, liegt direkt am Marmarameer.«

»Und was bedeutet das?«

»Es wird behauptet, ihre Zusammenkünfte fänden auf dem Meer statt. Tzimiskes wurde mehr als einmal gesehen, als er sich nächtens in einem Boot entfernte.«

Nikephoros schwieg und wühlte in seinem Bart. Dann gewann er die Herrschaft über seine Gedanken wieder.

»Ich habe gelernt, nicht einmal jenen Stimmen zu glauben, die mir mögliche und wahrscheinliche Situationen in Aussicht stellen. Weder das Mögliche noch das Wahrscheinliche reichen aus, um den Dingen das Siegel der Wahrheit aufzuprägen. Und welcher schamlose und sündhafte Wahnsinn sollte Theophano dazu getrieben haben, gegen mich zu komplottieren, nachdem sie ihre ganzen Künste darauf verwendet hat, das schlauste und hinterhältigste Wesen, das je unter den Dächern des Palasts gewohnt hat – den Eunuchen Bringas – zu bekämpfen, um mich endlich an ihrer Seite zu haben? Um so mehr als ich seit einiger Zeit beschlossen habe, sie bei allem zu unterstützen und nicht einmal gegen ihre kleinen ehelichen Schikanen zu protestieren, die ich als ein Opfer betrachte, das ich Gott schuldig bin, um für meine Sünden zu büßen.«

»Bringas hatte ihr alle Macht entzogen, und es wäre ihm auch bald gelungen, sie aus der Hauptstadt zu entfernen. Ihr Mut jener Tage beruhte darum nur auf einer dringenden Notwendigkeit, und ich glaube, daß in diesem Augenblick nicht nur der Unwille gegen Eure Person, sondern auch die verderbliche Zuneigung zu Tzimiskes, der sie verführt hat, sie zum Handeln treibt.«

Nikephoros schloß die Augen, so als hoffte er, die Worte seines Bruders dadurch auszulöschen. Dann begann er mit langsamer und verzweifelter Stimme zu sprechen.

»Tzimiskes' Verrat erfüllt meine Gedanken mit Mutlosigkeit und Verwirrung. Ich möchte gleich alles vergessen, was ich aus Eurem Mund vernommen habe, aber das wird nicht möglich sein, da ich mein Augenmerk zu viele Jahre lang auf Tzimiskes gerichtet habe – ich habe ihn Mut in der Schlacht und Redlichkeit in Zeiten des Friedens gelehrt, ich habe ihn während der Feldzüge in Kilikien und in Syrien an meiner Seite gehabt, ich habe die Risiken und Demütigungen während der unglücklichen Unternehmung von Zypern mit ihm geteilt und habe ihn schließlich, während des Feldzugs gegen die Skythen an der Donau, zum Strategen des Ostens ernannt. Ich muß ein wahrhaft schlechter Lehrmeister gewesen sein, wenn ich ihn, wie es den Anschein hat, zum Feind der Wahrheit, zum Sohn des Dämons und zum Diener des Antichristen erzogen habe.«

»Für kleinliche Menschen ist die Dankbarkeit oft ein entwürdigendes Gefühl.«

»Das mag wohl sein. Aber Theophano – warum sollte sie meinen Tod wünschen?«

»Ich glaube, daß sie vor allem den Triumph des Tzimiskes und ihren eigenen wünscht, aber sie weiß, daß Eure Anwesenheit auf dem Thron ausgelöscht werden muß, um ihn zu erreichen. Ihr müßt bedenken, daß Frauen leicht den Einflüssen der Leidenschaft unterliegen und sich von maßlosen und oft unsinnigen Wünschen bestimmen lassen. Unsere Religion verurteilt Lüge und Verrat, aber es ist selten, daß man bei einer Frau ein aufrechtes und tiefes Gefühl für die Pflicht dem Nächsten und dem Staat gegenüber findet. Ich glaube, daß Ihr als Kaiser die Schuldigkeit habt, Eure erlauchte Person gegen jeden zu schützen, der seine Unverletzlichkeit bedroht: wenn Ihr in Gefahr seid, dann ist auch die Sicherheit des

Reichs in Gefahr, nicht nur in seiner bloßen Größe, sondern auch als Gemeinschaft von Menschen, welche dieselben religiösen und staatlichen Ideale vereinen. Die Einheit von Religion und Staat, im Lauf von Jahrhunderten von Byzanz geschaffen, ist eine Frucht großer Weisheit, aber auch blutiger Kämpfe, und ich weiß wohl, wie schwierig Eure Aufgabe ist, dieses Ergebnis gegen die äußeren Feinde und gegen diejenigen, die sich im Inneren des Palasts einnisten, zu verteidigen. Die Gefahr, in der Ihr in diesen Tagen schwebt, riskiert alles zu vernichten, was Ihr bisher geleistet habt, wenn Ihr Eure Person nicht mit dem entsprechenden Eifer schützt. Ich bitte Euch inständig, mein Kaiser und Bruder, diese Warnung ernstzunehmen, zu Eurem Besten und zum Besten aller.«

Nikephoros sah Leo in die Augen und überzeugte sich, daß seine Sorge aufrichtig war. Dann wandte er seinen Blick dem kleinen Altar zu, auf dem zwei große Kerzen brannten.

»Mein Leben ist in Gottes Hand. Ich werde zu Gottvater beten, daß er unsere Person vor Gefahren schützt und unser Werk bewahrt.«

Der Kaiser erhob sich, um seinen Bruder zu entlassen, sprach aber seinerseits noch eine Ermahnung aus:

»Und Ihr seht zu, daß Ihr Euch selbst beschützt. Folgt vertrauensvoll allen Anweisungen des Lippas, entfernt Euch nicht von Eurem geheimen Domizil, und, wenn Ihr könnt, betet zum allmächtigen Gott, denn auch Ihr braucht seine barmherzige Hand. Was jene beiden angeht, so werde ich Nachforschungen anstellen, aber Ihr haltet Euch da heraus, denn sie sind noch gefährlicher für Euer Wohlergehen als für meines.«

Leo Phokas verbeugte sich und verließ das Zimmer, indem er das Gesicht mit einem Zipfel seiner Kutte bedeckte. Im Vorraum erwartete ihn der Eunuch Lippas, und zusammen durchliefen sie mit eiligen Schritten die Gänge und Treppen, die zu seiner Wohnung führten.

Auf diesem Weg sagte Leo nichts, aber er betete in seinem Herzen, daß sein Bruder die Gefahr, in der er schwebte, erkennen möge. Sogar Gott der Allmächtige schenkt dem Flehen der Gläubigen sein Ohr. Warum also sollte Nikephoros die Worte seines Bruders nicht erhören?

32

Die Tür zu der Wohnung, die Leo Phokas vormals bewohnte, als er noch das Amt eines Kuropalates bekleidete, wurde in der Nacht nach der geheimen Audienz bei Nikephoros von unbekannten Eindringlingen geöffnet. Lippas teilte ihm mit, daß jemand, ohne die eisernen Schlösser zu erbrechen, hineingegangen sei und ein Bündel wertloser alter Akten mitgenommen habe: Anfragen wohlhabender Familien, die um käufliche Adelstitel baten, damit sie bei Hof zugelassen würden, Beförderungsanträge von Palastbeamten, Gnadengesuche von Verurteilten, Anträge auf Handelslizenzen – alles Akten, die seit Monaten in einem Schränkchen ruhten, aus dem der Kuropalates während seiner Dienstjahre von Zeit zu Zeit unwillig ein beliebiges herausnahm, wohl wissend, daß er mehr Respekt und Aufmerksamkeit von solchen Menschen erwarten konnte, die um einen Gefallen baten, als von solchen, denen er schon gewährt worden war.
Als der Eunuch dem Kuropalates sagte, daß Diebe in seine Wohnung eingedrungen seien, bedurfte es keines Kommentars. Nicht um Diebe auf der Suche nach Schätzen hatte es sich gehandelt, sondern um Abgesandte, die das Pergament des griechischen Feuers suchten. Aber wer war so erpicht auf dieses kostbare Dokument? Lag es denn nicht, dank seines Ersten Kammersekretärs, bereits in Theophanos Händen? Leo begriff durch diesen Einbruch, daß die Machenschaften sich multiplizierten und daß es vorläufig ratsam für ihn war, weiter in Lippas Wohnung eingeschlossen zu bleiben. Die Aussichten waren nicht günstig, und der neue Lauf der Ereignisse würde ihn vielleicht dazu zwingen, wirklich aus Konstantinopel zu fliehen und freiwillig ins Exil zu gehen, um sein Leben zu retten. Die Signale, die er über Lippas erhielt, waren weiterhin negativ, und Nikephoros stellte sich seit ihrer Zusammenkunft offenbar absichtlich taub und stumm.

Von der Wohnung des Eunuchen Lippas aus sah Leo eines Tages unten im Hof Nikephoros an der Seite Theophanos vorbeigehen, gefolgt von den Würdenträgern der Krone und noch immer vereint in den täglichen Zeremonien, bedrohlich und gewaltsam zusammengespannt durch die kaiserlichen

und christlichen Obliegenheiten des Throns. Ein Treffen des Herrscherpaars mit dem Patriarchen – ein langer Tag der Gespräche, über die strengstes Schweigen gewahrt wurde – brachte Leo auf den Gedanken, daß von seiten seines Bruders eine Bemühung bestand, Theophano mit Hilfe der religiösen Autorität zu zähmen. Welch allerhöchste Einfalt, dachte Leo voll Bitterkeit, wenn der Kaiser wirklich hoffte, dieses Raubtier durch die Verheißungen des Himmels zu zähmen. Und in der Zwischenzeit machte er sich täglich unbeliebter durch unvernünftige und überaus teure militärische Unternehmungen, die die Staatskassen leerten und ihn dazu verleiteten, der Bevölkerung neue Steuern aufzubürden. Ein lautstarkes Symptom der Unzufriedenheit hatte sich bereits offenbart, als die Frauen mit schwarz angestrichenen und auf lange Stangen gesteckten Brotlaiben auf die Straßen von Konstantinopel hinausgegangen waren, um gegen die Bäcker, die dem Mehl Asche beimischten, zu protestieren. Und jetzt hatte diese Unzufriedenheit auch die Ladeninhaber und Hausbesitzer ergriffen, wegen der Luftsteuer, die in den Straßen der Stadt alle herausragenden Gebäudeteile wie Steinbänke, Balkone, Regenrinnen, Ladenschilder und sogar die Stöcke zum Aufhängen der Wäsche betraf.
Noch nie hatte Leo sehnlicher gewünscht, an der Seite seines Bruders zu sein. Diese Schutzhaft bewahrte ihn zwar vor den blutrünstigen Anwandlungen Theophanos, aber warum blieb Nikephoros nicht mit ihm in Verbindung, gerade jetzt, wo die Anwesenheit eines verläßlichen Ratgebers ihm Hilfe und Erleichterung bringen konnte? Der Gedanke, daß Theophano den Kaiser zu dieser übermäßigen Vorsicht zwinge, betrübte und beunruhigte ihn. Einmal hatte Nikephoros ihm anvertraut, daß er sich selbst Beine und Brust massiere – eine peinvolle Übung, um die geheimen Gebrechen, die er sich in den Jahren des Soldatenlebens zugezogen hatte, nicht dem geschwätzigen Gezücht der massierenden Eunuchen und dem Gespött seiner Ehefrau preiszugeben. Aber warum, wenn er den Höflingen gegenüber so vorsichtig war, setzte er sich dem Unmut der Bevölkerung aus? Warum drosselte er die Ausgaben nicht und versuchte, wenigstens einen Teil seiner verlorenen Beliebtheit wiederzugewinnen, die ihm in einem so

gefährlichen Augenblick unschätzbare Dienste leisten konnte? Seine Abhängigkeit von Theophano mußte den Gipfel der Würdelosigkeit erreicht haben, wenn er gezwungen war, zu so ausgeklügelten Listen zu greifen, um das Leben seines Bruders zu retten. Waren die alten Tugenden, die ihm den militärischen Triumph und den Thron beschert hatten, gänzlich in ihm abgestorben?
Der Diebstahl des Pergaments aus seinem Zimmer war vielleicht ein Zeichen der Unsicherheit bei Theophano, die zu diesem äußersten Mittel gegriffen hatte, damit sie ihn beschuldigen konnte, sich der Formel des griechischen Feuers bemächtigt zu haben. Wer sonst als Theophano hätte ein solches Ränkespiel gefahrlos inszenieren können? Nur Theophano konnte diesen Diebstahl veranlaßt haben. Fälle von Diebstahl waren im Palast äußerst selten wegen der Schwierigkeit, die Beute hinauszuschaffen oder sie ungestraft zu verwahren, vor allem einen so heiklen Gegenstand wie die Formel des griechischen Feuers. Aus diesen Gründen hätte Leo den Kaiser gern um eine weitere Audienz gebeten, aber dann hatte er darauf verzichtet, um nicht gezwungen zu sein, ihm das Verschwinden des Pergaments zu gestehen. Im Augenblick war es besser, sich im Schutz des treuen Lippas versteckt zu halten und alle in dem Glauben zu lassen, man hätte ihn in ein fernes Kloster gesperrt.
So hatte sich Leo mit diesem blinden und stillen Maulwurfsleben abgefunden, in der Erwartung von etwas, das ihm abwechselnd in den glänzenden Farben des Wunschs und der Hoffnung und in jenen düsteren der Katastrophe erschien, die er über seine eigene Person und die seines Bruders Nikephoros hereinbrechen fühlte.

Nachdem sie ihren offiziellen Obliegenheiten nachgekommen waren, saßen Nikephoros und Theophano sich in den Stunden der Mahlzeit gegenüber. Das goldene Geschirr, das früher der kaiserlichen Tafel diente, war auf Nikephoros' Anordnung eingeschmolzen und den Skythen im Austausch für zwei Jahre Frieden in Zahlung gegeben worden. Teller, Suppenschüsseln, Becher und Leuchter waren von den Hofgoldschmieden identisch nachgebildet worden, aber in vergoldeter Bronze. Nikephoros und Theophano aßen vom gleichen Geschirr, aber ihre Speisen waren verschieden. Nikephoros aß nur bei offiziellen Essen Fleisch und zog es im Privaten vor, sich von Hülsenfrüchten zu ernähren – je nach Jahreszeit Kichererbsen, Linsen oder dicke Bohnen – und von rohem Gemüse, auf das er griechisches Olivenöl goß. Dazu trank er in der heißen Jahreszeit ein Glas würzigen Weißwein aus Zypern, vermischt mit Wasser, und in der kalten Jahreszeit ein Glas puren Rotwein. Theophano aß am liebsten Wild, das sie sich mit Pfeffer und anderen starken orientalischen Gewürzen zubereiten ließ.

Trotz der Feindseligkeit, mit der Theophano ihn bei seiner Rückkehr aus dem Donaukrieg empfangen hatte, war Nikephoros geduldig mit ihr und bedachte sie mit pathetischen Zeichen seiner Liebe – in der Hoffnung, in diesem schweren Moment der Einsamkeit irgendeinen Trost von ihr zu bekommen. Aber Theophano machte keinerlei Zugeständnisse in bezug auf ihre Gefühle und blieb ihm auch weiterhin fern in ihren Gedanken und vor allem in ihren Begierden. Noch nie, seit sie zusammen auf dem Thron saßen, hatte sie auch nur einen Augenblick lang Zuneigung und Verständnis gezeigt. In Nikephoros' Nähe, der in seinem Schmerz erstarrt war, empfand sie nur Last und Langeweile und gab sich auch keinerlei Mühe, diese Gefühle zu verbergen. Nikephoros' offensichtliches Leid schien ihre Bosheit sogar noch zu schüren.

Nachdem er von dem Mönch die Botschaft mit der Ankündigung eines bevorstehenden Attentats erhalten hatte, wollte Nikephoros mit Theophano darüber reden.

»Es handelt sich bestimmt um einen Scherz«, sagte die Kaiserin, »und du bist darauf hereingefallen und hast dich mit deinen absurden Hausdurchsuchungen am Hof lächerlich gemacht. Wer kann ein Interesse daran haben, einen Hampelmann umzubringen, der von der Krone nur den Schein bewahrt und jede Autorität entbehrt?«

Theophanos Ziel war es, Nikephoros zu zermürben und ihn dazu zu bringen, nicht auf die beunruhigenden Nachrichten zu reagieren, die ihm seine Informanten sicherlich schon hinterbracht hatten.

»Ein Teil der Bevölkerung ist mir feindlich gesinnt, und diese Feindlichkeit läßt mich am Hof verwundbar erscheinen. Das heißt aber nicht, daß ich es wirklich bin.«

Theophano sah ihn zerstreut an, und fuhr fort, ein mit Oliven und Sellerie gefülltes Rebhuhn zu essen.

»Was mich mehr belastet«, sagte Nikephoros weiter, »ist die Tatsache, daß du mir feindlich gesinnt bist. Du bist eine sehr seltsame und schwierige Frau, und das macht mich traurig und demütigt mich.«

Theophano fuhr mit der Hand durch die Luft, wie um Nikephoros' melancholische Gedanken zu verscheuchen und das Gespräch auf den realen Boden der Tatsachen zurückzubringen.

»Es wird dir nicht gelingen, mich mit deinen Klagen zu rühren. Durch deine Schuld mußte ich die Beschimpfungen und Steinigungen auf der Tribüne im Hippodrom über mich ergehen lassen, und durch deine Schuld wage ich nicht mehr, den Palast zu verlassen. Auch ich bin ein Opfer deiner militärischen Tollheiten und bin gezwungen, aus vergoldeten Bronzetellern zu essen, während die Barbaren sich an unserem Gold bereichern. Es ist dir nie gelungen, wirklich ein Kaiser zu sein, auch wenn du auf dem Thron sitzt und deine lächerlichen Löwen mit dem Schwanz strampeln läßt. Du bist immer ein Soldat geblieben, und noch dazu einer mit einem religiösen Wahn. Gibt es eine schlimmere Mischung?«

»Auf der einen Seite Gott und auf der anderen das Schwert. Mir scheint das eine ehrenhafte und zugleich furchterregende Mischung.«

Mit einer raschen Bewegung ergriff Nikephoros das Schwert, das hinter dem kleinen Altar an der Wand hing, und durchtrennte mit sirrendem Hieb einen Vorhang am Fenster.

Theophano sah ihn stumm und erschrocken an. Aber sie faßte sich gleich wieder und sagte mit ruhiger Stimme:

»Ich werde einen Tapezierer bestellen müssen, damit er den Vorhang ersetzt.«

33

In jener Februarnacht schneite es am Bosporus. Der Schnee fiel dicht und langsam und schmolz auf dem Wasser. Ein Ruderboot näherte sich im Dunkeln dem Bukoleon-Hafen, bei jedem Ruderschlag wankend. An Bord waren vier Männer, die sicher auf die Mole zusteuerten, und jede ihrer Bewegungen, jede ihrer Gesten schien von einem schweigenden Einverständnis diktiert. Unter ihnen befand sich auch Tzimiskes, der genau wie die anderen einen kurzen gegürteten Wollmantel trug. Schließlich legte das Boot an einem einsamen Punkt des Hafens unter der Mauer des Daphne-Palasts an. Tzimiskes ging als erster an Land und hatte den Fuß kaum auf die Mole gesetzt, als von der Höhe der Terrasse eine Strickleiter an der Mauer heruntergelassen wurde. Tzimiskes näherte sich ihr, und während die beiden Ruderer die Leiter unten hielten, begann er mit einem der Männer hinaufzuklettern, bis beide im Dunkeln verschwanden.

Im kaiserlichen Schlafgemach lag Nikephoros bereits auf seinem Eselsfell auf dem Boden. Ganz und gar in seinen alten Klostermantel gehüllt, war er dabei einzuschlafen – nach einem weiteren Tag nutzloser Gespräche mit Luitbrand von Cremona, der trotz des Scheiterns seiner Mission darauf bestand, in Konstantinopel zu bleiben und immer neue Zwischenfälle zu provozieren, vielleicht in der Hoffnung, durch seine platzraubende Gegenwart das zu erreichen, was seine diplomatischen Künste nicht vermochten. An diesem Tage, hatte der langobardische Bischof vor dem Bankett gedroht, von der festlich gedeckten Tafel wieder aufzustehen, falls man ihm nicht den Vorrang vor dem bulgarischen Gesandten einräumte, der sich mit einer Bronzekette um die Taille und mit in balkanischer Weise geölten Haaren im Triklinium präsentierte. Den imperialen Ansprüchen der Ottonen gegenüber war Nikephoros unbeugsam geblieben, aber was den Vorrang betraf, war er gezwungen gewesen, Verständnis zu zeigen, und hatte dem Tischpräfekten des Basileus befohlen, die Sitzordnung zu ändern, um keinen aufsehenerregenden Zwischenfall zu riskieren, der die sowieso schon schwierigen Beziehungen zu Italien endgültig verdorben hätte.

Als Theophano das Schlafzimmer betrat, ging sie sofort zum Fenster, entriegelte es und öffnete es in die Nacht hinaus. Nikephoros bemerkte es und protestierte schwach.
»Du wirst dich erkälten, Theophano, die Jahreszeit ist unfreundlich, und die nächtliche Feuchtigkeit dringt ins Zimmer.«
»Bist du um meine oder um deine Gesundheit besorgt? Oder findest du, dem Schnee zuzusehen sei ein unnötiger und sündhafter Luxus?«
Mit einer unwilligen Gebärde schloß Theophano das Fenster, aber ohne es zu verriegeln. Sie ging ein paar Schritte im Zimmer hin und her und begab sich dann zur Tür, um es zu verlassen.
»Wohin gehst du zu dieser Stunde?«
»Ich bin noch nicht müde. Ich will die armenische Prinzessin besuchen, die bei uns zu Gast ist. Aber ich bleibe nicht lang. Ich habe vergessen, ihr ein Parfum zu geben, das ich ihr versprochen hatte.«
Theophano zeigte Nikephoros ein kleines silbernes Fläschchen. Dann öffnete sie die drei schweren Riegel der Tür.
»Schieb die Riegel nicht vor«, sagte sie zu Nikephoros, »denn wenn du einschläfst, muß ich den Protovestiarios rufen, damit er mich hereinläßt.«
Nikephoros hob den Oberkörper und machte Anstalten aufzustehen.
»Ich werde wach bleiben, um deine Rückkunft zu erwarten.«
»Das ist nicht nötig. Ich gehe nur, um ihr das Parfum zu bringen und ein paar Worte mit ihr zu sprechen.«
Nikephoros legte sich wieder auf sein Eselsfell, und die Augen fielen ihm zu. Er strengte sich an, wach zu bleiben, aber nach wenigen Augenblicken fiel er in tiefen Schlaf.

Oben auf der Terrasse des Daphne-Palasts fanden Tzimiskes und sein Begleiter zwei Komplizen vor, die auf sie gewartet hatten, und tauschten nur ein kurzes Zeichen des Einverständnisses mit ihnen aus, denn der Plan war in allen Einzelheiten besprochen. Sie zogen die Strickleiter bis über Nikephoros' Fenster hinauf und befestigten sie sicher an einem der Eisen-

haken, die dazu dienten, die Girlanden der konkurrierenden Parteien während der Rennen im Hippodrom zu tragen.
Der Schnee fiel weiter in dichten und feinen Flocken, die jede Bewegung der Verschwörer in Stille hüllten und die Sicht auf den Bukoleon-Hafen versperrten.
Tzimiskes und sein Begleiter, der mit ihm auf die Terrassen hinaufgestiegen war, rückten ihre kurzen Soldatenschwerter an den Hüften zurecht, zogen die Riemen um ihre Fußgelenke enger und schickten sich an, die Strickleiter hinabzusteigen. Tzimiskes' Begleiter war Zirkusakrobat und hatte die Aufgabe, den Verschwörern den Weg zu bahnen, war aber auch selbst bereit, mit dem Schwert einzugreifen. Zu Tzimiskes und dem Akrobaten gesellte sich noch einer der beiden Männer, die auf der Terrasse gewartet hatten, ein gewalttätiger Syrer von der Palastgarde, den man nach der Verhaftung und Einkerkerung des Hetairiarchen Nemios Niketas angeworben hatte. Der vierte Verschwörer blieb auf der Terrasse, um die Strickleiter wieder heraufzuziehen, sobald die anderen Nikephoros' Zimmer betreten hätten.
Vor dem Fenster angelangt, riß der Akrobat es auf und sprang mit gezücktem Schwert hinein. Ihm folgten Tzimiskes und der Syrer, und auch sie zückten ihre Schwerter im Dämmerlicht des Zimmers, das durch die zwei Kerzen auf dem kleinen Altar vor dem Christusbild kaum erleuchtet war.
Nikephoros fuhr aus dem Schlaf empor und sprang auf die Füße, ohne zu begreifen, was geschah, streckte aber instinktiv die Hand nach dem Schwert aus, das neben ihm an der Wand hing. Der Akrobat stürzte sich auf ihn und warf ihn zu Boden. Im selben Augenblick erhob Tzimiskes das Schwert und schlug es ihm auf den Kopf, den er mit einem tiefen Hieb bis zum linken Auge spaltete. An diesem Punkt fühlte Nikephoros seine Kräfte schwinden, aber es gelang ihm noch, die weit aufgerissenen Augen auf Tzimiskes zu richten, der ihn mit Fußtritten gegen die Brust und das nunmehr blutüberströmte Gesicht traktierte. Als er zu Boden fiel, beugte sich Tzimiskes hinunter, packte ihn am Bart und schleifte ihn in die Mitte des Zimmers. Nikephoros schloß die Augen, um Tzimiskes' Gesicht nicht zu sehen, ohne den Grund dieser ganzen Grausamkeit zu begreifen. Für einen Augenblick gelang es ihm, seine

Kräfte zu sammeln, um ihm etwas zu sagen. Vielleicht ging ihm ein letzter Gedanke der Enttäuschung, der Trauer oder der Wut durch den Kopf, aber seine Lippen waren nicht mehr imstande, ein einziges Wort zu formen. Er stürzte wieder zu Boden, mit herabhängendem Kopf und nunmehr reglosen Gliedern, während um ihn herum alles dunkel wurde und auch der Schmerz in der Stille und Leere des Todes zerrann.

Die Nachricht von dem Attentat und von Nikephoros Phokas' Tod verbreitete sich sofort im ganzen Palast. Der neue Hetairiarch, der Nemios Niketas' Posten übernommen hatte, versammelte unverzüglich die Soldaten der Palastgarde und stellte sich auf Tzimiskes' Seite, wie es heimlich mit den Verschwörern vereinbart worden war. Die Korridore des Palasts waren leer, denn die hohen Beamten und ihre Angestellten hatten sich – wie immer in plötzlichen Notzuständen – in ihre jeweiligen Büros eingeschlossen, um sich im geeigneten Augenblick der siegreichen Partei anzuschließen. Die Kommandanten des Heeres äußerten keine Meinung, in der Furcht, die Soldaten könnten noch hinter Nikephoros stehen, von dem sie Geld und Vergünstigungen erhalten hatten. Bestürzt und ungläubig kam die Bevölkerung auf die Straßen der Hauptstadt heraus, und ein Großteil der in Konstantinopel stationierten Soldaten versammelte sich im Hippodrom und forderte lautstark Nikephoros' Erscheinen in der Kaiserloge des Palasts.

Theophano hatte sich nach ihrem Besuch bei der armenischen Prinzessin in ihre Wohnung im Gynäkeion geflüchtet und ihre Friseure dorthin bestellt, um sich die Haare richten zu lassen. Dann hatte sie einen festlichen weißen Seidenmantel angezogen, so als müsse sie sich bei einer offiziellen Feierlichkeit zeigen. Die Damen des Gynäkeions fanden sie selbstsicher und heiter, wie von einer unerträglichen Last befreit.

Nach dem Attentat hatte ein Eunuch im Dienste Theophanos Nikephoros' Papiere durchsucht und das noch versiegelte Pergament mit der Formel des griechischen Feuers gefunden: es war aus dem Zimmer des Kuropalates auf Anweisung des Kaisers entfernt worden, der dadurch die Gefahr abwenden konnte, daß man seinen Bruder als Verräter denunzierte. Der

Erste Kammersekretär, der im geheimen für Nikephoros gearbeitet hatte, war vom Kuropalates aus dem Fenster gestoßen worden, weil er ihn für einen Agenten Theophanos hielt.
Am späten Vormittag erschienen in der Kaiserloge über dem überfüllten Hippodrom zwei Wachen in Galauniform und ein Trompeter, der das feierliche Signal blies, das gewöhnlich die Ankunft des Kaisers verkündete. Unten im Hippodrom gab es einen Moment des Jubels, aber die Kommandanten befahlen Stille. Das Heer schwieg in Erwartung von Nikephoros' Ankunft. Aber plötzlich erschien der Stratege Tzimiskes im blutbefleckten Wollmantel in der Loge, mit dem noch blutenden Kopf des Nikephoros in der Hand, den er an den Haaren hochhielt. Von unten erhoben sich Schreie des Entsetzens und Drohungen gegen die Verschwörer. Aber plötzlich erscholl unter den Soldaten eine laute Stimme:
»Es lebe der Kaiser!«
Es folgte ein Augenblick der Stille und der Ratlosigkeit, dann ein Gemurmel bei den Soldaten, und schließlich eine allgemeine Akklamation, die einem byzantinischen Brauch zufolge der Ausrufung eines neuen Kaisers durch die Stimme des Volkes gleichkam.
»Lang lebe der Kaiser Tzimiskes!«
Tzimiskes grüßte die Soldaten mit einer Handbewegung und zog sich dann aus der Loge zurück. Er umarmte Theophano, die an die Seite des Siegers geeilt war, ohne sich darum zu kümmern, ihre Beteiligung an der Verschwörung zu verbergen. Diese Umarmung ließ rote Blutflecke auf ihrem schneeweißen Mantel zurück.

34 Der Patriarch Polyeuktes weigerte sich, Tzimiskes zu krönen und seine Ernennung zum Kaiser offiziell zu besiegeln, solange er nicht bereit war, Theophano zu verstoßen, die alle inzwischen als Anstifterin der Verschwörung erkannten, bei der Nikephoros sein Leben verloren hatte, sowie einer Reihe weiterer Verbrechen, die unter dem Vorwand eines Pergaments mit der Formel des griechischen Feuers verübt worden waren, das sie absichtlich zirkulieren ließ. Der Raub des Originals und die Ermordung Leontios Manuels sollten das Auftauchen des Pergaments an Orten und bei Personen, die sie durch eine unwiderrufliche Verurteilung zu beseitigen wünschte, glaubwürdig machen.

Als Tzimiskes und Theophano sich am Tor der Hagia Sophia präsentierten, verwehrte ihnen der Patriarch persönlich den Eintritt, indem er ihnen mit zum Himmel gereckten Händen und bebender Stimme in den Weg trat, und mit einem Blick, der seine ganze Entrüstung verriet.

»Ich kann in die Kirche Christi nicht zwei Personen einlassen, deren Hände noch blutig sind von einem Verbrechen, das uns mit Scham und Entsetzen erfüllt hat, und die dem Dämon dabei helfen, Unordnung im Universum zu schaffen.«

Tzimiskes kniete zum Zeichen der Demut auf dem Pflaster nieder. Theophano blieb stehen und sah den Patriarchen haßerfüllt an.

»Das Volk hat mich zum Kaiser ausgerufen«, sagte Tzimiskes, »und wenn ich gekommen bin, um das Siegel der religiösen Autorität zu erbitten, dann ist es, weil meine Hände unschuldig sind und weil ich ein gläubiger Mann bin.«

»Ein Glaubensbekenntnis in dieser Lage«, sagte der Patriarch, »ist nicht nur verdächtig, sondern sogar blasphemisch. Der Himmel sieht uns und bestraft die Schuldigen unter uns.«

»Ich bin bereit, meine Irrtümer einzugestehen, wenn man nicht ungerechte Anklagen gegen mich erhebt. Der Himmel verzeiht die Irrtümer derer, die sie bereuen, und ich hoffe, Ihr wollt nicht strenger sein als der Himmel.«

»Ein Verbrechen ist nicht nur ein Irrtum, es ist auch eine Beleidigung Gottes und der Menschen«, sagte der Patriarch streng.

»Ich bitte Euch demütig, mir eine Unterredung zu gewähren, damit in dem Augenblick jeder Schatten von meiner Person getilgt sei, in dem ich auf Wunsch des Volkes und hoffentlich mit dem Segen des heiligen Patriarchen den schweren Auftrag übernehme, das Römische und Christliche Kaiserreich von Byzanz zu vertreten.«

Der Patriarch gewährte Tzimiskes die Unterredung, aber er wollte nicht, daß Theophano ihn begleite, die deshalb draußen vor der Kathedrale auf das Ergebnis der Begegnung harrte.

Auf dem Patriarchenstuhl im Zentrum der leeren Kathedrale wartete Polyeuktes darauf, daß Tzimiskes noch einmal niederkniete, und ließ ihn während der ganzen Unterredung knien. Draußen bewachte die eskortierende Garde das Warten Theophanos, die sich in die kaiserliche Kutsche geflüchtet hatte – wütend, daß man sie nicht zu dem Gespräch zugelassen hatte, unfähig, die Wallungen des Zorns über die erlittene Demütigung zu unterdrücken, und voller Ungeduld, den Ausgang des Treffens zwischen Tzimiskes und dem Patriarchen zu erfahren.

Das Warten gestaltete sich lang und unruhig. Nach der kalten Grausamkeit, mit der sie Nikephoros' Ermordung gewollt und geplant hatte, schien Theophano sich jetzt einer Art ekstatischer Verwirrung zu überlassen, unterbrochen von plötzlichen Zuckungen, so als fürchte sie einen Angriff der schlimmen Gespenster, die sie zu ihren verbrecherischen Intrigen angestiftet hatten.

»Ich kann Eure Worte nicht als Beichtgeheimnis nehmen«, sagte der Patriarch sogleich zu Tzimiskes. Die ernsten Umstände, die Euch zum Sitz dieser Heiligen Kathedrale geführt haben, machen es mir schwer, meine Aufgaben zu erfüllen, und ich werde Euch die Krone nicht aufs Haupt setzen, bevor ich nicht sicher bin, daß Ihr dieses heilige Symbol nicht durch ein Verbrechen erobert habt, das auch die heiligen Bilder, vor denen ein frommer Kaiser seine Gebete zu sprechen pflegte, mit Blut befleckt hat.«

»Alle wissen seit vielen Jahren«, sagte Tzimiskes, »wie sehr ich dem Kaiser Nikephoros ergeben war. Er war in den Jahren der Kriege mein Lehrer, und vor kurzem hat er mich in

die Hauptstadt zurückgerufen, um mich in einem schwierigen Augenblick, als seine Beliebtheit abnahm und seine Beziehung zur Kaiserin sich trübte, an seiner Seite zu haben.«
»Einer treulosen und arroganten Frau, die weder die kaiserliche Würde noch jene andere Würde kennt, die den Frauen jeden Standes als Zierde dienen sollte.«
»Ihr habt ein gerechtes Urteil ausgesprochen, das ich mit ganzem Herzen bejahe. Wenn ich Euch heute hier auf den Knien bitte, mir meine Schwäche zu verzeihen, dann ist es gerade wegen dieser Frau. Sie hat mich verführt, und das ist die erste Sünde, für die ich demütig um Verzeihung bitten muß, denn aus ihr ist alles übrige Unheil entsprungen. Theophanos Verführungskünste haben meine Neigungen verdorben, aber nicht meine Vernunft und auch nicht meinen Glauben an die Gebote Gottvaters, der alles von der Höhe des Himmels aus sieht. Ich weiß nicht, was Theophano die Überzeugung gegeben hat, daß ich ihr in ihren finsteren Intrigen und ihren Komplizenschaften mit brutalen Männern und in dem Plan eines infamen Verbrechens folgen würde, und ich habe auch nicht geahnt, daß die Schamlosigkeit diese Frau bis zu diesem Punkt treiben würde. Schließlich fand ich mich in eine Situation verwickelt, aus der es keinen Ausweg für mich gab. Und so geschah es, daß ich mich, von den Ereignissen überwältigt, auf die Kaiserloge hinausstoßen ließ, vor das im Hippodrom versammelte Heer. Doch was blieb mir an diesem Punkt anderes übrig? Hätte ich die Stadt der Unordnung ausliefern und das Kaiserreich ohne Führung lassen sollen? Das Heer hat mich zum Kaiser ausgerufen, nicht weil ich es gewünscht oder gefordert hätte, sondern auf eigenen spontanen Wunsch und im Bewußtsein, daß ich der Mensch war, der Nikephoros am nächsten stand, fast wie ein angenommener Sohn.«
»Ein seltsamer Sohn, der sich mit dem blutverschmierten Kopf seines Vaters in der Hand in der Kaiserloge präsentiert. Diese grausige Szene läßt mich eher an die schlimmsten Missetaten des heidnischen Altertums als an die höchste Investitur des Christlichen Kaiserreiches denken.«
»In so dramatischen Momenten ist man sich über das eigene Verhalten nicht im klaren, aber ich kann Euch versichern, daß meine Gesten meinen Gefühlen nicht entsprachen. Als ich

nach dem Krieg gegen die Skythen ins Vaterland zurückkehrte, schlug ich meinen Wohnsitz absichtlich in Chalkedon auf, um den Hofintrigen fern zu bleiben. Hätte ich im Sinn gehabt, durch Machenschaften den Thron zu erobern, dann wäre auch ich durch die Korridore des Palasts gelaufen, um mir Verbündete und Komplizen zu verschaffen.«

»Theophano hat für Euch gehandelt.«

»Ich möchte nochmals demütig darauf hinweisen, daß diese Frau ihre Ränke hinter meinem Rücken geschmiedet hat, jenseits meiner Wünsche und meines Willens.«

»Dann ist also auch Eure Ernennung zum Kaiser jenseits Eurer Wünsche und Eures Willens geschehen. Wenn die Dinge sich so verhalten wie Ihr sagt, dann könntet Ihr ohne Opfer auf den Titel verzichten.«

»Wie ich schon sagte: da Nikephoros getötet wurde, hielt ich es für meine Pflicht zu vermeiden, daß der Thron in die Hände irgendeines intriganten Höflings fällt. Ich bin ein Soldat, der dem Kaiserreich ehrenhaft gedient hat, und meine einzige Schuld besteht darin, der Verführung jener unseligen Frau erlegen zu sein.«

»Dann seid Ihr also wenigstens bereit, auf Theophano zu verzichten?«

»Nunmehr ist alles geschehen. Auch wenn ich eingestehe, von ihr überwältigt worden zu sein, so halte ich es doch den Untertanen gegenüber für meine Pflicht, den Skandal nicht dadurch zu verschärfen, daß ich eine Frau öffentlich in Mißkredit bringe, die noch bis gestern auf dem Thron saß.«

»Die ganze Welt kennt Theophano als eine gottlose und schamlose Sünderin. Nach diesem letzten Vorschlag, den der Hohe Sitz, von dem aus ich zu Euch spreche, mich zu machen zwingt, müßt Ihr Eure Wahl treffen: Entweder die Kaiserkrone oder Theophano.«

Ohne zu zögern, traf Tzimiskes seine Wahl.

Theophano, des Mordes an Nikephoros angeklagt, wurde von den Wachen der kaiserlichen Eskorte gewaltsam weggeschleppt. Außer sich vor Zorn über den Verrat von Tzimiskes, der ihr die Krone verdankte, überhäufte sie ihn vor der

Kathedrale und im Angesicht des Patriarchen mit Beschimpfungen und versuchte sogar, sich auf ihn zu stürzen und ihn zu kratzen, wie sie es während ihrer wilden Liebesstunden auf dem Fischerkahn so oft aus Begierde tat. Aber die Wachen packten sie an den Armen und luden sie auf einen Militärwagen, der sie zu einem geheimen Gefängnis brachte.
»Diese unwürdige Szene ist eine Bestätigung ihres gewalttätigen Charakters«, sagte Tzimiskes zum Patriarchen, der über diese menschliche Furie schockiert war. Und der Patriarch stimmte den Worten des neuen Kaisers scheinheilig zu, um nicht nochmals eine Frage aufzuwerfen, die ihn schon genügend in Verlegenheit gebracht und zum Zorn verleitet hatte.
Tags darauf wurde Theophano aus ihrem Gefängnis herausgeholt und auf ein Schiff verfrachtet, wo man sie kahlschor und in ein Nonnenkleid steckte. Der Ort, wo dieses Schiff anlegen sollte, wurde geheimgehalten. Über Theophano erfuhr man später, daß sie den Nonnen, die sie aufgenommen hatten, so viel Ärger bereitete, daß sie wiederholt von einem Kloster ins andere übersiedeln mußte. Wo immer sie sich aufhielt, zerschlug sie Geschirr und zerstörte Besteck und Küchengerät, und manchmal zerriß sie sogar die heiligen Paramente. Spuren ihrer Aufenthalte finden sich in vielen Chroniken dieser Klöster, wo ihre Untaten verzeichnet wurden, zu denen auch häufige Raufereien mit Schlagen, Kratzen und Anspucken anderer Nonnen zählten. Zu ihrer teilweisen Entlastung sagte man, daß ein Zöllner-Dämon, der vor dem Eingang des Himmels auf sie lauerte, Anstifter und Beaufsichtiger ihrer Handlungen sei.

35 Leo Phokas, den man in seinem Versteck entdeckte, fand keine Zeit mehr zu fliehen; er wurde geblendet und auf einem Ochsenkarren in ein ländliches Gebiet in Skythien gebracht, wo er als Bettler von Haus zu Haus ging und den Leuten für ein paar Kupfermünzen geheime Geschichten vom byzantinischen Hof erzählte. Der Eunuch Lippas, der ihn versteckt und beschützt hatte, konnte sein Leben retten, mußte sich aber die Zunge abschneiden und die Trommelfelle versengen lassen, um als Nachfolger eines an Schwermut gestorbenen Arbeiters in der Pulverwerkstatt aufgenommen zu werden. Bevor er endgültig in der Werkstatt verschwand, um dort die Mischung des griechischen Feuers herzustellen, vertraute der Eunuch einem seiner Gehilfen ein Päckchen Pergamentblätter an, auf denen die imaginäre Hofchronik verzeichnet war, die – in einem Kloster auf dem Berg Athos aufbewahrt – für diese wahrheitsgetreue Rekonstruktion der Ereignisse bis zu Johannes Tzimiskes' Thronbesteigung gedient hat. In dem Schränkchen, wo Lippas seine Geschichte verwahrte, wurde später noch ein letztes Blatt gefunden, das seiner Aufmerksamkeit vielleicht entgangen war oder auch absichtlich von ihm an jenem Ort zurückgelassen wurde – in ungewöhnlich klaren und großen Lettern verfaßt. Es war eine kurze Botschaft an die künftigen Leser mit dem folgenden Wortlaut: »Wer immer du seist, der diese Geschichte gelesen hat, versuche sie zu vergessen, denn im Vergessen und nicht im Erinnern liegt die Rettung der Menschen. Es gibt zu viele Geschichten auf dieser Welt, und nur diejenigen, die den Willen, sie zu vergessen, überleben, sind es wert, erinnert zu werden. Die erinnerungswürdigen Geschichten brauchen Platz im Gedächtnis und einen unbeschwerten Sinn.«

Der Patriarch Polyeuktes hielt eine Predigt, die an die Bevölkerung des Christlichen Kaiserreichs von Byzanz gerichtet war, in Wirklichkeit aber dem neuen Kaiser Johannes Tzimiskes galt und in der alle aufgefordert wurden, Theophano zu vergessen und ihren Namen nie und unter keinen Umständen mehr zu erwähnen. Aber bevor er diese ›damnatio memoriae‹ aussprach, zögerte er nicht, sie als doppelzüngige Frau, Tochter der Finsternis, verderbliches Geschöpf, Verräterin des Reichs, Sarazenennatur, Beleidigerin Christi, Meisterin des

Frevels, falsche Schlange und Verfolgerin der Unschuldigen zu bezeichnen.
In kurzer Zeit verschwanden nacheinander alle Personen, die in Theophanos unmittelbarem Dienst gestanden hatten – Männer, Frauen und Eunuchen, Griechen und Barbaren, Laien und Mönche – auf mysteriöse Weise, ohne Spuren zu hinterlassen. Aus den Gefängnissen von Konstantinopel wurden alle Diebe freigelassen, um für die zahlreichen Soldaten der Palastgarde Platz zu schaffen, welche die Vertreibung Theophanos, von der sie heimliche Zuwendungen in Gestalt von Goldmünzen erhalten hatten, mißbilligten.

Der neue Kaiser heiratete Theodora, eine Tochter Konstantins VII. und Tante der jungen porphyrgeborenen Knaben Basileus und Konstantin, deren Vormund er wurde. Eine der ersten Taten von Tzimiskes als Kaiser war – als Dank für die feierliche Krönung in der Hagia Sophia – die Widerrufung der Gesetze, welche die Besitztümer der Klöster beschränkte. Tzimiskes führte einige siegreiche Kriege. Er kämpfte gegen Sviatoslavs bulgarische Armee und besiegte sie in blutigen Feldschlachten, um sie dann an den Ufern der unteren Donau mit der Hilfe der tödlichen Geschosse des griechischen Feuers endgültig zu vernichten, wie er es bei Nikephoros gesehen hatte. Er kämpfte erfolgreich auch in Syrien und im Heiligen Land, wo er die Sarazenen besiegte und in weiten Gebieten die Hoheitsgewalt der Byzantiner etablierte. Trotz der häufigen Angriffe der Barbaren gelang es ihm, die Grenzen des Kaiserreichs zu erhalten und in einigen Gebieten zu erweitern, ohne Zuflucht zu neuen Steuern zu nehmen, und im Gegenteil bemüht, die Handelsbeziehungen und Bündnisse mit den Venezianern und Genuesen zu fördern. Er stellte wieder gute Beziehungen zum Westen her, indem er Otto II. eine Cousine von sich zur Braut gab, die blond und schwarzäugig war wie er. Kurzum, er war – nachdem er den Thron durch Betrug und Gewalt erobert hatte – ein starker und geschickter Kaiser.
Es heißt, daß in den sieben Jahren seiner Regierung die Erinnerung an Nikephoros' Ermordung – die blutigen Szenen je-

nes grauenvollen Tags – nicht aufgehört hätten, ihn mit Trugbildern und Alpträumen zu verfolgen. Seine herrlichen schwarzen Augen röteten sich und wurden durch die schlaflosen Nächte trüb, und man sagt, daß seine Hände seit dem Mord an Nikephoros ständig kalt gewesen seien. Trotzdem ließen die Damen des Hofs nicht davon ab, auf seine Gunstbeweise zu hoffen.

Vom Kaiser Tzimiskes sind uns seine siegreichen Kriegstaten, seine Gesetze gegen die Handelszölle und seine diplomatischen Bemühungen um die Fortdauer der Versöhnung mit dem Westen überliefert, aber in der Erinnerung der Nachwelt sind nur wenige Worte von ihm erhalten. Wenn jemand ihm vorschlug, die philosophischen Bankette wieder einzuführen, dann antwortete er ihm, daß man nicht nur denken, sondern auch atmen müsse, und er fügte hinzu, daß alle Denker, die in ihrem Leben nicht genug geatmet hätten, gefährlich wären. Seine erste und vermutlich letzte Rede wollte Tzimiskes einige Wochen nach der Krönung im Saal des Trikliniums halten, vor der versammelten hohen Beamtenschaft des Reichs.

Der Praepositus der Heiligen Paläste hätte es vorgezogen, die Zeremonie traditionsgemäß im Thronsaal zu feiern, aber er akzeptierte Tzimiskes' Wahl, ohne eine Miene zu verziehen, und ließ den ganzen Einweihungspomp im Triklinium errichten. Die Gäste nahmen an dem Ereignis mit derselben Gemütsbewegung teil, die Überlebende eines Sturms vereint. Neben den hohen Beamten des Hofs versammelten sich im Saal auch die Damen des Gynäkeions, die diese Gelegenheit benützten, um ihre Seidengewänder, ihren Schmuck und ihre phantastischen Frisuren vorzuführen. Die Vertreter aller Stände nahmen die ihnen vom Praepositus nach einer streng hierarchischen Ordnung zugewiesenen Plätze ein, und die Domestikoi stellten sich als Ehrengarde unter der Loge auf, von der aus Tzimiskes die Rede halten wollte, mit der er seine Regierung offiziell begann. Schließlich verkündete das laute Rasseln der Simandra die Ankunft des Kaisers, und die Silentiare schwangen ihre goldenen Ruten, um Stille im Saal zu schaffen. Aber eine unbekannte Hand hatte die feinen

Seidenfäden, die zur Zeit Konstantins VII. die Akustik des Saals verbessert hatten, in der Zwischenzeit zerrissen.

Tzimiskes trug seine Rede ohne Zeichen der Unruhe vor, trotz der Verzerrung seiner Worte, die an den Marmorsäulen und Wänden abprallten, und in unmenschliche Laute verwandelt im Saal widerhallten. Er begleitete die Höhepunkte dieser leeren, durch Echos und Resonanzen zersetzten Rede sogar noch mit ein paar kräftigen Bewegungen seines Arms.

Nach einigen Augenblicken der Ratlosigkeit folgten die Herren des Hofs und die Damen des Gynäkeions der Rede mit lebhaftem Interesse und ehrfürchtigem Schweigen, aber ohne ein Wort zu verstehen.

Lesen Sie weiter!

Geschichten rund ums Mittelmeer bei Wagenbach

Die weite Reise

Mittelmeergeschichten

Wer am Mittelmeer liegt, sieht nicht nur den Himmel, sondern hört auch Geschichten: Klaus Wagenbach hat die schönsten gesammelt.

Herausgegeben von Klaus Wagenbach
Originalausgabe.
WAT 432.160 Seiten

Tiziano Scarpa Venedig ist ein Fisch

Tiziano Scarpa führt uns durch seine Heimatstadt und läßt uns Venedigs Stadt- und unsere Körperteile neu entdecken.

Aus dem Italienischen von Olaf Roth.
Deutsche Erstausgabe.
WAT 433.120 Seiten mit Abbildungen

Marguerite Duras Die Pferdchen von Tarquinia

Roman

Marguerite Duras erzählt einen Sommerurlaub am Mittelmeer. Ein Roman über Liebe, Ehe, Begehren und Langeweile und über das Meer.

Aus dem Französischen von Walter M. Guggenheimer
WAT 434.208 Seiten

Albert Memmi Die Salzsäule

Roman

Memmi erzählt seine eigene Geschichte: Sohn einer berberischen Mutter und eines jüdischen Vaters, erzogen in einem französischen Gymnasium, steht er zwischen armen Handwerkern und reichem Bürgertum, zwischen Kolonisierten und Kolonisten, zwischen einer alten und einer modernen Welt.

»Lots Weib blickte zurück und erstarrte zur Salzsäule. Memmis Buch des Rückblicks, in dem er die Schrecken und den Zauber seiner Kindheit eingefangen hat, ist sein stärkstes Buch.« François Bondy

Mit einem Vorwort von Albert Camus.
Aus dem Französischen von Gerhard M. Neumann
WAT 435.208 Seiten

Esther Tusquets Aller Sommer Meer

Roman

In ungewöhnlich dichter Sprache beschreibt Esther Tusquets, wie in das Leben ihrer Heldin wieder Luft, Licht und Geräusche einziehen.

Aus dem Spanischen von Monika López
WAT 436.192 Seiten